KB116333

친밀한 이방인

친밀한 이방인

정한아
장편소설

문학동네

차례

1. 난파선

지난 3월, 나는 신문을 읽다가 흥미로운 광고를 보았다. '이 책을 쓴 사람을 찾습니다'라는 문구와 함께 신문 전면에 소설의 한 부분이 실려 있었다. 언뜻 뻔한 광고 같았지만, 첫 문장이 한눈에 들어왔다. 아무 생각 없이 글을 읽어나가던 나는 잠시 후 그것이 내가 쓴 소설이라는 것을 알아차렸다.

흠칫 놀라 안경을 쓰고, 그 내용을 처음부터 다시 찬찬히 읽어 보았다. 내 기억이 맞는다면, 그것은 십여 년 전에 익명으로 펴낸 나의 첫 소설이었다. '난파선'이라는 제목을 단 검은 표지가 흐릿하게 떠올랐다. 당시 나는 출판사 공모에 내기 위해 그 책을 만들었다. 이름을 밝히지 않은 것은 신비감을 더하기 위해서였지만, 아무도 관심을 갖지 않았다. 한 줄의 심사평도, 심지어 악평조차

실리지 않았다.

작가로 데뷔한 후에도 나는 그 책이 나의 비공식적인 첫 작품이라는 사실을 밝힌 적이 없다. 원고를 다시 고쳐쓸 생각조차 하지 않았다. 최근에는 그 책의 존재를 아예 잊고 지냈다. 말하자면 기억 저편으로 사라진 책이었던 것이다.

신문에서 눈을 떼고 일어나, 서재의 책장 구석구석을 뒤져보았다. 하지만 그 책은 집안 어디에도 없었다. 언제 어떻게 잃어버렸는지도 기억할 수가 없었다. 그 책을 보여준 사람이라고는 남편이 유일했다. 나는 그에게 그 소설을 기억하느냐고 묻고 싶었다. 하지만 그는 내 곁에 없었다.

남편은 삼 개월 전부터 교환교수로 영국에 가 있었다. 영국과의 시차는 여덟 시간. 결혼생활이 완전히 끝장나기 전에, 우리는 그 시차를 가져보기로 했다. 그즈음 우리는 집에서 서로를 마주쳐도 가구나 짐짝 보듯 무시하고 있었다. 한 명이 거실에 있으면 다른 한 명은 방으로 들어갔고, 한 명이 식탁에서 밥을 먹고 있으면 다른 한 명은 컵라면을 들고 베란다로 나갔다. 별거는 최선의 대안이었다.

남편이 영국에 간다고 했을 때, 딸아이는 대번 그를 따라가겠다고 했다. 하지만 아직 일곱 살밖에 안 된 아이라 남편이 말을 여건이 되지 않았다. 공항에서 아이는 거의 탈진할 정도로 울어댔다. 남편은 그애를 업고 달래며 출국장 주변을 걷고 또 걸었다. 나는 그런 그들을 멀찍이서 바라보며 벤치에 앉아 있었다.

울다 잠든 아이를 넘겨준 후, 그는 내게서 돌아섰다. 더부룩하게 긴 그의 뒷머리가 멀어지는 것을 보면서, 나는 어쩌면 이것이 마지막일지도 모른다고 생각했다. 십 년간의 결혼생활을 수포로 만든 사람은 그가 아니라 나였다. 변명의 여지가 없었다.

남편은 몇 벌의 옷만 챙겨갔을 뿐 대개의 물건은 집안에 남아 있었다. 그런데도 집은 어딘가 횅해졌다. 뜬금없이 눈앞에 나타난 옛 소설의 문장들 때문에, 그날 밤 나는 좀처럼 잠을 이룰 수 없었다. 어디선가 창문이 덜그럭거리는 소리가 들리는 듯했다. 자리에서 일어난 나는 작은방에 가서 곤히 잠든 딸아이를 내려다보았다. 밤새 내리던 비는 새벽이 되어서야 겨우 멎었다.

다음날 아침, 딸이 부엌으로 신문을 가지고 왔다. 나는 아이의 그릇에 시리얼과 우유를 부어주고, 신문을 펴 보았다. 어제와 같은 면에, 소설이 실려 있었다. 전날의 내용에서 이어지는 것이 마치 연재소설을 보여주는 듯했다. 나는 진저리를 치듯 저만치 신문을 던져놓고, 신문사 고객센터로 전화를 걸었다.

한참 만에 낭랑한 목소리의 여자 상담원이 응답했다. 지면에 원작자 허락도 없이 소설을 실어도 되는 거냐고 따지듯 묻자, 상담원은 내게 원작자 본인이냐고 되물었다. 그렇다고 대답하기 전에 나는 조금 머뭇거렸다. 상담원은 사실을 확인해본 후에 다시 연락을 주겠다는 말을 남기고 전화를 끊었다.

집으로 연락이 온 것은 그날 오후였다. 나는 아이를 유치원에 보낸 뒤 영문 원서를 보고 있었다. 노벨상을 받은 과학자의 전기 번역 때문이었는데, 영 진도가 나가지 않았다. 재주 없는 번역 일을 무리해서 맡은 것은 돈이 되는 일을 찾아야 한다는 초조함 때문이었다. 결혼생활이 언제 끝장날지 모르는 판국에, 내게는 이렇다 할 수입이 없었다. 최악의 경우, 남편이 주는 아이 양육비를 벌레처럼 갉아먹으며 살게 될지도 몰랐다.

프로 소설가로 세 권의 책을 펴냈고, 영국에서 문학 석사학위를 땄지만, 그것으로 당장 구할 수 있는 정규직은 하나도 없었다. 그 상태가 지금까지 내게 아무 문제가 되지 않았던 것은 일찌감치 대학에 자리를 잡은 남편 덕분이었다. 그가 유능해질수록 나는 무능해지고 있었지만, 좋을 대로 그 평균치를 나의 것으로 여겼던 것이다.

엠아이티와 캘테크를 거쳐 나사에 이르는 화려한 과학자의 일대기를 좇고 있을 때, 전화벨이 울렸다. 나는 두꺼운 사전을 들여다보며 한쪽 어깨로 전화를 받았다. 맑은 목소리의 여자가 또박또박, 내게 물었다.

"당신이 그 소설을 쓴 사람인가요?"

"네?"

"『난파선』 말이에요. 신문사에서 연락을 받았어요. 당신이 그 소설을 쓴 사람이라고요."

"아…… 네. 맞아요."

나는 인상을 찌푸리며 전화기를 손으로 받아들었다.

"원고를 어떻게 구했는지 모르지만, 더이상 마음대로 제 소설을 신문에 싣지 않았으면 좋겠어요."

"당신이 진짜 작가라는 걸 내가 어떻게 믿죠?"

여자는 미심쩍은 목소리로 내게 물었다.

"말해봐요, 증명해줄 출판사 쪽 사람이라도 있나요?"

나는 피식 웃었다.

"이봐요. 그건 내가 학교 앞 인쇄소에서 이십 부 만들어 돌린 인쇄물이에요. 출판사 따위 있을 리가 없죠. 아, 인쇄소 이름을 따서 '시대출판'이라고 새겨넣은 기억은 나는군요."

잠시 침묵이 흘렀다.

"그럼 이해하신 것으로 알고 전화 끊을게요."

"남편은 이 책을 자신이 썼다고 했어요."

"……뭐라고요?"

"그는 육 개월 전에 실종되었어요."

여자는 다급한 어조로 내게 말했다.

"저를 한 번만 만나주시겠어요? 직접 뵙고, 드리고 싶은 이야기가 있어요."

여자는 내게 시내에 있는 카페의 위치를 알려주고, 전화를 끊었다. 거절할 틈도 없었다. 나는 잠시 멍하니 전화기를 내려다보았다. 다시 전화를 걸어, 그쪽을 만날 이유가 없다는 말을 하고 싶었지만 내게는 여자의 연락처가 없었다. 약속 장소에 나갈 것인가를 고민하느라 오후 내내 일이 손에 잡히지 않았다. 같은 문장을 썼다 지우기만 수십 번 반복하다가 나는 뒤늦게 자리에서 일어났다.

광화문의 카페 '이층'에서 우리는 처음 만났다. 오후의 마지막 해가 창으로 길게 들어오고 있었다. 주위를 두리번거리는 나를 보고, 여자가 자리에서 일어났다. 종아리까지 내려오는 긴 검정색 원피스 차림이었다. 키가 작고 앳된 얼굴에 잿빛 아이섀도를 진하게 발라, 어른 흉내를 내는 소녀처럼 보였다. 이십대 초반 혹은 중반. 이목구비가 또렷한 미인형이었다.

"나와주셔서 감사합니다."

여자는 내게 손을 내밀었다. 작은 손의 차가운 감촉에 나는 움찔 놀랐다. 여자의 이름은 진, 선우진이라고 했다. 우리는 통성명을 마치고 자리에 앉았다.

"광고를 낸 사람은 저희 어머니예요. 어머니는 지금 병상에 계세요. 우리는 선생님을 찾는 걸 포기한 참이었어요. 신문사를 돌며 광고를 실은 지 한 달이 다 되었거든요."

진은 조심스럽게 나를 보고 물었다.

"선생님이라고 불러도 되나요?"

"네, 뭐 편하신 대로……"

나는 무심하게 고개를 끄덕였다.

"선생님은 그 책을 언제 쓰신 거죠? 『난파선』 말이에요."

"대학 졸업반 때이니까 2003년 무렵일 거예요."

나도 모르게 반쯤 쉰 목소리가 흘러나왔다.

"그 책을 정식으로 출판한 적은 없다고 하셨죠."

"네, 그래요."

그녀는 담담한 표정으로 내게 책을 한 권 내밀어 보였다. 낯선 서체를 보고, 나는 일순 몸이 굳었다.

"이게……"

"선생님의 책을 이름만 바꿔 새로 찍은 거예요."

검은 배경에 하얀 나선이 새겨진 표지는 그대로였다. 다만 그 위에는 '이유상'이라는 이름이 적혀 있었다.

"남편은 이 책을 쓴 것이 자신의 인생에서 가장 자랑스러운 일이라고 했어요. 어딜 가든지 이 책을 들고 다녔죠."

진은 책 안에 꽂혀 있는 사진을 꺼내들었다.

"이 사람이 제 남편이에요."

남자와 여자, 그리고 귀여운 소년이 얼굴을 맞대고 있는 사진이었다. 그들은 뭔가 재미있는 광경을 본 사람들처럼 풀어진 표정으로 웃고 있었다. 그녀의 남편은 입을 벌리고 웃는데도 어딘지 그늘진 분위기를 풍겼다. 앞니 사이가 살짝 벌어져 있었고, 머리카락이 귀를 덮을 정도로 길었다. 아몬드 모양의 눈이 인상 깊도록 검은빛인 것을 제외하면 대체적으로 평범한 인상이었다.

"혹시라도 떠오르는 사람이 없으신지요?"

나는 고개를 가로저었다.

"처음 보는 사람이에요."

"다시 한번 봐주세요. 꼭 남자가 아니라도, 이와 비슷한 생김새의 여자를 본 적은 없으신지요."

나는 진을 쳐다보았다.

"남편을 찾는다고 하지 않았나요?"

"네, 맞아요."

"그런데 왜……"

"이해가 잘 안 되시겠죠."

진은 감정이 북받친 듯 잠시 말을 멈췄다. 그녀는 물을 한 잔 마신 뒤, 입을 열었다.

"그 사람의 본명은 이유미, 서른여섯 살의 여자예요. 내게 알려준 이름은 이유상이었고, 그전에는 이안나였죠. 아무것도 확실하지 않아요. 여자라는 사실까지 속였으니 이름이나 나이 따위야 우습게 지어낼 수 있었겠죠. 그는 평생 수십 개의 가면을 쓰고 살았어요. 내게 이 책과 일기장을 남기고 육 개월 전에 사라져버렸죠."

그녀는 테이블 위의 책을 내려다보면서 말했다.

"사람들은 다 그가 죽었을 거라고 말해요. 그렇게 받아들이고 잊어야 한다고요. 하지만 저는 그럴 수가 없어요. 그건 그렇게 간단한 문제가 아니에요."

진은 남편이 사라진 뒤 한숨도 잠을 자지 못한 사람처럼 피곤해 보였다. 눈이 빨갛게 충혈된 그녀는 나를 간신히 붙잡은 뗏목 한 조각처럼 바라보았다. 3월의 마지막 주, 봄비가 내린 뒤라 공기가 청명한 화요일 저녁이었다.

●REC

남편은 비밀이 많은 사람이었어요. 늘 서재에 틀어박혀서 뭔가를 썼고, 허락 없이는 절대로 그 안에 들어가지 못하게 했죠. 아이조차도 서재만은 멋대로 드나들지 못했어요. 아이는 그 사람을 잘 따랐어요. 친아빠는 아니었지만, 그이만큼 아이에게 잘 대해준 사람도 없었죠.

전 그 아이를 열여섯 살에 낳았어요. 아이 아빠는 어머니가 뜯어말리던 부류의 남자였죠. 하지만 그땐 반항심으로 똘똘 뭉쳐 어떤 소리도 귀에 들리지 않았어요. 어머니를 고통스럽게 만드는 것이 제 삶의 유일한 목표였거든요. 부모님은 제가 태어나기도 전에 이혼했고, 전 아버지 얼굴을 한 번도 보지 못한 채 자랐어요. 처음엔 그를 그리워하다가 나중에는 증오했죠. 저는 그런 부모가 되지 않을 거라고 생각했어요. 하지만 아이를 낳고 보니 정말 쉬운 게 하나도 없더군요. 아이 아빠와 헤어진 후 저는 누구와도 깊은 관계를 가져본 적이 없어요. 한두 번 시도는 해봤지만 번번이 틀어지고 어긋났죠. 그러다가 그 사람을 만난 거예요.

그 사람을 처음 만난 건 재작년 겨울이에요. 교회 모임에서 만났는데, 사정이 있어서 저희 집에 며칠 머물게 되었죠. 그 사람은 까다로운 저희 어머니나 제 아이에게도 무척 친절했어요. 호리호리한 체구에 웃는 얼굴이 참 예뻤죠. 어쩌면 그때 이상하다는 걸 알아차렸어야 했는지도 몰라요. 유난히 손가락이 하얗고 긴 것, 대화에 능숙한 것, 늘 주변 사람들의 기분을 민감하게 알아차리던 것까지, 돌이켜보면 일반적인 남자들과는 너무 달랐죠. 작가라서 그런지 아는 것도 많고, 심지어 별자리 운세에도 해박하더군요. 그는 자기가 전갈자리이고 저는 쌍둥이자리인데, 우리가 서로의 수호성을 보완하는 별자리라고 했어요. 네, 이런 이야기가 어리석게 들린다는 걸 잘 알아요. 하지만 그때는 이 모든 게 대단한 암시처럼 느껴졌어요.

저를 책망하고 싶으시겠죠. 어떻게 한집에서 지내다가 결혼을 할 때까지 그 사람이 여자인 것을 알아채지 못했느냐고요. 저는 이렇게 되묻고 싶어요. 그럼 당신은 어떻게 당신 옆의 그 사람이 남자 혹은 여자인 것을 확신하느냐고요. 섹스에 대해 이야기해야겠죠. ……우리는 한 번도 잠자리를 같이하지 않았어요. 사귀는 동안에도 진한 스킨십을 하지 않았죠. 언젠가 그는 어렵게 이야기를 꺼낸 적이 있어요. 자신은 육체관계에 별 흥미를 느끼지 못한다고요. 길게 말하지는 않았지만, 뭔가 복잡한 사연이 있는 듯했어요. 저는 별로 심각하게 생각하지 않았어요. 아니, 오히려 그 문제를 깊게 생각하는 것 자체를 두려워했는지도 몰라요. 우리는 서로 못하는 이야기가 없는 친구 사이였고, 그만큼 마음이 통하는 사람을 이전에는 한 번도 만나지 못했거든요. 섹스 때문에 그런 사람을 놓칠 수는 없었어요. 어차피 몇 년 지나면 제일 먼저 시들해지는 게 그거 아닌가요?

성관계는 없었지만, 우리는 누구보다 가깝고 친밀한 연인이었어요. 남녀 사이란 한마디로 정의하기가 어려운 거예요. 각기 다른 형태의 관계가 있고, 그 나름의 행복의 기준이 있는 법이죠. 그 사람은 밤마다 제 쪽으로 돌아누워 그날 하루의 일을 이야기해줬어요. 시간이 날 때마다 아이와 산과 바다로 떠나 함께 시간을 보내줬지요. 제가 이유 없이 울적한 날이면 피아노 앞에 앉아 쇼팽의 아름다운 소곡들을 연주해주었고요. 사소한 순간을 충만하게 느끼도록 해주는 사람이었어요.

결혼 이야기가 나왔을 때, 저는 한 치도 망설이지 않고 좋다고 말했어요. 아들이 그 사람을 잘 따르는 것도 아마 영향을 미쳤을 거예요. 저 자신이 반토막짜리 가정에서 자랐기 때문에, 아이에게 그런 삶을 물려주고 싶지 않았어요. 저는 그 결혼이 우리 모두 행복해질 수 있는 길이라고 믿었어요. 하지만 어머니 생각은 달랐죠. 그는 가난한 소설가였고, 잘 알려지지 않은 소설책 한 권 외에는 이렇다 할 작품도 없었어요. 뒤늦게 우리 사이를 알게 된 어머니는 그를 집에서 내쫓았어요. 어쨌든 어머니 집이었으니까요. 저는 그를 따라 집을 나왔지요. 우리는 한 달 가까이 어머니를 피해 숨어 다녔어요. 가진 돈이 없어, 꽤나 고생을 해야 했지요. 그래도 그때처럼 매일매일, 살아 있다는 느낌을 실감한 적은 없어요. 결국 어머니가 전부 포기하고 우리에게 승복했죠. 그렇게 결혼 승낙을 받았어요.

그 사람은 러시아에서 태어나 자랐고, 부모님은 선교사로 일하다가 얼마 전 돌아가셨다고 했어요. 결혼식에 친인척은 단 한 명도 오지 않았죠. 러시아에 계신 단 한 분뿐인 삼촌은 전화로 제게 축하 인사를 해줬어요. 그는 항공우편으로 결혼 선물을 보내주었는데, 그건 루비가 박힌 마트료시카였어요. 한눈에도 아주 귀해 보이는 물건이었죠.

결혼식 날 그 사람은 아들과 똑같은 턱시도를 입었어요. 긴장한 탓인지 예식 내내 그 사람은 한마디도 하지 않았어요. 신랑이 여자처럼 곱게 생겼다는 주례 목사의 농담에도 웃지 않았죠. 교회에서 치러진 결혼식은 제가 늘 꿈꾸던 대로 소박하고 아름다웠어요. 제게는 돌아가신 아버지가 남겨주신 유산이 조금 있었어요. 어머니가 맡아 관리하다가, 제가 결혼하면 양도받게 되어 있었죠. 저는 그와 함께 아이를 데리고 러시아로 떠날 생각이었어요. 바이칼 호수 근처의 한적한 마을에서 게스트하우스를 열자고 했지요. 그게 우리의 계획이었어요. 받은 유산도 전부 그에게 맡겨두었죠. 그런데 결혼식이 끝나고 얼마 되지 않아 그 사람이 사라져버린 거예요. 제 돈엔 한 푼도 손대지 않고요. 그냥 홀연히, 홀로 사라져버린 거예요.

그날 아침, 저는 왠지 서늘한 기운에 침대 위에서 눈을 떴어요. 옆에 그 사람이 없었죠. 서재로 갔더니, 방문이 활짝 열려 있었어요. 책상 위에는 한 뭉치의 종이가 놓여 있었죠. 저는 그의 자리에 앉아, 그것을 읽기 시작했어요. 처음에 저는 그것이 그 사람의 소설인 줄 알았어요. 꽤 재미있는 이야기였어요. 피아노 교사, 대학교수, 심지어 의사로 신분을 바꿔가면서 남자를 셋이나 갈아치우고 인생을 거짓으로 살아가는 여자가 주인공으로 나왔어요. 마지막에 그 여자는 남자로 탈바꿈해서 소설가 행세를 하죠. 그때까지 그 원고를 순수한 허구의 창작물로 읽어가던 저는 희미한 각성이 찾아드는 것을 느꼈어요. 주인공이 여자인 줄 꿈에도 모르는 아내와 그 여자의 어린 아들, 그리고 욕심 많은 교사 출신의 장모 이야기까지…… 그것은 우리의 이야기였어요. 한 치의 오차 없이 나와 함께 겪은 일들, 나와 함께 갔던 장소, 나와 함께 아는 사람들에 대해 쓴 이야기였죠. 다만 그가 여자라는 사실만 달랐을 뿐이에요.

진실의 시퍼런 날이 정수리를 찍어내리더니, 제 몸을 발끝까지 반으로 가르고 지나갔어요. 저는 눈을 감고, 그것이 저의 숨을 끊어놓기를 기다렸어요. 그런데 다음 순간 오히려 눈에서 비늘이 벗겨져나간 것처럼 모든 상황이 이해가 되더군요. 그가 왜 과거에 대해 말하기를 꺼려왔는지, 왜 내가 가까이 갈 때마다 깜짝 놀란 듯이 피하고 멀리했는지, 왜 그렇게 홀연히 우리를 떠났는지, 흩어졌던 조각들이 순식간에 제자리를 찾았어요.

그후 저는 그 사람의 과거를 좇아왔어요. 등장하는 사람들의 직업이나 이름, 지명, 시기, 연도가 사실과 다른 부분이 있었지만, 결국 그 일기는 그의 생의 기록이었어요. 그러니까 그는 아이와 내가 거짓말에 취해 잠든 벽 건너편에서 진짜 자신의 이야기를 쓰고 있었던 거예요. 처음에는 분노가 치밀어올랐고, 나중에는 맥이 풀려 정신을 차릴 수가 없더군요. 시간이 지나자, 제게는 한 가지의 질문만 남았어요. 그 사람이 어디로 도망갔는가, 왜 나를 제물로 삼았는가, 계획적인 접근이었나, 뭐 그런 건 아무래도 좋았어요. 그보다 제가 묻고 싶은 건 그가 대체 왜 그 일기를 내게 보여줬는가예요. 마음만 먹는다면 떠나기 전에 얼마든지 그걸 없애버릴 기회가 있었을 텐데, 전시라도 하듯 책상 위에 올려두었거든요. 마치 날더러 이걸 읽으라는 듯이 말이에요. 그건 또다른 기만이었을까요, 아니면 일말의 참회였을까요?

그가 만약 제가 받은 유산에 조금이라도 손을 댔다면, 저는 그 사람을 단순한 사기꾼으로 치부하고 잊어버릴 수 있었을 거예요. 하지만 그는 제게서 아무것도 가져가지 않았어요. 선생님은 진짜 소설가라고 하니까, 저보다 인간에 대해 더 많이 알고 계시겠죠. 그 사람을 이렇게까지 몰고 간 것이 무엇일까요. 우리가 함께했던 시간은 무슨 의미일까요. 그리고 무엇보다 그는 대체 왜 그 이야기를 저에게 남겨둔 것일까요.

제 아들은 매일 밤 그 사람에게 어서 돌아오라는 편지를 쓴답니다. 때로는 이 모든 게 다 꿈 같아요. 육 개월 전 깊은 잠에 빠진 제가 반복되는 악몽을 꾸는 건 아닐까 싶단 말이에요. 종종 어둠 속에서 저를 찾아온 그의 기척을 느끼고는 해요. 그를 붙잡고 싶어 손을 뻗어보지만, 잡히는 것은 허공뿐 그의 존재는 어디서도 찾을 수가 없답니다. 그리고 아름다운 피아노 소리, 바람결에 흘러드는 그 멜로디만이 귓가를 맴도는 거예요. 그 소리가 매일 밤 저를 미치기 직전까지 몰고 가요.

*

카페에서 집으로 돌아왔을 때, 딸아이는 잠들어 있었다. 사십대 중반의 조선족 베이비시터는 특유의 무표정한 얼굴로 나를 맞았다. 그녀는 내게 이번달 월급을 미리 계산해달라고 했다. 사정이 생겨 일을 그만두게 되었다는 것이었다. 갑자기 이러면 어떻게 하느냐고 화를 내자, 눈물을 펑펑 쏟으며 어머니가 돌아가셨다고 하소연했다. 거짓말이 분명했지만, 반박할 방법이 없었다. 결국 나는 말 한마디 못하고 위로금까지 얹어줘야 했다. 겨우 여자를 달래 집에서 내보내고, 옷도 갈아입지 않은 채 소파에 드러누웠다. 머리가 지끈거렸다. 당장 다음날 오후부터 유치원 하원 이후 아이를 맡아줄 사람이 없었다.

예전이었다면 엄마에게 즉각 전화했을 것이다. 하지만 지난해 아버지가 위암 진단을 받은 후 친정집은 쑥대밭이 되었다. 아버지의 퇴직 기념 파티에서 받은 꽃이 다 시들기도 전에 벌어진 일이었다. 위암 4기, 의사는 마음의 준비를 하라는 경고를 했다. 사형 선고를 들은 아버지와 엄마는 말없이 병원에서 걸어나왔다. 환자복을 입은 사람들이 햇볕을 쬐고 있는 병원 화단 앞에서 엄마는 우뚝 멈춰 섰다.

"이혼해줘요."

현실을 비꼬는 농담을 던지기에 그보다 더 짜릿한 타이밍은 없었을 것이다. 아버지는 배꼽을 잡으며 웃었다. 웃다가 눈물을 조금 흘리기도 했다. 웃음을 그치고 허리를 펴자, 뭔가 정화된 느낌이었다. 끔찍했던 비애감도 조금 사라졌다. 아버지는 평생을 동행해온 엄마를 바라보았고, 미소를 지으며 그 손을 잡았다. 하지만 엄마는 웃지 않았다. 잡은 손마저 슬며시 빼내었다.

"농담이 아니에요. 이혼해줘요."

엄마는 신속하게 짐을 꾸려 집에서 빠져나갔다. 변호사를 통해 전해온 이혼 사유는 '성격 차이'. 엄마는 공동명의로 되어 있는 망

원동의 아파트와 인천 다세대주택의 지분 절반을 요구했다. 아버지는 분노한 신처럼 소리를 질렀다. 성격 차이라니, 무능하고 병든 남편을 내버릴 핑계를 대는 거라고. 아버지는 주먹으로 가슴을 탕탕, 쳤다. 신학대학의 구약 전공교수였던 아버지는 퇴직과 암, 황혼이혼이라는 노년 비극의 그랜드슬램을 달성했다. 순식간에 삶이 산산조각난 욥 같았다. 엄마는 홀로 유럽 여행을 떠났고, 돌아온 후로는 독신인 이모의 집에 머물고 있었다. 전화를 해도 받지 않았고, 메시지를 남겨도 뒤늦게야 답장이 왔다. 벌써 한 계절도 더 지난 일이었다.

다음날 아침, 나는 아이를 데리고 아버지의 집으로 갔다. 아버지에게 하루만 아이를 돌봐달라고 부탁한 참이었다. 아버지는 격일로 간병인을 부르고, 끼니마다 유기농 인증 마크가 붙어 있는 도시락을 시켜 먹었다. 그 모든 걸 스마트폰 터치 한 번으로 해냈다고 내게 자랑했다. 항암치료의 경과도 희망적이라고 했다. '나만 죽을 수 없다'는 오기가 의지가 되었는지, 그날 아버지는 눈에 띄게 기운이 넘쳐 보였다. 엄마는 그사이 몇 차례나 이혼 청구 소장을 보내왔다고 했다. 아버지는 엄마에게 원망을 넘어 원한에 가까운 감정을 느끼고 있었다. 재판으로 가게 되면 나를 증인으로 요청해도 되겠느냐는 아버지의 물음에 대답을 얼버무리고 나는 그 집에서 도망치듯 빠져나왔다.

일주일에 두 번, 나는 경기도 외곽에 있는 대학에서 교양 강의를 하고 있었다. 강의명은 '문학적 읽기와 쓰기 훈련'이었는데, 주로 점심 이후 자유로운 오침시간으로 활용되었다. 대놓고 엎드려 자는 무리도 있었다. 학생들은 '읽기'는 물론 '쓰기'에도 아무 관심이 없었다. 버스를 기다리는 대합실 같은 분위기 속에서 나는 수년째 반복해온 강의를 복기하듯 떠들어댔다.

텍스트로 삼은 문학작품들, 그것들은 한때 내가 삶의 경전으로 삼은 것들이었다. 한 편의 소설이 사람을 죽일 수도, 살릴 수도 있다고 생각했던 시절이 내게도 있었다. 하지만 정말 그런가? 지난 칠 년간 나는 글을 읽지도, 쓰지도 못했다. 그래도 죽지 않았다. 왜냐하면 나는 아이를 낳아 키워야 했기 때문에. 그 모든 과정이 내게는 수백 개의 허들 같았다. 하나하나에 걸려 넘어지고, 절망하고, 회복하고, 다시 또 넘어지고, 망가지고, 바로 서는 데 너무나 많은 시간이 걸렸다. 물론 이건 변명이 아니다. 어떤 여자도 아이를 낳아 키운 것을 경력 삼을 수는 없다.

봄날의 캠퍼스는 목련이 절정이었다. 수업을 마치고 아이들이 다 빠져나간 강의실에서 창밖의 새하얀 꽃무리를 바라보며, 나는 그 여자를 생각하고 있었다. 이유상, 이유미, 혹은 또다른 어떤 이름의 그 여자. 음대 근처에도 가본 적 없는 그 여자는 피아노과 교수로 재직했고, 그 와중에 학생들 다수를 콩쿠르에 입상시켰다. 그녀는 또한 자격증 없는 의사였고, 또 각기 다른 세 남자의 부인이자 한 여자의 남편이었다. 믿어지지 않는 이야기였다. 하지만 무엇보다 이해가 되지 않는 것은 숨가빴던 그 여자의 인생에 『난파선』이 어떻게 끼어들었는가 하는 점이었다.

『난파선』은 젊은 다이버가 우연히 바닷속의 난파선을 수색하게 되면서 벌어지는 이야기를 그린 소설이었다. 그 다이버는 마땅한 직업이라고는 없이, 그저 세계 곳곳을 돌아다니면서 바닷속을 유영하는 것을 낙으로 삼은 청년이다. 그는 어느 날 지중해의 작은 어촌에 좌초된 여객선 수색 작업에 고용된다. 비슷한 사정의 전문 다이버 세 명이 그와 함께 그 일을 맡는다. 그들은 사이좋은 형제들처럼 나란히 바다로 들어간다. 수초와 암석, 그리고 원색의 물고기떼…… 마침내 바다 밑바닥에 가라앉은 난파선에 진입한 그들은 날카로운 금속 조각들, 부식된 쇳덩어리, 켜켜이 쌓인 퇴적물을 피해 조심스럽게 선체의 좁은 통로 안으로 들어간다. 그들의 일은 그 안에 있는 삼백여 개의 객실을 일일이 수색하는 것이다. 어두운 객실 안을 작은 조명등으로 비추어 보면서, 그 안의 유실물들을 수집해오는 것이다. 작업은 처음부터 순탄치가 않다. 그 배에는 심상치 않은 기운이 감돌고 있다. 그와 동료들은 뭍에 나오면 늘 머리가 무겁고 기진맥진해진다. 결국 동료들은 일주일 사이 전부 일을 그만둬버린다. 삼백여 개의 객실이 전부 그의 몫이 된 것이다. 그 역시 그 난파선의 텅 빈 방들을 돌아다니는 것이 자신에게 별로 좋지 않은 영향을 미친다는 것을 알고 있다. 하지만 어떤 이유에선지 그 일을 그만둘 수가 없다. 바닷속에 잠긴 그 작은 방의 문을 열고 들어갈 때마다, 그는 기이한 공포와 두려움에 사로잡힌다. 한 치의 빛도 없는 그 어두운 공간이 마치 눈동자 없이 벌어진 눈처럼 그를 바라보는 것이다. 여름 내내 그는 바다 밑의 텅 빈 객실을 차례로 열어보고, 그 안에서 다 해진 운동화 한 짝, 챙이 떨어져나간 중절모, 모조 보석이 붙은 손거울, 깨진 젖병 따위를 가지고 나온다. 그것들은 아무 의미 없는 것들이다. 그는 매일 골똘히 그 물건들을 들여다본다. 꿈도 꾸지 않고 깊은 잠을 자다가 소스라치듯 놀라 깨는 날이 계속된다.

여름이 지나고 마침내 고된 수색 작업이 다 끝났을 때, 그의 손에는 넉넉한 급료가 쥐어진다. 이제 그는 발길이 닿는 대로 떠날 수 있고 원하는 만큼 바다를 헤엄쳐다닐 수 있다. 하지만 그는 어디로 가야 할지 알 수가 없다. 지난여름 사이, 무엇인가가 변해버린 것이다. 그는 자신이 원하는 게 뭔지, 어떤 존재가 되어야 하는지를 생각해본다. 하지만 아무것도 떠올릴 수 없다. 그는 비로소 자신이 텅 빈, 아무 쓸모가 없는 존재라는 사실을 깨닫는다. 깊은 바다 밑바닥의 난파선, 그 안을 둥둥 떠다니는 부속물, 해수에 불어 형체를 잃고 미끄덩거리는 이끼류, 그것이 바로 자신인 것이다.

그후 청년은 마을에서 자취를 감춘다. 그가 어디로 떠났는지, 아무도 알지 못한다. 그는 애초에 어느 누구의 관심을 끌 만한 인물이 아니다. 하지만 얼마 후, 그가 다시 사람들의 입에 오르내리는 일이 일어난다. 야간 다이빙을 즐기는 한 떼의 다이버들이 무리를 지어 바다 밑으로 내려갔다가 오래전 침몰한 난파선을 발견한 것이다. 곳곳이 부식되고 해초 덤불로 뒤엉킨 그 난파선에서 다이버들의 시선을 끈 것은 기울어진 선체의 기둥에 매달린 새하얀 돛이다. 한 점의 빛도 없는 검은 바다 밑에서, 좌초된 배에 매달린 돛이 눈부시게 하얗다. 이제 막 항해를 시작한 듯, 부풀어오른 돛이 물결을 따라 휘날리고 있다.

그 소설을 쓸 때, 나는 실연을 겪은 직후였다. 열일곱 살 때부터 질질 끌던 연애가 끝났고, 상대방은 나에 대한 이야기를 사방에 흩뿌리고 다녔다. 내가 너무 색을 밝힌다는 식의 이야기였는데, 사실 나는 그애와 간지럼 비슷한 것도 느껴본 적이 없었다. 나는 가짜 오르가슴을 통해 어른이 되었다. 고독하고 씁쓸한 어른의 맛. 어쨌든 그 관계는 서서히 사그라지는 불씨처럼 끝났고, 지저분한 뒷담화에도 별 감정이 들지 않았다. 다만 갑자기 넘쳐나는 시간에 나는 어리둥절했다. 기한 없이 계속되는 휴일 같았다. 갈 데도 없고 할 일도 없었던 나는 소설을 쓰기 시작했다. 그 소설을 쓰면서 매일 밤을 새웠는데, 지치지 않는 육체의 활기로 조금 들떠 있었고 그것은 꼭 행복처럼 느껴졌다. 나는 끄떡없다. 연애 따위 열두 번쯤 더 실패해도 좋다는 생각마저 들었다. 거칠 것 없는 희열의 샘이 곧 마르고, 단 한 방울의 생기를 찾아 무릎을 꿇고 바닥을 핥게 되리라는 것을 그때 나는 몰랐던 것이다.

캠퍼스 입구를 걸어나오는데, 전화벨이 울렸다. 남편이었다. 잡다한 은행 업무와 공문서 처리를 부탁하기 위해서였다. 그는 사무적으로 말했고, 나 또한 건조하게 응수했다. 뒤이어 그는 아이의 안부를 물었다. 아이의 근황을 짧게 나눈 후, 그는 내게 다른 할말은 없느냐고 물었다. 매번 똑같은 질문. 나는 아무 대답도 하지 않았다. 그는 인사말을 중얼거리고는 전화를 끊었다.

그가 영국으로 떠나기 전, 우리를 담당했던 심리상담사는 우리에게 필요한 것이 대화가 아닌 믿음이라고 했다. 지난해는 최악이었다. 우리는 얼마나 오랫동안 침묵할 수 있는지 내기라도 한 것처럼 입을 다물고 지냈다. 온종일 한집에 머물면서 한마디도 하지 않는 날도 있었다. 그는 나를 증오했고, 나는 그를 비웃었다. 아니면 그 반대였거나. 어쨌든 그가 영국으로 떠난 후, 형식적으로나마 안부를 묻는 전화가 걸려오기 시작했다. 우리는 이제 먼 친척처럼 서로의 안녕을 바랐고, 그 이상은 신경쓰지 않았다. 대륙 사이에 긴 휴전선이 생긴 것이다.

그다음 주, 나는 전력을 다해 번역 일에 매달렸으나 별 성과가 없었다. 머릿속에서 『난파선』과 실종된 남자에 대한 생각이 떠나지 않았다. 기실 여자였고, 사기꾼이었고, 내뱉는 모든 말이 거짓말이었던 인간.

나는 이것이 '꺼리'가 된다는 것을 알고 있었다. 소설을 쓰지 않은 지 칠 년여가 지났고, 작가로서 나는 폐업 상태와 다름없었지만 아직 그 감을 잃지는 않았다. 이것은 소설이 될 만한 이야기였다. 나는 그 이야기를 쓰고 싶었다. 아니, 정확히는 내가 쓴 그 이야기를 읽고 싶었다. 글을 쓸 수만 있다면 모든 게 좋아질 것이다. 정지되었던 삶이 다시 시작될 것이다. 나는 아직도 그 희망을 버리지 않고 있었다.

그 주의 마지막날, 나는 진에게 만나고 싶다는 메시지를 보냈다. 곧바로 답신이 도착했다.

'똑같은 시간, 똑같은 장소에서 뵙죠.'

우리는 카페 '이층'에서 다시 만났다. 진은 자수 블라우스에 남색 슬랙스를 입고 있었다. 직장에서 퇴근하는 길이라고 했다. 그녀는 근방의 베이비 스튜디오에서 사진 찍는 일을 하고 있었다.

"하실 말씀이 있다고요?"

진은 내게 물었다.

"네, 갑자기 만나자고 해서 죄송해요."

"그 사람에 대한 이야기인가요?"

"네, 그래요."

나는 조금 뜸을 들였고, 그녀는 몸을 들썩거렸다.

"무슨 말이든지 어서 얘기해보세요."

"알고 계시겠지만, 저는 소설가예요."

나는 탁자 위에 두 손을 올리고 말했다.

"하지만 오랫동안 글을 쓰지 못했어요. 백지 앞에만 앉으면 눈앞이 하얘지면서 어떤 문장도 쓰지 못하게 된 지 수년이 넘었죠."

나는 한마디 한마디 꾹꾹 눌러 담듯 말했다.

"그런데 지난주에 당신을 만나고 나서, 일주일 내내 마치 뭔가에 사로잡힌 것처럼 그 이야기에서 벗어날 수가 없었어요. 그리고 궁금한 것이 점점 더 늘어나는 거예요. 저는 그 사람의 반복된 거짓과 위증이 무엇에 기인하는지 그 시작과 끝을 알고 싶어요. 단순한 흥미를 말하는 게 아니에요. 사실 저는 이것이 일종의 수수께끼 같다는 생각이 듭니다."

"수수께끼라고요?"

진은 명민한 눈빛으로 나를 바라보며 되물었다.

"지금 그이에 대한 소설을 쓰고 싶다는 말인가요?"

"네, 가능하다면요."

"그게 용건이었군요."

진은 실망한 기색을 비쳤다.

"그가 남겼다는 일기를 보여주실 수 있는지, 부탁을 드리러 나온 거예요."

그녀는 창밖으로 시선을 돌렸다.

"……모르겠어요. 그 사람이 그걸 원할까요?"

잠시 침묵이 흘렀다. 나는 초조하게 두 손을 맞잡고 있었다. 이윽고 진은 고개를 돌려 나를 바라보며 말했다.

"한 가지 조건이 있어요. 소설을 다 쓰게 되면, 먼저 저에게 보여주세요. 만약 제가 허락하지 않으면 책으로 만들지 않는 거예요."

"약속하죠."

"일기장을 보내드릴게요. 그리고 그 사람의 다른 물건들도 원한다면 보내드리겠어요."

며칠 뒤, 종이 상자에 담긴 물건들이 도착했다. 이유상이 남겼다는 책, 수첩, 전화번호부, 공문서들, 그리고 여섯 권의 일기장이었다. 가짜 삶을 살았다는 그 여자가 일기를 썼다는 것은 아이러니한 일이었다. 아니, 어쩌면 제대로 된 거짓말을 계속하기 위해, 그것이야말로 그녀에게 필요한 작업이었을지 몰랐다. 노트에 자필로 기록해오던 일기는 진의 집에서 살게 되면서부터 컴퓨터 문서로 바뀌었다. 낱장의 종이를 집게로 묶어놓은 그 한 뭉치의 원고는 어떤 비밀을 품고 있는 것처럼 하얗게 빛나 보였다. 표지 하단 오른편에 자그맣게 '이유미'라는 이름이 적혀 있었다. 나는 새삼 그 이름을 되뇌어보았다. 아무것도 느낄 수 없는, 텅 빈 그릇과 같은 이름이었다.

내 옆에서 상자 안을 들여다보던 딸아이가 깊숙한 곳에 처박혀 있는 마트료시카를 보고 탄성을 질렀다. 러시아 전통의상을 입은 소녀의 모습을 한 그 목각인형은 화려한 보석으로 장식되어 있었다. 나는 딸애와 함께 그것을 하나하나 꺼내어 거실 바닥에 늘어놓아보았다. 인형 속의 작은 인형, 그 속의 더 작은 인형, 그리고 마침내 그것이 땅콩만한 크기가 되었을 때, 나는 설마 하는 심정으로 그 배를 갈라보았다. 그러자 그 안에서 팥알만한 크기의 소녀가 튀어나왔다. 환하게 웃는 다른 소녀들과는 어딘가 달라 보였다. 나는 그것을 손바닥 위에 올려놓고 눈이 시릴 때까지 들여다보았지만 도무지 그 표정을 알아볼 수가 없었다.

2. 우울증에 걸린 피아니스트

　이유미는 양복점에서 태어났다. 5월, 하늘과 녹음이 아름다운 봄이었다. 어머니는 휴일도 없이 일하는 남편을 위해 간식거리를 내오다가 아랫배에 심한 통증을 느끼고 쓰러졌다. 양복 기술자인 아버지는 혼비백산하여 천을 쌓아놓은 소파에 아내를 눕혔다. 새하얀 양복이 금세 시뻘건 피로 물들었다. 비명소리를 듣고 놀라서 달려온 길 건너 양품점 여주인이 사태의 심각성을 깨닫고 산모의 치마를 들춰보았다. 만삭인 부인에게 간식 심부름이나 시키다니 창피한 줄 알라고 양품점 여주인이 호통을 쳤다. 곧 아이가 나올 테니 가까운 병원으로 서둘러 가야 했다. 반쯤 넋이 나간 양복 기술자는 산모의 몸을 부축해 일으켰다. 산모는 짐승처럼 울부짖었다. 도저히 움직일 수 있는 상황이 아니었다. 피로 얼룩진 산모의 다리 사이로 아이 머리가 나왔다가 도로 들어갔다.

양품점 여주인은 비장한 표정으로 가게문을 닫으라고 말했다. 먼지와 실밥이 뒤엉켜 굴러다니는 양복점에서 그나마 깨끗한 곳은 가봉실이었다. 산모를 그곳으로 옮긴 양복 기술자는 시키는 대로 물을 끓이고, 깨끗한 천을 가져왔다. 아이는 이십 분 만에 세상에 끌려나왔다. 산모는 곧바로 기절했고, 양복 기술자는 이집트산 실크 면에 아기를 싸안았다. 손가락 발가락이 모두 열 개씩, 아주 건강한 딸이었다.

아이의 이름은 이유미, 양복 기술자 어머니의 이름을 땄다. 그를 고아원에 맡기고 떠나면서 장부에 남긴 이름밖에 아무것도 준 게 없는 어머니였다. 그는 무학이었지만, 어린 시절부터 근처에 있는 미군부대 양복점을 드나들며 기술을 익힌 탓에 삼십대에는 제법 번듯한 신혼살림을 차릴 수 있었다. 그와 같이 고아원에서 자란 아내는 선천적인 청각장애를 가진데다, 지능이 예닐곱 살에서 멈춘 여자였다. 하지만 그로 인해 그녀는 언제나 꿈속의 화원을 걷는 것처럼 행복했기에, 양복 기술자는 아내의 장애에 아무런 불만이 없었다.

결혼한 지 십 년이 지나도록 그들에게는 아이가 생기지 않았다. 아마도 자신에게 '자격'이 부족해서일 거라고 양복 기술자는 어렴풋이 생각하고 있었다. 아버지가 된다는 것을—기분이 나쁠 때마다 내키는 대로 아이들을 폭행했던 고아원 원장이나, 용돈 한푼

주지 않고 십 년 동안 그를 부려먹은 선배 양복 기술자가 그의 유일한 모델이었는데—도대체 상상도 할 수가 없었던 것이다. 그는 휴일도 없이 일을 해서 꾸준히 돈을 모았고 사십대에 들어서는 근방에서 제일 큰 양복점을 차렸다. 고아원 출신들의 꿈이라 할 만했다.

삶의 쓴맛 단맛을 다 봤다고 자처하던 양복 기술자였지만, 마흔다섯 살 봄에 얻은 늦둥이 딸을 보고는 오묘한 감정의 떨림을 느끼지 않을 수 없었다. 일이 이 지경이 될 때까지 다만 아내의 몸이 좀 부은 것 같다고 생각했을 뿐, 아이의 존재는 상상도 못했었다. 그들 부부 중 누구도 제대로 한글을 쓸 줄 몰랐으므로, 출생신고는 양품점 여주인의 아들이 대신 했다. 양복 기술자는 고마운 마음에 그 아들에게 손바느질로 양복을 한 벌 만들어주었다.

아이는 잔병치레 없이 건강히 자랐지만, 다른 아이들보다 말이 늦었다. 온종일 함께 있는 아이 어머니는 제대로 된 문장을 구사할 줄 몰랐고, 아버지는 너무 과묵한 사람이었다. 그 집은 무성영화에 나오는 집처럼 조용했다. 아이는 간혹 잠결에 소스라치게 몸을 떨며 깨어나곤 했다. 담벼락 너머 들리는 소리 때문이었다. 클럽의 웅웅거리는 음악 소리, 여자들이 군인들을 불러들이는 소리, 맥주병이 벽에 부딪혀 깨지는 소리…… 양복점에는 종일 클럽 여자들이 드나들었다. 홀복이나 파티 드레스를 대여해 입기 위해서였다. 그중 단골손님이었던 로라는 특별히 아이를 귀여워했다. 양복점에 올 때마다 아이의 머리를 쓰다듬고, 볼을 꼬집고, 온갖 참견을 해댔다. 뒤늦게 아이가 내뱉은 첫 말도 '로라'였다. 그 여자가 아이를 무성의 세계에서 건져낸 것이나 다름없었다.

이유미는 검은 눈망울을 가진 소녀로 자라면서 부모의 귀여움을 독차지했다. 양복 기술자는 하나뿐인 딸을 애지중지해서 원하는 것이라면 뭐든지 들어주었다. 겨울이면 직접 여성복의 패턴을 따다가 소매와 밑단에 담비 털이 풍성하게 달린 캐시미어 코트를 지어 입혔다. 러시아 공주들이나 입을 법한 코트였다. 그 모습을 본 로라가 '아나스타샤'라는 별명을 붙여준 이후 이유미는 동네에서 줄곧 그 이름으로 불렸다. 아나스타샤. 원하는 모든 것을 다 가질 수 있는 소녀.

학교의 같은 반 친구들은 이유미를 따라 그녀의 집에 놀러갔다가 방 하나 가득 채워진 장난감을 보고 기절할 듯 놀랐다. 섬세하고 아름다운 외국 인형들이 차고 넘쳐 발에 밟힐 정도였다. 이유미는 집안에 굴러다니는 미제 사탕과 초콜릿을 친구들에게 나눠주었다. 싫증난 구두나 원피스를 선뜻 건네주기도 했다. 배불리 저녁까지 얻어먹고 그 집에서 나온 아이들은 다음날 학교에 가서 저마다 자기가 본 것들을 떠들어댔는데, 그중에는 이유미의 부모가 할아버지, 할머니처럼 늙었더라는 누군가의 증언도 끼어 있었다. 이유미는 그 말을 퍼뜨린 아이를 찾아내, 다시는 그룹에 끼워주지 않았다. 고립무원이 된 아이는 일 년 내내 혼자 도시락을 먹다가, 결국 전학을 가버렸다.

그 동네 아이들 대부분이 그렇듯 이유미는 미군들과 클럽 여자들이 들러붙어 다니는 풍경에 익숙했다. 아버지가 바쁠 때는 이유미가 직접 여자들의 옷을 꺼내다 주고, 입는 것을 돕기도 했다. 반짝이는 홀복과 이브닝드레스를 입은 여자들은 동화책에 나오는 공주님처럼 보였다. 로라의 꿈은 애인인 미군 소위와 결혼해서 미국에 가는 것이었다. 그녀는 이유미에게 자신이 앞으로 살아갈 집과 타고 다닐 자동차, 결혼 후 가지게 될 푸른 눈동자의 아이들에 대해 수도 없이 이야기했다. 너무나 간절해서, 마치 미국에 두고 온 것들을 그리워하는 것처럼 느껴질 정도였다. 어쨌든 그녀는 어머니 대신 이유미에게 꿈과 희망에 대해 알려준 유일한 사람이었다.

1993년, 로라는 온 동네를 떠들썩하게 만든 사건의 당사자가 되었다. 애인인 소위를 포함한 미군 다섯 명에게 윤간을 당한 후 질식사한 것이다. 열세 살의 이유미는 죽은 로라를 제 눈으로 직접 보았다. 어른들이 둘러서서 막고 있었지만, 그 사이 뚫린 아주 작은 틈새만으로도 사건 현장을 보기에는 충분했다. 로라의 다섯 평짜리 월세방, 이유미도 자주 들락거렸던 그 방에서, 시체는 기이한 자세로 쓰러져 있었다. 노란색 머리카락이 한 움큼씩 뜯겨버린 로라, 시퍼렇게 물든 얼굴이 몰라볼 정도로 부풀어오른 로라, 팔다리가 붉은 끈으로 묶여 있는 로라, 온몸의 구멍이란 구멍마다 몹쓸 짓을 당한 로라. 이유미는 눈도 깜빡이지 않고 그 광경을 바

라보았다. 웅성대는 소리가 났고, 누군가가 그녀의 팔을 잡아 양
복점으로 데리고 갔다. 다림질을 하고 있던 아버지는 그녀를 흘긋
바라보고 고개를 돌렸다. 어머니는 그 옆에서 넋이 나간 표정으로
텔레비전 드라마를 보고 있었다. 텔레비전에서는 아무 소리도 들
리지 않았다. 이유미는 말없이 집으로 들어가서, 차가운 바닥에
누웠다. 그날도 다음날도 그 자리에서 꼼짝하지 못했다.

　이후 이유미는 눈에 띄게 키가 자라기 시작했다. 식욕이 사라져
좀처럼 뭘 먹지도 않는데, 음지에서 자라는 식물처럼 키가 쑥쑥
자랐다. 밤이면 다리근육이 욱신거려 잠을 이루지 못할 정도였다.
아버지가 지어준 러시아풍 코트는 곧 몸에 맞지 않게 되었다. 그
녀는 인형놀이나 친구들을 집에 불러들이는 일에도 흥미를 잃었
다. 대신 피아노 연습에 매달렸다. 이유미는 어려서부터 아버지의
오랜 고객인 미군 대령의 아내에게 피아노 교습을 받아왔다. 필립
스 부인은 사십대의 풍채가 좋은 아일랜드계 백인으로, 유명한 음
악학교 출신이었다. 우울증을 앓았던 필립스 부인은 기분전환 삼
아 부대 근방의 아이들에게 피아노를 가르치고 있었는데, 교습법
이 지나치게 철학적이라서 대부분 오래 견디지 못하고 도망쳐버
리기 일쑤였다. 일 년 내내 피아노 앞에 앉는 자세만 연습시키는
식이었다.

　비록 슬럼프를 극복하지 못하고 무대에서 내려와 군인인 남편
을 따라 전 세계를 떠돌고 있었지만 필립스 부인은 유럽에서 정식

교육을 받은 피아니스트였다. 그녀는 근육 단련을 한답시고 '하농'을 하루 두 시간씩 두드려대는 피아노 훈련을 경멸했다. 대신 그녀가 중시했던 것은 완전히 이완된 손으로 만들어내는 가벼운 소리였다. 그녀는 이렇게 만들어진 소리만이 공기중으로 스며들 수 있다고 강조했다. 진정한 피아니스트는 소리가 사라지는 순간을 만들어낼 수 있어야 했다. 엄지손가락을 건반에 물방울처럼 떨어뜨리는 연습을 수도 없이 계속한 끝에 이유미는 누구보다도 맑은 스타카토와 투명한 레가토를 구현할 수 있게 되었지만, 제대로 연주할 수 있는 곡은 얼마 되지 않았다. 필립스 부인은 머릿속에서 음악이 완전히 살아 움직이기 전에는 건반에 손도 대지 못하게 했던 것이다.

우울증이 악화된 필립스 부인이 본국으로 돌아갈 때까지 이유미는 오 년간 그 집에 드나들었다. 그사이 이유미는 기본적인 영어 회화, 서양식 식사 매너를 몸에 익혔지만, 정작 피아노 연주 실력만큼은 기대처럼 늘지 않았다. 부인이 떠난 후, 이유미는 동네에서 제일 큰 피아노학원에 찾아갔다. 학원 원장은 그녀의 피아노 치는 모습을 보더니 기초부터 다시 시작해야 할 판이라고 혀를 찼다. 한동안 유치원생들 틈에서 건반 연습을 해야 했지만, 피아노 앞에 앉아서 어깨를 바르게 편 그 자세만큼은 위대한 피아니스트의 그것과 다르지 않았다. 그녀는 매일 밤 눈부신 카네기홀의 주인공을 꿈꾸었다.

이유미는 예고 입시를 치르겠다고 마음먹은 이후, 아버지한테 그랜드피아노를 사달라고 졸랐다. 그녀의 방에는 오래된 삼익피아노가 한 대 있었는데, 이제 단계가 단계이니만큼 스타인웨이나 적어도 야마하까지는 수준을 올릴 필요가 있었던 것이다. 양복 기술자는 늦둥이 딸의 부탁이라면 뭐든지 들어줬지만 피아노값을 듣고는 머리가 어질거렸다. 사실 그즈음 그는 자주 어지럼증을 느꼈다. 오래 앉은 자세로 있다가 일어날 때뿐만 아니라, 평지를 걷거나 코너를 돌 때도 갑자기 눈앞이 핑 돌곤 했다. 밥맛도 없어서 가뜩이나 호리호리한 몸이 갈수록 말라붙었다. 젊은 시절부터 계속 피워온 마리화나의 부작용일지도 몰랐다.

그는 평생 술이나 담배는 안 했지만, 고질적인 마리화나 중독자였다. 양복 기술자는 양복 패턴을 넣어두는 캐비닛에 늘 한 자루씩 약을 숨겨두었고, 양이 줄어들지 않게 관리했다. 매주 금요일에는 가게문을 일찍 닫고 근처의 야산 기슭으로 기어들어가서 몰래 마리화나를 피웠다. 일주일에 한 번이었던 횟수는 몇 년 사이 두 번, 혹은 세 번으로 늘었는데 나이가 들면서 몸이 버텨내지 못한다는 느낌을 받고 있었다. 양복점은 그사이 눈에 띄게 수익이 줄어들고 있었다. 맞춤 양복을 입는 마지막 세대가 사라지고 있던 것이다. 그는 위기를 타개해볼 요량으로 이탈리아 명품 양복지를 대량 구비하기도 했으나 그마저도 처리 불능의 재고로 남았다. 추락은 천천히, 눈앞에 와 있었다.

육십이 다 된, 약에 찌든 쇠약한 남자가 열다섯 살짜리 딸을 바라보는 심정이 어떤 것인지 나는 짐작이 가지 않는다. 그랜드피아노의 가격을 들은 양복 기술자는 침묵을 고수했고, 당황한 이유미는 좀더 강하게 나가는 것으로 작전을 바꿨다. 몇 차례의 히스테릭한 실랑이가 오간 후 그녀는 처음으로 아버지의 손에 머리를 얻어맞았다. 하지만 몇 년 새 놀랍게 키가 자란 그녀에게는 별 타격도 되지 않았다. 그녀는 단지 경멸하는 표정으로 아버지를 내려다볼 뿐이었다.

 양복 기술자는 그날 밤이 늦도록 집에 돌아오지 않았다. 마리화나를 피우고 돌아온 날이면 그의 몸 군데군데 나뭇가지에 할퀸인 자국과 들풀 씨앗이 눈에 띄었다. 꼭 야산을 헤치고 다니는 들짐승 같은 행색이었다. 그의 아내는 새벽이슬을 맞으며 돌아오는 남편의 몰골을 보고도 사태의 심각성을 못 느꼈다.

 그랜드피아노를 포기한 이후 이유미는 점차 피아노 연습에도 시들해졌다. 애초에 피아노가 문제가 아니었다. 그녀는 상급반의 연습량을 감당할 수가 없었다. 예고 입시반 학생들은 종일 피아노 앞에 앉아서 허리가 무너질 만큼 연습에 매달려야 했다. 누군가는 연습실의 피아노 줄을 끊어뜨렸다는 무용담이 심심치 않게 들렸다. 이유미는 그 숨막히는 분위기에 점점 회의를 느끼고 있었다. 박자가 틀릴 때마다 그녀의 손을 내리치는 원장도 끔찍했다. 그곳에서는 필립스 부인 식의 우아한 교습법은 눈을 씻고도 찾아볼 수 없었다. 다들 누가 빠르고 세게 건반을 내리칠 수 있는지 힘겨루기를 하는 것 같았다. 그녀는 어느 날 피아노학원에 가는 길에 발걸음을 돌려 음반가게로 갔다. 거기서 아이돌 그룹의 시디를 사서 집으로 돌아온 후 다시는 학원에 가지 않았다. 예고 입시 때 남몰래 원서를 내보기는 했으나 성적 미달로 실기시험장에는 들어가 보지도 못했다.

●REC

이 물 좀 마셔도 돼요? 무슨 이야기를 해야 될지 모르겠네요. 유미는 오래전에 이 동네를 떠났어요. 그후로는 한 번도 연락이 되지 않았죠. 동창들 중에도 그애 소식을 아는 사람은 없는 것 같았어요. 하기는 저도 친구들을 못 만난 지 꽤 되었죠. 다들 애엄마가 되니까, 시간을 내기가 너무 어렵더군요. 전 아직 결혼하지 않았어요. 누가 그러던데요. 남자들이 세상에서 제일 무서워하는 게 삼십대 노처녀라고요. 차라리 이혼녀나 과부를 마음 편해한대요. 그런 지경이 되니, 결혼한 친구들을 만나면 할말이 별로 없어요. 서로 생활이 너무 달라졌으니까요. 그애들은 아기 이유식 이야기만 자그마치 세 시간 동안 떠들어댄다니까요. 지난번에 기가 막혀서 제가 한번 시간을 재어본 거예요. 이런 얘기는 그만하면 안 되냐고 하니까, 그럼 무슨 얘기를 하느냐고 되묻더군요. 언제까지

고등학교 때 추억팔이만 할 거냐고요. 그애들은 저더러 현실감각을 좀 키워야 한다고 하더군요. 한창 좋은 시절에 이 남자 저 남자 고르다가 이렇게 된 게 아니냐고요. 그런 소리를 들으니 좀 욱하더라고요. 자기들이 저한테 제대로 된 남자라도 한 명 소개해줘봤나요? 사실 몇 년 전부터는 사람 소개해주겠다는 연락도 뚝 끊어졌어요. 주말이면 혼자 방구석에서 텔레비전을 보면서 맥주나 홀짝이기 일쑤죠. 하지만 저는 지금의 생활에 대체로 만족해요. 나름 기술직에 작은 집도 있고, 취미를 즐길 여유도 있으니까요. 모든 걸 다 가질 수는 없는 것 아니겠어요?

그런데 유미에 대해 뭘 알고 싶다고 하셨죠? 여기 나오면서 그애 얼굴을 떠올려봤는데, 잘 기억이 나지 않더군요. 이상하게 그애랑 같이 보낸 시간들은 생생히 기억나는데 얼굴은 흐릿하기만 해요. 유미는 키가 무척 컸어요. 아마 학교에서 제일 컸을 거예요. 당시에는 교복을 줄여 입는 것이 유행이었는데, 그애는 꼭 펑퍼짐한 자루처럼 옷을 크게 입고 다녔죠. 아마 몸매가 드러나는 걸 두려워했던 것 같아요. 열일곱 살…… 네, 저에게도 그런 때가 있었죠. 늘 배가 고프고, 또 배가 아프고, 아무튼 뱃속이 불편해서 늘 부글거리던 시절 말이에요.

우리는 여고 일학년 때 만났어요. 유미는 홀로 조용히 다니는 아이였어요. 옆구리에 늘 베토벤 악보를 끼고 다녔는데, 음대 입시를 준비하는 것 같지는 않았어요. 어느 대학에 갈 거냐고 물으면 생각중이라고만 대답했죠. 이상하게도 저는 그 친구가 좋았어요. 비밀이 많은 분위기나 모든 걸 시들하게 대하는 태도가 또래 아이들과 달리 조숙한 느낌이었거든요. 제가 그애를 단짝인 희진이, 지윤이에게 소개했고, 넷이서 같이 어울리기 시작했죠. 우리는 인문계 고등학교에서 중간 언저리를 맴도는 성적권이었어요. 실업계를 선택할 용기도 없이 대입 무능력자로 전락한 처지였죠. 저는 그저 지방 전문대라도 붙어 대학생이 되기만을 바라고 있었어요. 그 밖에는 아무 야심이 없었죠. 친구들과 몰려다니면서 텔레비전에 나오는 가십을 떠들어대고, 떡볶이를 먹고, 남자애들에 대해 고민하는 게 우리가 하고 다니는 일의 전부였어요.

반에서 빠른 애들은 벌써 첫 경험을 했고, 방학이 지날 때마다 그 수가 배로 늘어났어요. 희진이는 남자친구가 있었고, 곧 일을 치를 예정이었죠. 우리도 희진이 남자친구와 그 친구들을 만나봤어요. 야간 자율학습이 끝나면 치마 허릿단을 세 번씩 접어 입고 단체 데이트를 하곤 했으니까요. 부모님은 우리가 새벽까지 독서실에 있는 줄 알았지만, 사실 노래방이나 비디오방에서 남자애들이랑 같이 있었죠. 어둡고 좁은 곳에 있으면 그애들의 눈빛이 좀 이상하게 변했는데, 우리는 그게 두렵기도 하고, 우쭐하기도 했어요. 두려우면서 우쭐하다니, 이상한 기분이잖아요?

암튼 우리는 잠자는 시간만 빼고 하루 온종일 붙어다녔고 자매보다 더 두터운 정을 느꼈어요. 유미를 뺀 나머지 셋은 비슷한 평수의 임대 아파트에 살았어요. 맞벌이를 하는 부모님과 한두 살 차이 나는 끔찍한 남자 형제가 있는 것까지 똑같았죠. 한 계절 내내 졸라야 중저가 브랜드 청바지를, 그것도 엄마 눈치를 보면서 겨우 고를 수 있었어요. 유미는 달랐죠. 그애는 게스 청바지를 몇 벌이나 가지고 있었어요. 소풍이나 수학여행 때 보면 가방, 신발, 모자까지 다 맞춤이었죠. 그애가 유명한 정치인의 숨겨진 딸이라는 소문도 있었어요. 우리가 사실이냐고 물어봤을 때 그애는 화들짝 놀라 손을 저었는데, 싱겁게 웃는 모습이 영 수상적더군요.

사실 유미는 우리와 잘 어울렸지만, 늘 어딘가 겉도는 구석이 있었어요. 이를테면 남자애들과 같이 있을 때, 누가 자기에게 관심을 보이기라도 하면 질색을 하면서 일어나버렸죠. 그애들을 한심하게 여겼던 거예요. 그런 놈들과 몸을 붙이고 앉아 있느니 차라리 화끈한 소설이나 읽는 게 낫다고 했어요. 유미는 로맨스소설광이었어요. 저는 늘 그애한테 책을 빌려 읽었는데, 유미의 컬렉션에 웬만한 로맨스는 다 들어 있었죠. 귀족 여인을 납치한 아랍 족장, 시골 처녀와 사랑에 빠진 백작, 재벌이 된 마구간지기와 재회한 상속녀, 시간 여행을 통해 만난 스코틀랜드 전사와 간호사…… 굉장한 커플들이었죠. 유미와 나는 로맨스소설의 남자 주인공을 자수성가형과 명문가형으로 나누고, 터프한 대신 마초 기질이 강한 이쪽과 매너가 좋은 대신 다소 지루한 저쪽을 저울질하곤 했어요. 평탄한 결혼생활에는 후자가 좋겠지만, 섹스는 전자가 좋을 게 분명했거든요. 그런 소설에 빠져 있으면, 거리에 돌아다니는 남자애들은 미꾸라지나 가자미로 보이죠. 더러운 매트리스 위에서 어떻게든 한번 해보려는 남자애들 말이에요.

고삼이 되던 해 봄, 학교에 새로 부임한 젊은 교사들이 몇 명 있었죠. 유미는 그중 수학 선생님을 마음에 두고 있었어요. 큰 키에 뿔테안경을 끼고, 생각이 어디 딴 데 가 있는 것처럼 흔들흔들 걷는 사람이었죠. 여고에 갓 부임한 총각 선생이었으니 웬만하면 연예인 같은 인기를 누렸을 텐데, 차갑고 예민한 성정이라 주위에 사람이 아무도 없었어요. 유미는 그 선생한테 음료수, 손수건, 사탕 바구니, 종이로 접은 장미꽃 따위를 수시로 갖다 바쳤어요. 그럴수록 그 선생은 유미를 부담스러워하는 것 같더군요. 대체 그 인간의 어디가 마음에 드느냐고 물으면, 자기를 벌레처럼 보는 그 눈빛이 좋대요. 암튼 이상한 애였죠.

어느 날 수학시간에, 그 선생은 칠판 가득 모의고사 심화 문제를 적어놓더니 유미에게 맨 위의 것을 풀어보라고 했죠. 유미는 천진하게 모른다고 대답했어요. 그러니까 그다음 문제를 풀어보라고 하데요. 그렇게 칠판에 깨알같이 적어놓은 것을 하나하나 그 애한테 물어봤어요. 결국 유미가 그중 한 문제도 제대로 풀지 못하는 새대가리라는 걸 증명하고 나서야 수업시간이 끝났어요. 선생이 흔들흔들 교실을 나가고, 유미는 새하얗게 질려 자리에 앉았죠. 그날 종례가 끝나고, 유미는 교무실로 불려갔어요. 그 선생은 유미에게 수학 문제집을 주면서 딴 데 신경쓸 게 아니라 공부나 열심히 하라고 했대요.

그날부터 유미는 매일 야간 자율학습 시간에 그 선생과 보충수업을 하게 되었어요. 가까이서 보니 실망스러운 점이 한두 가지가 아니라고 하더군요. 잘 씻지 않는데다 입냄새도 너무 심하고, 책상 밑에서 쉼없이 다리를 달달 떨어댄다고요. 아무래도 수학시간에 받은 모욕 때문에 정나미가 떨어져버린 것 같았어요. 그런데 이상했던 건, 그 선생이 보충수업 때마다 걸려오는 여자친구의 전화에 거짓말을 하더라는 거예요. 책상에 앉은 유미 옆에서 헬스장이다, 서점이다, 친구랑 카페에서 만났다, 헛소리를 했대요. 보충수업이 끝나면 선생이 종종 유미를 집에 데려다주기도 했는데, 어느 날은 갑자기 으슥한 데 차를 세우더니 자기한테 키스하고 싶으냐고 물었다는 거예요. 유미는 아무 말도 하지 않았죠. 다 자기가 자초한 일이었고, 이제 와서 도망칠 수 없다는 생각이 들더래요. 두 사람은 결국 근처에 있던 그 선생의 자취방에서 일을 치렀죠. 식은 피자 조각과 쉰내 나는 양말이 한데 뭉쳐 굴러다니는 맨바닥에서요. 팬티를 벗기 전에 유미는 잠깐 저항했는데, 선생이 너무 불쌍하게 애원하기에 어쩔 수가 없었다더군요.

집에 돌아온 유미는 화장실 문을 잠그고, 욕이란 욕은 다 중얼거리면서 스커트를 빨았대요. 다른 사람 눈에 띄면 안 된다고, 그 선생은 유미를 집에 데려다주지도 않았다더군요. 물이 뚝뚝 떨어지는 교복을 침대맡에 널고 누워서 곰곰 생각해보니, 그 선생도 초보가 아니었나 의혹이 들더래요. 삽입에 몇 번이나 실패하고 어쩔 줄 몰라했던 것하며, 영 뻣뻣했던 움직임하며, 시작부터 마무리까지 너무 어설펐던 거예요. 결국 이렇게 아프고 쓰라리기만 한 것도 그 인간의 기술 부족 탓이라는 생각이 들자, 유미는 억울해서 참을 수가 없었죠. 그런데 그 선생은 모든 게 실수였다는 문자메시지를 하나 남기고는 일방적으로 보충수업을 끝내버린 거예요. 그러고는 버젓이 자기 여자친구를 학교로 불러들여 팔짱을 끼고 걸어다녔어요. 키가 작고 통통해서 꼭 버섯처럼 생긴 여자였죠.

　남자들은 정말 어리석어요. 그 선생은 정말 그런 식으로 아무도 모르게 넘어갈 수 있으리라고 믿었던 걸까요? 유미는 일이 벌어진 다음날 저에게 모든 이야기를 털어놓았어요. 저는 그 이야기를 희진이와 지윤이에게 전했죠. 비밀이라고 몇 번이나 당부했건만 곧 전교생이 전부 다 그 일을 알게 되었어요. 결국 교장 선생님의 귀에까지 들어갔죠. 노처녀인 교장 선생님은 그 선생을 당장 면직시켰어요. 그것 참 고소하더군요. 하지만 유미도 처벌을 피할 수 없었어요. 그애 아버지가 학교에 찾아왔을 때, 우리는 그 구부정한 노인을 보고 너무 놀라 입을 다물지 못했죠. 수능시험을 석 달 앞둔 상황이었는데, 결국 유미는 학교를 떠나야 했어요. 근방의 학교에는 더 고약하게 소문이 나서 아무도 모르는 곳으로 간다고 하더군요. 유미는 끝까지 제가 자신의 비밀을 퍼뜨린 것에 대해 추궁하지 않았어요. 그애한테는 그렇게 너그러운 구석이 있었죠. 떠나기 전에 유미는 저희 집 앞에 들러 수십 권의 로맨스소설들을 전해주었어요. 서울에서는 그런 것들이 더이상 필요하지 않을 거라고 하더군요. 그애를 태운 트럭이 떠나고, 저는 한참 동안 그 자리에 서 있었어요. 길을 지나가던 누군가가 제게 코피가 흐른다고 알려주었죠. 정말 하얀 블라우스 위로 핏방울이 뚝뚝 떨어졌어요. 고개를 뒤로 젖히니 씁쓸한 피맛이 느껴지더군요.

*

인터뷰가 거의 끝나갈 때쯤 비가 내리기 시작했다. 여자는 우산을 미리 챙겨왔다고 했다. 서른여섯 살, 윤영주는 치위생사였다.

"혹시라도 도움이 될까 해서 가지고 나왔어요. 자료가 될 만한 게 있으면 빌려달라고 하셨죠?"

윤영주는 가방에서 책을 한 권 꺼내어 내게 건넸다. '해적과 나'라는 제목의 로맨스소설이었다. 이브닝드레스를 입은 여인의 허리를 감은 근육질 남자의 건장한 팔뚝이 눈에 들어왔다.

"책은 돌려주시지 않아도 돼요."

여자가 떠난 후, 나는 비가 지나가기를 기다리며 책의 첫 장을 열어보았다. 프랑스에 사는 이모를 만나러 가던 영국 아가씨를 태운 배가 해적들의 손아귀에 넘어가고, 결국 여주인공이 해적 우두 머리와 사랑에 빠지는 줄거리가 눈에 익었다. 고등학교 일학년 때쯤인가, 내가 제일 열광했던 작가의 작품이었다.

이유미와 마찬가지로, 나 역시 로맨스소설광이었다. 남자애들이 포르노를 돌려보는 것처럼 여학생들의 환상도 비슷한 모양인지 모른다. 다만 나는 그 책들을 드러내놓거나 친구에게서 빌려보는 건 상상하지도 못했다. 늘 대형 서점에 가서 아무도 모르게 책을 사들였고, 새하얀 달력장으로 표지를 감싼 후에 침대 밑에 숨겨두고 읽었다. 잠들기 전 책을 읽으며 가상 연애에 빠져들었고, 결과적으로는 마스터베이션에 사용했다. 윤영주가 말했던 자수성가형과 명문가형 중에 내 취향은 전자였다. 검은 머리칼에 구릿빛 피부, 오만한 말투, 여자를 마음대로 휘두르는 다소 가학적인 남자들. 책에는 통상 두세 번의 적나라한 정사 신이 등장했고, 내게 놀라운 오르가슴을 선사해주었다.

내가 마스터베이션을 시작한 건 열두 살 때였다. 샤워중에 미지근한 물줄기에 날카로운 쾌감을 느낀 것이다. 우연인가 했지만 우연이 아니었고, 감각을 불러오는 정확한 부위와 마찰의 강도가 있었다. 꼭 샤워할 때가 아니라도 가능했다. 익숙해지고 난 뒤에는 보다 쾌감을 오래 지속시키는 방법도 터득했다. 그 느낌이 얼마나 강렬했는지 비명을 지르지 않기 위해 입술을 깨물어야 했다. 부푼 입술을 혓바닥으로 더듬는 것만으로도 쾌락의 여운이 느껴졌다.

나는 매일 숨막히는 저녁식사 시간이 빨리 끝나기를, 우울한 엄마와 굳은 표정의 아버지에게서 벗어나기를, 환상 속의 젊고 거친 애인들과 함께 침대를 뒹구는 그 순간들을 기다렸다. 분위기를 내기 위해 향초를 태우거나 로맨틱한 음악을 틀어놓기도 했다. 얼마나 그 짓을 즐겼는지 이러다 몸에 문제가 생길까봐 두려울 지경이었다. 쾌감이 사라지고 나면 언제나 죄책감이 들었다. 나는 진즉 팔십 킬로그램을 넘어섰고, 길거리에서 짓궂은 꼬맹이들이 코끼리라고 놀려도 못 들은 척할 수밖에 없는 형상이었다. 나는 너무나 외로웠고, 정말로 이것이 필요했다. 언젠가 진짜 남자친구가 생기면 이런 짓은 즉시 멈출 거라고 다짐했다. 특목고 입시 때문에 나는 하루에 세 시간씩 수면시간을 줄이고 책상 앞에 앉아 있었다. 아버지는 사촌들 중에서 일반고등학교에 진학한 사람은 한 명도 없다고 매일 내게 일깨워주었다.

고등학교 입시에 성공한 뒤, 나는 진짜 남자친구를 사귀었다. 수석 입학에, 외국어 시험에서 역대 최고점을 받은 애였다. 그애는 특강을 온 경제학과 교수와 자유시장경제의 허와 실에 대해 피가 튀는 논쟁을 할 수 있었다. 천재 소년이었던 것이다. 천문학자가 꿈이라는 그애는 자기 이름을 딴 별도 가지고 있었다. 어느 날 그애가 내 쪽으로 걸어오더니, 주말에 천문대로 별똥별을 보러 가지 않겠냐고 물었다. 다이어트로 몸무게를 좀 줄였지만, 그래도 아직 날씬한 코끼리 급인 내게 데이트 신청이라니 꿈만 같았다. 나는 그애와 같이 별똥별을 보러 갔다가 키스했고, 그다음 달에는 내 방 침대에서 섹스했다. 나의 아름다운 연인들이 침대 밑에서 통곡했다.

천재 소년과 나는 같이 수능을 치르고 대학에 가서까지, 자그마치 육 년이 넘게 사귀었다. 마지막 해에는 섹스도 오래된 부부처럼 했다. 아예 하지 않았다는 뜻이다. 나는 더이상 로맨스소설을 읽지 않았지만, 여전히 마스터베이션에 열을 올렸다. 대학에서 나는 교지 편집장이었고, 19세기 영미권 소설에 나타나는 여성 대상화에 대한 논문으로 학술지에서 상을 받기도 했다. 하지만 환상 속에서는 언제나 왕이나 해적인 남자 주인공에게 허리를 붙잡혔다. 그들이 나를 침대에 내던지고, 넌 내 거야, 라고 외치면 나도 모르게 뱃속이 조여오고, 아랫도리가 흠뻑 젖었다.

나의 첫번째 연인이었던 천재 소년, 나는 그에게 망설임 끝에 그간 숨겨온 비밀을 털어놓았다. 너무 오랫동안 수음으로만 쾌감을 느껴왔다는 나의 고백에 그는 어이없다는 듯 나를 바라보았다.

"도대체 나한테 뭘 기대하는 거야? 코스프레 쇼라도 해달라는 건가?"

우리는 그렇게 헤어졌다. 그후에 최연소 변리사가 된 그는 강남에 사무실을 차리고, 미스코리아 출신의 여자와 결혼했다. 그림 같은 집과 아내, 그리고 그와 똑같이 생긴 아이를 나는 잡지에서 본 적이 있다. 그야말로 그가 말한 코스프레 쇼 같았다. 하지만 그를 비난할 생각은 없다. 누구나 자기의 환상을 좇는 것이다.

이유미의 소지품 중에서 가장 낡은 것은 피아노 악보들이었다. 그것들은 유물처럼 해지고 너덜너덜해져 있었다. 베토벤, 쇼팽, 그리고 리스트의 몇 가지 소곡들. 악보에는 저마다 필립스 부인의 사인이 들어 있었다. 나는 누구보다 필립스 부인을 만나고 싶었다. 꼬박 한 달간 미군 부인회와 접촉을 시도한 끝에 십오 년 전 주소록에 실린 필립스 부인의 집주소를 겨우 알아낼 수 있었다. 나는 부인에게 한국에서 이유미라는 학생을 지도한 적이 있는지 물으며 그때의 일에 대해 알고 싶다는 내용의 편지를 썼다. 우편물을 보낼 때 내가 쓴 책도 한 권 집어넣었다. 망망대해 속으로 유리병을 던지듯, 막막한 기분이었다.

새 베이비시터를 구하는 게 늦어지면서, 나는 딸애를 데리고 매주 이틀씩 아버지 집에 드나들고 있었다. 다행히 종일 홀로 지내기에 무료했던 아버지가 아이를 살갑게 보살펴주었다. 아버지는 얼마 전 이모 집에 있는 엄마를 만나러 갔다가 별 성과 없이 돌아왔다는 소식을 전했다.

엄마의 가출은 처음 있는 일이 아니었다. 과거에도 엄마는 종종 엄청난 크기의 이민가방에 옷과 소지품을 다 쏟아넣고 집을 떠났다. 만성적인 두통과 우울 때문에 스스로를 제어할 수 없는 거라고, 아버지는 내게 설명해주었다. 한번은 아버지와 함께 지방의 친구 집에 숨어든 엄마를 찾으러 간 적도 있다. 선풍기 하나 없던 한여름의 지하 단칸방, 햇빛 한줄기 들어오지 않는 비좁은 공간에 엄마는 몸을 웅크리고 있었다. 퀴퀴한 냄새가 역겨웠다. 대체 무엇으로부터 도망쳐 여기까지 온 것인지, 나는 엄마를 이해할 수가 없었다. 아버지의 손을 잡고 온 나를 보고, 엄마는 말없이 자리에서 일어났다. 비틀비틀, 앞장서 집으로 돌아왔다.

그후로도 여러 번, 엄마는 집을 나갔고 아버지의 손에 가방을 들린 채 다시 돌아왔다. 하지만 이번에는 달랐다. 엄마는 도리어 아버지를 위로하면서, 미안하다는 말만 계속하더라고 했다. 아버지는 내가 엄마를 찾아가 설득하기를 바라는 듯했다. 하지만 나는 끝내 입을 다물고 있었다. 오래전 그 지하방의 퀴퀴한 냄새가 아직도 기억에 생생했던 것이다. 게다가 산산조각난 결혼생활에 대해서라면, 나에게도 말 못할 문제가 있었다.

남편은 영국에서 매주 수요일 오후에 전화를 걸어왔다. 그는 단조로운 목소리로 매뉴얼을 읽듯 딸아이와 나의 안부를 물었다. 전화를 끊기 전에 그는 늘 나를 시험하듯 하고 싶은 말이 없느냐고 물었다. 내가 입을 다물고 있으면, 조용히 전화를 끊어버렸다. 그는 내게 무슨 이야기를 듣고 싶은 것일까. 나를 용서해달라는 말? 미안하다는 말? 매일 매 순간, 후회하고 있다는 말?

그가 영국으로 떠나기 전, 나는 외도 사실을 고백했다. 아니, 내가 외도 사실을 고백했기 때문에 그가 영국으로 떠났다고 말해야 옳을 것이다. 삼 개월간 지속된 부적절한 관계는 그 무렵 파국에 이른 참이었다. 나는 나의 부정을 낱낱이 읊어댔다. 내가 한마디 한마디를 내뱉을 때마다 남편의 얼굴이 창백해졌다. 이야기를 다 마치자, 그는 쉰 목소리로 내게 뭘 원하느냐고 물었다. 나는 '아무도 상처받지 않는 것'이라고 대답했다. 말이 끝나기도 전에 그는 커다란 손을 허공에 들어올렸고, 나를 후려치는 대신 벽에 매달린 액자와 시계를 집어던졌다. 산산조각난 시계의 태엽 위에서 시침과 분침이 제자리를 벗어나지 못하고 째깍거렸다.

그후 끔찍한 침묵이 시작되었다. 하지만 남편도 나도 끝내 헤어지자는 말을 내뱉지 않았다. 우리는 거울 속의 자신을 보듯 서로를 들여다보고 있었다. 십 년간의 결혼생활, 함께 아이를 낳았고, 그 아이가 서로를 반씩 닮은 얼굴로 자라고 있었다. 헤어진다는 것은 몸의 한 부분을 잘라내는 것과 같았다. 비록 곪아가고 있는 부분이라고 해도, 그것을 포기하기란 쉬운 일이 아니었다. 어쩌면 우리는 그 부분이 저절로 괴사하여 떨어져나가기를 기다리고 있는지도 몰랐다.

필립스 부인에게 편지를 보낸 지 한 달 만에, 미국에서 답장이 도착했다. 에밀리라는 이름의 조카가 대신 쓴 편지였다. 부인은 몇 년 전 근육병 진단을 받고 투병중이라고 했다. 의사소통에는 지장이 없지만 팔다리의 운신이 불가능하여, 조카의 도움을 받아 답장을 쓴 것이었다.

'영리하고 활기 넘치던 그 소녀와 함께 지냈던 시간은 내게 무척 즐거운 추억으로 남아 있습니다. 그녀에게는 클래식 피아니스트가 되기 위한 재능이 부족했을지 몰라도 어떤 장애에도 굴하지 않는 의지와 주위를 밝게 정화시키는 에너지가 있었지요. 그로 인해 늘 어두웠던 나의 집에도 작은 생기가 더해지곤 했답니다. 오래전 잠시 머물렀던 한국은 내게 슬프고 아련한 향수를 불러일으키는 곳이랍니다. 내몸이 가볍다면 언젠가 그곳으로 돌아가서, 아름다운 여인으로 성장했을 그 소녀를 만나고 싶군요. 우리는 그때처럼 관대한 음악의 비호를 받으며 평화롭고 행복한 시간을 보낼 수 있을 텐데요.'

편지에는 병상에 있는 필립스 부인의 사진이 동봉되어 있었다. 병원복을 입은 그 뚱뚱한 노파는 새파란 눈동자로 카메라 이쪽을 뚫어져라 바라보고 있었는데, 병중이라는 사실을 믿기 어려울 만큼 강렬한 눈빛이었다. 그 백인 노파의 눈을 보다가 엄마를 떠올린 것은 정말 이상한 일이었다.

3. 보그

서울에서 이유미가 얻은 첫번째 방은 대학가 하숙집이었다. 곧 대학에 진학할 테니 두 번 이사하는 수고를 줄이자는 이유미의 주장을 따른 것이었다. 아이처럼 엉엉 우는 어머니를 겨우 떼어놓고, 이유미는 아버지와 같이 집을 떠났다. 차 안에서 그는 한마디 말도 꺼내지 않았다. 딸이 추문에 휩싸인 이후, 그는 아예 말을 잃어버린 사람 같았다. 그는 하숙집에 짐을 내려놓고, 근방의 여고에 전학 수속을 밟은 후 곧장 집으로 돌아갔다. 이유미는 하숙집에서 혼자 저녁을 먹었다.

수능시험이 석 달도 안 남은 애매한 시점에 나타난 전학생에게 관심을 갖는 사람은 아무도 없었다. 심지어 출석부에도 한 달 내내 이름이 올라가지 않았다. 아이들은 멀찍이서 그녀를 흘금거렸다. 이유미는 처음으로 외톨이가 되었다. 근처 대학가에서 화려한 상점들을 구경하는 것이 유일한 위안이었다. 마네킹이 입고 있는 옷, 공중에 매달린 가방들, 진열대 위의 날렵한 구두들, 반짝이는 모조 보석들. 그녀는 발이 아프도록 그 사이를 휘젓고 다녔다. 종일 이어폰을 귀에 꽂고, 길에서 빵을 사먹었다.

하숙집에는 스무 개가 넘는 방이 있었다. 이유미는 17호에 살았고, 16호에는 직장인, 18호에는 S여대 학생이 살았다. 18호는 늘 남자친구를 몰래 방으로 끌어들여서, 밤새 잠도 자지 않고 키득거릴 때가 많았다. 가끔은 16호까지 그 소리를 듣고 애꿎은 이유미의 방 벽을 쿵쿵 쳐댔다. 그들은 겨우내 함께 독감을 앓았다. 한번도 얼굴을 보지 못한 이웃들이지만, 아마 생리 주기까지 똑같아졌을 거라고 이유미는 일기에 썼다.

수능이 끝나자마자 이유미는 대학 근처 카페에서 아르바이트를 시작했다. 두 달 동안 하루 열두 시간씩 일하며 모은 돈으로 첫 루이비통 가방을 샀다. 책과 노트, 화장품 파우치까지 넉넉히 담을 수 있는 사이즈였다. 대학생활의 준비를 다 해놓았지만, 그녀는 정작 입시에 낙방했다. 자신의 수능 점수에 비해 너무 높은 학교에 지원했던 것이다. 아름다운 캠퍼스에, 살고 있는 하숙집에서도 가깝고, 졸업생들의 평판이 좋은 S여자대학이었다.

불합격 소식을 들은 후 며칠간 그녀는 아무것도 하지 않고 방안에만 들어앉아 있었다. 합격한다는 보장이 있었던 것도 아닌데,

왜 그렇게 무력감이 큰지 알 수가 없었다. 이불 속에 몸을 숨긴 그 녀는 얼굴만 내놓은 채 천장의 더러운 먼지와 얼룩들을 바라보았다. 주말에 아버지가 그녀에게 전화했다. 오랜만의 연락이었는데, 아버지의 목소리는 무거웠다. 양복점이 전보다 더 어려워진데다, 얼마 전부터 어머니가 가벼운 치매 증상을 보인다고 했다. 전화를 끊기 전, 아버지는 이제 막 생각났다는 듯 입시 결과를 물었고 그 녀는 당연한 걸 왜 묻느냐는 듯 담담한 목소리로 합격했다고 대답했다. 부모님에게 실망만 줬던 지난 몇 년간을 생각하면, 이것은 마땅히 그녀가 감당해야 할 일이었다. 어쩌면 좀 압박감을 갖는 것이 재수생활에 도움이 될지도 몰랐다. 도망칠 곳이 없으니, 내년에는 반드시 합격할 수 있을 것이라고 생각했다.

며칠 뒤 그녀의 아버지는 어머니와 함께 서울에 올라왔다. 젊은 사람들이 바글거리는 대학가에서 그녀의 부모는 외계인처럼 늙고 초라해 보였다. 이유미는 그들과 대학 정문 앞에서 사진을 찍었고, 아르바이트했던 카페에 가서 파르페를 먹었다. 헤어지기 전에 아버지는 그녀에게 입학금과 등록금을 넣은 돈뭉치를 건넸다. 이유미는 그 돈으로 입시학원에 등록했고, 남은 돈은 계좌에 넣어두었다.

2월이 되자 하숙집마다 이사 시즌을 맞아 하루에도 몇 차례 짐차가 드나들었다. 어느 날 아침, 입시학원에 가려고 방을 나온 이유미는 문이 활짝 열린 16호 앞에서 발을 멈췄다. 방은 텅 비어 있었다. 어째서 인사도 하지 않고 떠난 것일까, 그런 생각을 하고 있을 때 누군가가 그녀의 뒤에서 등을 툭 쳤다.

"17호 맞지?"

익숙한 목소리의, 18호였다. 18호는 짧은 갈색 머리에 동그란 안경을 쓰고 있었다. S여대 법학과 사학년인 그녀는 장난기 많은 소년 같은 얼굴이었다.

"이번에 우리 학교 들어온다며? 의상디자인?"

"……네."

이유미는 고개를 까딱해 보였다. 지난달 부모님이 다녀간 뒤로, 하숙집에 소문이 퍼진 것이다.

"키가 정말 크네."

18호는 그녀를 빤히 바라보았다.

"언제 우리 교지와 인터뷰 한번 해줄래? 새내기 특집 기사를 쓰고 있거든."

이유미는 더듬더듬 전화번호를 알려준 후 서둘러 자리를 피했다. 그후, 그녀는 하숙집의 누구와도 마주치지 않기 위해 새벽에 눈을 뜨자마자 그곳에서 빠져나왔다. 하지만 해가 뜰 때까지 깜빡 잠이 들어버린 어느 날, 그녀는 현관 앞에서 다시 한번 18호와 마주쳤다.

"학교 가는 거지? 같이 가자."

18호는 대뜸 자신의 가방을 이유미에게 맡기더니, 얼굴에 빠른 속도로 선크림을 발라댔다. 그들은 하숙집에서 나와, S여대 쪽으로 걸어갔다. 길에서 만난 몇몇 여학생이 18호에게 인사했다. 이유미는 그들과 함께 처음으로 S여대 안으로 들어갔다. 3월의 캠퍼스는 청명한 공기로 상쾌했고, 광장 주위를 빙 둘러 세워진 작은 부스마다 사람들이 서 있었다. 동아리 홍보 주간이었다. 18호는 그녀에게 어떤 동아리에 들어갈지 결정했느냐고 물었다. 이유미는 아직 잘 모르겠다고 대답했다.

담쟁이덩굴이 늘어진 붉은 벽돌 건물 앞에서 18호는 손을 흔들고 안으로 들어갔다. 그곳이 법대 건물이었다. 사법고시 합격자 명단이 벽에서 나풀거렸다. 홀로 남은 이유미는 잠시 그 자리에 서 있다가 의상디자인과 건물 쪽으로 걸어가봤다. 기독교 동아리 부스에서 따뜻한 커피도 한 잔 받아들었다. 그녀는 커피를 마시며, 건물 전체가 색유리로 되어 있는 의상디자인과 건물을 올려다봤다. 햇빛을 받은 유리창이 무지개색으로 반짝반짝 빛나고 있었다. 천 꾸러미를 든 여학생 세 명이 깔깔대고 웃으며 그 건물에서 나왔다. 그때, 18호가 그녀에게 문자메시지를 보내왔다. 점심에 교지 편집부 사무실에서 보자는 내용이었다.

이유미는 홀로 캠퍼스 주변을 돌아다니다가, 세 시간 후 학생회관 이층에 있는 교지 편집부 사무실에 찾아갔다. 철문 앞에는 '관계자 외 출입 금지'라는 팻말이 큼지막하게 붙어 있었다. 조심스럽게 그 문을 열고 들어가자, 퀴퀴하고도 달콤한 냄새가 끼쳐

왔다. 책상마다 책이 한껏 높이 쌓여 있었고, 총 일곱 대의 컴퓨터가 전부 다 켜져 있었다. 그 사이에 앉아 있던 18호가 이유미를 불렀다.

인터뷰 내용은 평이했다. 18호는 양복을 짓던 아버지의 뒤를 이어 의상디자인과에 들어온 이유미의 스토리를 꽤나 흡족해했다. 그녀는 이유미에게 교지 편집부에서 일할 생각 없느냐고 물었다. 문화·패션 섹션에 인원이 필요하던 차였다. 수습기자 지원 기간이 아니었지만, 이른바 특채 제의였다. 인터뷰가 끝난 후에 이유미는 학생 기자들과 둥글게 앉아 피자를 먹었다. 그녀는 서울에 와서 처음으로 사람들과 대화하며 밥을 먹고 있었다. 식사 내내 웃음소리가 끊이질 않았다.

그해에 이유미는 입시학원과 S여대를 오가며 교지 편집부에서 수습기자로 일했다. 나 역시 대학 시절 교지 편집부에 있었기 때문에, 그 일이 얼마나 시간을 잡아먹는지 익히 잘 알고 있다. 특히 수습기자라면 온갖 잡무에 쫓겨 개인 생활이 거의 불가능했을 것이다. 이유미는 점차 입시 공부에 소홀하게 되었다. 방학에도 학원에 거의 나가지 못할 정도였다.

문화·패션 섹션은 기존의 담당자가 빠져나가면서 책임편집자 자리가 공석이던 상태였다. 이유미는 수습으로서는 드물게 금세 기사를 맡아 쓰게 되었다. 볼만한 공연, 패션 상식, 연애 상담 등이 주 테마였다. 그중에서도 '이 기자의 이기자'는 데이트에서 남자들을 꼼짝 못하게 만드는 전략들을 알려주는 코너였는데, 곧 교지에서 가장 인기 좋은 꼭지가 되었다. 이유미는 그 일을 무척 즐겼다. 전공을 바꿔서—실제로 그녀에게는 전공이 없었는데도—진짜 기자가 되어볼까 했을 정도였다.

이유미는 자신이 의상디자인과 학생이라는 거짓말이 들통날까봐 두려운 마음이 들 때마다, 백화점에 가서 화려한 옷가지와 장신구를 사들였다. 아버지에게 받은 등록금과 생활비를 그런 식으로 다 써버렸다. 이학기 과정부터 그녀는 걸핏하면 아버지에게 전화를 걸어, 디자인 쇼케이스를 준비중이라고 거짓말했다. 원단비, 작업실 사용료, 모델비까지 너무 돈이 많이 들어서 학교를 그만두고 싶을 정도라고 하소연했다. 그녀의 아버지는 말없이 돈을 더 부쳐주었고, 그녀는 몇 장의 가짜 사진들로 아버지에게 보답했다.

그해 겨울 18호는 졸업해서 학교를 떠났고, 그 자리와 컴퓨터는 이유미의 것이 되었다. 기자 장학생에 선정되어 행정 기록이 필요했을 때는 아버지가 더 불우한 학생에게 장학금을 양보하라고 했다는 말로 위기를 모면했다. 덕분에 그녀는 부유한 기업가의 딸로 알려지게 되었다. 그녀의 밝고 쾌활한 성격과 눈에 띄는 고급 옷차림이 더욱 그런 소문을 부추겼다.

결국 이유미는 수능시험에서 전년보다 더 낮은 점수를 받았다. 안목을 낮추기만 한다면, 그때라도 다른 대학에 들어가서 진짜 학생이 될 기회가 남아 있었다. 하지만 그녀는 어떻게 해서라도 꼭

S여자대학에 들어가고 싶었다. S여자대학이 의미하는 삶의 조건, 그 아래로는 절대로 내려가고 싶지 않았다. 하지만 입시 공부에 집중하기는 점점 더 힘들어졌다. 이미 대학생활의 중심에 있었던 것이다.

매해 봄, 전국 대학의 교지 편집부 기자들은 K과학대학교 기숙사에서 총회를 가졌다. 각 대학 기자들 간의 교류와 친목을 도모하는 자리였다. 3박 4일간의 그 지루했던 모임에서, 이유미는 이상우를 만났다. 장기자랑 시간에 그는 대뜸 손을 들고 무대에 올라가더니 조명 없는 어둠 속에서 백석의 시를 읊었다. 이유미는 처음 듣는 그 시가 무척 감미롭다고 생각했다.

그는 K과학대학교의 항공우주공학과 학생이었고 교지 『사이언스』의 편집장을 맡고 있었다. 그해 최우수 대학 기자상을 받기도 했다. 소주병을 볼링핀처럼 세워놓고 둘러앉아 술을 마시던 자리에서 이상우는 S여대의 교지를 혹평했다. 『보그』 같은 여성잡지 아니냐는 빈정거림이었다.

"그렇다면, 대단한 영광인데요."

멀리 떨어져 앉아 있던 이유미는 낭랑한 목소리로 그에게 대답했다.

"한 번이라도 『보그』를 제대로 읽어본 적 있어요?"

이상우는 재미있다는 듯 이유미를 바라보았고, 고개를 가로저었다.

"최우수 기자가 모르는 걸 함부로 말하면 안 되죠."

총회가 끝나고 서울로 올라오는 길에 이유미는 이상우에게서 문자메시지를 받았다. 그녀의 『보그』를 빌려 읽고 싶다는 내용이었다. 그녀는 그에게 직접 대출증서를 쓰지 않으면 안 된다고 답장했다. 그다음 주에 이상우는 S여대에 찾아왔다. 그들은 조금 거리를 둔 채, 학교 안의 호숫가를 산책했다. 그다음 주에 만났을 때는 극장에 가서 손을 잡았고, 헤어지기 전에는 혀를 넣어 키스했다.

그들은 서울과 대전을 오가는 장거리 연애를 시작했고, 관계는 이 년간 지속되었다. 이상우는 자신이 쓴 차비와 모텔비만 모아도 중형차 한 대는 뽑았을 거라고 농담을 하곤 했다. 이유미가 그를 단 한 번도 하숙방 안으로 들여놓지 않았던 것이다. 이유미는 자신의 방에서 섹스 쇼를 벌이고 싶지 않다는 말로 그를 막았지만, 좀더 솔직하게는 누추한 방안을 그에게 보이기가 두려웠다. 대신 그녀는 모텔비를 제외한 나머지 데이트 비용을 부담했다. 그들은 언제나 밝은 분위기의 레스토랑에서 밥을 먹었다. 기사를 써야 한다는 핑계로 값비싼 공연도 자주 보러 다녔다. 그녀는 늘 돈을 헤프게 썼다. 현실감각이 조금도 없었다. 자연히 이상우는 그녀가 꽤나 부유한 집의 딸일 것이라고 생각했다. 그녀 스스로 그런 거짓말을 한 적은 한 번도 없었지만, 굳이 오해를 바로잡으려는 노력도 하지 않았다. 언젠가 부모님에 대한 이야기가 나왔을 때, 이유미는 아버지가 수입 양복 체인을 한다고 말했다. 그전까지 '수입 양복 체인'에 대해 한 번도 생각해본 적이 없었는데, 그냥 그 말이 튀어나와버렸다. 다음 순간 이유미는 아버지가 '소박한 사람'이라고 덧붙였지만 이상우에게는 '수입 양복 체인을 운영하는 소박한 사업가'라는 뜻으로 받아들여졌다.

이유미는 걷잡을 수 없이 쌓여가는 거짓에 두려움을 느꼈고, 몇 번인가 진실을 고백하기로 마음먹었다. 하지만 언제나 아침이 되면 자신이 없어졌다. 그가 자신을 사기꾼이라고 비난할까봐, 교지 편집부에서도 쫓겨날까봐 두려웠다. 대신 그녀는 다시 입시학원에 등록했다. 까마귀떼 같은 재수생들은 화사하게 옷을 빼입은 그녀를 연신 흘긋거렸다. 적어도 그해에 그녀는 꽤나 열심히 학원에 출석했다. 이상우가 졸업을 맞았다는 사실도 동기부여가 되었을 것이다.

이상우의 졸업식 날, 이유미는 그의 부모와의 식사 자리에 초대되었다. 그녀는 첫눈에 그들 부부의 눈에 들었다. 저녁식사 내내, 이유미를 보는 부부의 얼굴에서 웃음이 가시지 않았다. 이상우의 아버지는 퇴임을 앞둔 육군 대령이었다. 그는 이유미에게 자신의 아들이 장차 과학기술부 장관도 될 수 있는 재목이라고 자랑스럽게 이야기했다. 그러기 위해서는 아내의 내조가 반드시 필요하다고도 했다.

"당신은, 아직 어린 애들한테."

부드럽게 남편을 제지하는 그 여인은 오십대 후반으로는 보이지 않을 만큼 젊고 아름다웠다. 헤어지기 전, 이상우의 어머니는 이유미에게 손을 내밀어 악수를 청했는데, 그 보드라운 손의 감촉에 이유미는 자신의 늙은 어머니를 떠올릴 수밖에 없었고 괜스레 울적해졌다. 그냥 다 때려치우고 어머니에게 달려가고 싶은 심정이었다. 그런 감정은 언제나 죽고 싶은 마음과 연결되어 있었다. 하지만 그것은 잠시 잠깐의 충동적인 기분이었고, 그때 말고는 어머니 생각은 잘 하지 않았다. 그후 이유미는 이상우의 집에서 부를 때마다 얌전한 모습으로 나타나 로코코풍 4인용 식탁의 한 자리를 차지했다.

이상우는 고급 호텔방에서 오래전 그들이 처음 만났던 날의 시를 빌려 청혼했다. 가난한 내가, 아름다운 나타샤를 사랑해서, 오늘밤은 푹푹 눈이 나린다…… 이상우는 이제 그녀 없는 삶을 상상도 할 수 없다고 했다. 그녀를 만난 후 비로소 삶이 시작되었다고 했다. 졸업 후 유학을 떠나는 게 정해진 코스이니, 결혼을 하고 함께 떠나자고 했다. 이상우는 자신의 아버지가 어머니에게 청혼할 때 썼던 다이아몬드 반지를 내밀었다. 이유미는 그 유물 같은 반지를 잠시 들여다보았고, 선뜻 좋다고 대답했다. 어쩌면 이상우에게는 자신의 허물과 거짓을 들켜도 용서받을 수 있으리라는 생각이 들었다. 그러자 갑자기 그를 향한 사랑이 샘솟는 것을 느꼈다. 그녀 역시 자기 삶을 연기하는 데 진저리가 나던 참이었다. 가볍게 시작한 거짓말을 너무 오래 끌어왔던 것이다. 이상우와 새로운 곳으로 떠난다면, 모든 것을 다시 시작할 수 있을 것이었다. 엉킨 실뭉치를 버리고 새 실타래를 얻는 것이었다.

결혼을 약속한 밤, 이상우는 이유미에게 애널 섹스를 하고 싶다는 자신의 오랜 판타지를 고백했다. 이유미는 잔뜩 기대를 품은 이상우의 손을 잡고, 오늘은 생리중이니 아쉽지만 다음으로 날을 잡아보자고 달랬다. 대신 그들은 오누이처럼 나란히 누워서 손을 잡았다. 이유미는 자신이 정말 좋은 아내가 될 수 있을 것 같은 기분을 느꼈다. 막 잠이 들려고 했을 때, 이상우는 그의 어머니가 그녀의 어머니를 만나고 싶어한다고 말했다. 곱디고운 그 여인이 자신의 늙고 미친 어머니를 만난다고 생각하자 이유미는 잠이 확 깼다. 이상우는 아무래도 뭔가 아쉬운지 깊은 숨을 내쉬며 옆으로 돌아누웠다.

●REC

지금 녹음하는 거예요? 기자가 아닌 게 확실하죠? 복잡한 일에 얽히는 건 질색이에요. 들고 나는 학생들이 많다보니 사건, 사고에 얽히는 일이 징그럽게 많거든요. 우리집은 이 자리에서 이십 년 전부터 하숙집을 했어요. 재작년에 엄마가 심장발작으로 쓰러지시고, 제가 인수해서 원룸텔로 리모델링을 싹 다시 했지요.

요즘은 아무도 하숙집을 찾지 않아요. 그보다 단 두세 평이라도, 누가 간섭하지 않는 방을 원하죠. 마음만 먹으면 그 안에서 일 이 년도 처박혀 있을 수 있는 방요. 그래서 이번에 리모델링할 때 는 방안에 개인 화장실, 싱크대도 넣었어요. 요즘은 그런 게 대세 예요. 임대 수익을 얻을 수 있는 건물 말이죠.

남편은 엄마가 쓰러지기 전부터 이곳에 눈독을 들였답니다. 저 절로 우리 손에 굴러들어올 줄 알았던 거예요. 어림없는 얘기죠. 하숙비가 하루만 늦어도 방 앞에서 그 사람이 올 때까지 기다리는 게 우리 엄마예요. 밀린 돈은 학교나 직장에 쫓아가서라도 받아내 곤 했으니까요. 청상으로 그렇게 자식 넷을 키웠어요. 딸에게 다 낡은 하숙집을 넘기면서도 한푼 밑지려고 하지를 않더군요. 남편 이 얼마나 섭섭해하던지, 제가 다 민망하더라고요.

전 대학을 나오지 않았어요. 집안에 대학생이 드글드글하다보 니까, 대학에 가봤자 별게 없다는 걸 일찌감치 알아차렸거든요. 여대생들이 제아무리 잘난 척을 해봤자 결국 빡빡 우는 애들이나 업고 콩나물값 깎는 여편네 되는 게 다반사죠. 연애 놀음에 목숨 거느니, 그 시간에 착실히 일해서 돈을 모으는 게 나아요. 절 보세 요. 제 나이에 이렇게 번듯한 원룸 건물을 갖고 있는 사람이 흔한 가요? 전 스무 살 때부터 적금통장을 열 개나 가지고 있었어요. 그 것들이 제 학위고, 남자친구였죠.

그런데 찾는 사람이 누구라고 했죠? 아…… 이 학생이라면 누 군지 알겠네요. 이름이…… 유미, 맞아요. 우리집에 오래 있었는데, 마지막이 좀 안 좋았죠. 짐도 못 싸고 떠나야 했으니까요. 옷이 얼마나 많았는지 놀랐던 기억이 나네요. 솔직히 이해가 잘 되지 않더군요. 저는 한 계절에 두세 벌의 옷이면 족한 사람이거든요.

당시 저는 작은 무역회사에 다니고 있었는데, 가끔 엄마가 급한 일이 있을 때는 대신 하숙생들 밥상을 차렸어요. 하숙집이 그게 힘들어요. 하루 세끼 밥을 지어야 되거든요. 방학에도 연휴에도, 학생들이 방에 없으면 모를까 한 사람이라도 있으면 일단 먹을 수 있게 만들어놔야 돼요. 가끔 그렇게 식사 당번을 맡았을 때, 이 학생을 종종 봤어요. 식탁에서도 늘 눈에 띄는 편이었죠. 모델처럼 큰 키에, 옷을 잘 차려입었거든요. 아마 패션디자인학과인가 그랬을 거예요. 명품 가방이나 지갑을 아무렇지 않게 식탁 위에 올려놓으면, 다들 밥을 먹다가도 그걸 흘금거렸어요. S여대 학생이었는데, 화려한 옷차림에 비해 성격은 내향적이었죠. 말수가 적고, 뭐랄까, 좀 음산한 분위기였다고 할까요.

하숙생들이 현관 신발장을 다 같이 썼는데, 이 학생의 신발만 없어진 게 한두 번이 아니었어요. 그래도 별로 화를 내지 않았어요. 할 수 없죠, 고개를 가로젓고 그만이었어요. 엄마가 그 학생을 자주 칭찬했던 게 기억나요. 무던하고 까탈스럽지 않다고요. 또, 절대 외부 손님을 데리고 들어오지 않는다고요. 사실 하숙집을 하다보면, 이게 모텔인지 하숙방인지 분간이 안 될 정도로 남녀 합숙이 비일비재하거든요. 친오빠라고 소개하고는 밤새 요란스럽게 헐떡거리는 치들도 있어요. 이유미는 사 년 가까이 하숙집에 있으면서 한 번도 그런 일이 없었어요. 남자는커녕 여자 친구 한 명 끌어들이지 않았죠. 엄마가 좋아할 만한 모범 하숙생이었어요.

마지막 해에 그 학생은 결혼을 앞두고 있었어요. 학교를 졸업하기도 전이었는데, 결혼 후 곧장 유학을 떠날 예정이라고 했죠. 엄마한테 급하게 방을 빼야 될지도 모른다고 했대요. 그리고 곧장 그 일이 터진 거예요.

그날은 주말이었는데 엄마는 친척 어른 장례로 종일 집을 비웠어요. 제가 대신 하숙생들 식사를 준비하고 있었죠. 그런데 오후 세시쯤 되었을까. 누가 찾아왔어요. 기품 있는 중년 부인이었죠. 부인의 옆에는 얼굴이 하얗게 질린 남학생이 서 있었어요. 그 부인 말이, 자기 아들이 이 집에 사는 한 여학생 방에다 중요한 물건을 두고 왔다고 하더군요. 그것을 찾으러 왔다고요.

이유미는 아침 일찍 외출한 참이었고, 전화도 불통이었어요. 주인 허락 없이는 방에 들어갈 수 없다고 말했지만, 부인이 막무가내였죠. 그 방에 틀림없이 자기 아들 물건이 있다, 도둑맞은 걸 대신 책임질 자신 있느냐고 고성을 질러댔어요. 그 우아해 보이던 얼굴이 얼마나 표독스럽게 변하던지 막을 재간이 없더군요.

부인은 경찰에 신고해서 영장이라도 가져와야 방문을 열겠느냐고 식당 한가운데서 행패를 부렸어요. 하숙생들 모두 무슨 일인가, 방에서 나와 그 꼴을 구경하고 있었고요. 할 수 없이 보조열쇠를 가져왔어요. 그 물건만 찾아서 곧장 나와야 한다고 다짐을 받았죠.

문을 열자, 부인이 곧장 그 안으로 뛰어들어갔어요. 사실 뛰어들어갈 공간이랄 것도 없는 비좁은 창고 같은 방이었죠. 낡은 누더기 같은 담요와 빛이 바랜 베개가 한쪽에 공처럼 말려 있었어요. 그 풍경을 내려다보는 귀부인의 얼굴이 혐오감으로 일그러지더군요. 다른 한쪽에는 앉은뱅이책상이 있었고, 그 위에 대입 수험서 몇 권이 포개어 펼쳐져 있었죠. 그 방 곳곳에 벗어놓은 옷이 아무렇게나 산처럼 쌓여 있었고요. 방구석에는 지퍼가 고장난 비키니옷장이 있었는데, 귀부인은 그 안까지 샅샅이 뒤져보았어요. 하지만 찾는 물건은 그곳에 없는 것 같더군요. 부인을 따라온 그 남학생은 차마 방안으로 들어오지는 못하고 굳은 얼굴로 문 앞에 서 있었어요. 이런 짓을 하는 엄마나 그런 꼴을 지켜보는 아들이나 한심하다는 생각이 들더군요.

이유미는 그날 하숙방에 돌아오지 않았어요. 한참 동안 돌아오지 않았죠. 한 달쯤 뒤에 엄마가 연락을 받았는데, 부모님이 편찮으셔서 집에 가 있다고 하더군요. 다시 돌아가지 못할 것 같다고, 가능하다면 방안의 짐을 싸서 집으로 보내달라고 했대요. 나는 커다란 박스 세 개에 그 방 살림을 옮겨 담았어요. 한눈에도 값비싸 보이는 옷가지들이 아무데나 쑤셔박혀 있었어요. 그리고 S여대 교지도요. 이유미가 그 잡지를 만든다는 얘길 들었었죠.

나는 미장원에 가서도 잡지를 안 보는 사람이에요. 하지만 그날
은 그 책 중에 한 권을 뽑아들었어요. 이유미가 쓴 기사만 골라 읽
었죠. 꽤나 재미있더라고요. 세상 물정 하나도 모르는 어린 아가
씨가 그런 일을 당하다니, 안되었다는 생각이 들더군요. 원피스,
구두, 가방, 화장품. 그런 것들이 인생을 바꿔줄 거라고 믿다니,
정말 어리석죠. 저는 남편도 자식도 믿지 않아요. 믿을 건 원룸 건
물, 이것뿐이라니까요.

*

　이유미와 나는 언젠가 마주쳤을지도 모른다. 전국 대학생 교지
연합회, 나 역시 그 자리에 참석한 적이 있다. 맞춤 티셔츠를 입고
강당에 서 있던 수많은 학생들 속에 이유미, 이상우, 그리고 나도
함께 있었을지도 모른다. 하지만 그해의 최우수 기자상을 받았던
K과학대 학생에 대해 나는 아무것도 기억할 수 없었다. 전해 들은
근황에 의하면 그는 스위스로 유학을 다녀온 후, 대기업 연구직에
있다고 했다. 과학기술부 장관에 이르겠다는 야심은 어떻게 되었
는지 모르겠다. 그는 내 인터뷰 요청을 거절했다. '전 그런 여자를
모릅니다.' 이것이 그의 짧은 대답이었다.

　이유미가 사 년간 머물렀던 하숙집은 이제 그 주인의 딸이 인수
하여 원룸텔로 운영하고 있었다. 혹시나 하숙집에서 친하게 지냈

던 친구나 동료가 있지 않을까 기대했으나, 그런 존재는 없었다. 이유미는 S여대의 인기 기자였지만, 이상우를 제외한 누구와도 친밀한 관계가 아니었다. 어쨌든 그의 어머니가 이유미의 방에 쳐들어간 후, 그들은 헤어졌다. 어떻게 일이 거기까지 치달은 것인지, 일기에는 자세한 언급이 없다. 아마도 그의 집에서는 결혼을 서두르며 상대 쪽 부모를 만나고 싶어했을 것이고, 이유미는 피하기에 급급했을 것이다. 하지만 이상우의 어머니는 생각처럼 유유자적하는 귀부인이 아니었다. 육사 출신도 아닌 남편을 대령까지 올려놓은 불굴의 여인이었던 것이다.

이유미가 대학생도 아니고, 부잣집 딸도 아니라는 사실이 밝혀진 날, 이상우는 그녀에게 자신이 준 반지를 돌려달라고 말했다. 그들은 처음에 데이트했던 S여대의 호숫가에서 만났다. 그는 내내 땅바닥만 바라보고 있었다. 마치 눈으로 마주할 수 없는 끔찍한 존재를 대하는 것 같은 태도였다.

"한 번만 내 이야기를 들어줘."

"왜, 또 무슨 거짓말을 하려고?"

이상우는 비열한 웃음을 지어 보였다. 이유미는 처음 보는 그의 얼굴에 멈칫했다.

"잠시만이라도 좋아. 그저 내 말을 들어달라는 거야."

"소용없다니까. 무슨 사연이 있든지 간에, 이제 더이상 너를 원하지 않아."

그의 표정에 고스란히 드러난 혐오 때문에 그녀는 몸을 떨었다. 말없이 손에 끼고 있던 반지를 빼 주자, 그는 그것을 받아 주머니에 넣은 후 뒤도 돌아보지 않고 떠났다. 그것으로 정말 끝이었다.

이유미는 홀로 호숫가에 앉아 해가 지는 풍경을 바라보았다. 그녀는 그에게 말하고 싶었다. 모든 게 다 거짓은 아니었다고. 함께했던 시간 동안, 그를 진심으로 사랑했었다고. 하지만 이제 그녀도 의심스러웠다. 그들이 나눈 게 진짜 사랑이었다면, 어떻게 이토록 간단히 깨질 수 있단 말인가. 그를 정말 화나게 하는 것은 그녀의 거짓말이 아니라, 그녀가 번듯한 양복 체인의 상속녀가 아니라는 사실인지도 몰랐다. 어쨌든 그는 이제 더이상 그녀를 원하지 않았다. 너무나 간단한 심경의 변화였다. 마침내 해가 지고 호숫가가 어둑어둑해졌을 때, 그녀는 자리에서 일어났다. 하숙집에 다다랐을 때 전화가 걸려왔다. 아버지가 위독하다는 소식이었다.

이유미는 아버지가 마리화나 중독자라는 사실을 알고 있었다. 그가 느끼한 쑥뜸 냄새를 풍기며 돌아오는 금요일 밤에는 집안 공기가 달랐던 것이다. 그런 날이면 평소에 말 한마디 없던 아버지가 그녀를 다정하게 안아주기도 하고, 밤새 노래를 부르기도 하고, 주머니에 들어 있는 돈을 전부 털어 주기도 하고, 전에 없이 속의 이야기를 하기도 했다. 그녀는 마리화나에 악감정이 없었다.

하지만 그녀의 아버지는 결국 마리화나로 인해 끝장이 났다. 여느 때처럼 약기운에 취해 기분좋게 집으로 돌아오던 금요일 밤이었다. 산에서 내려오던 지프차가 비틀비틀 걸어가는 그를 미처 보지 못하고 뒤에서 밟고 지나갔다. 그는 밤새 피를 흘렸고, 다음날 오후 등산객의 눈에 띄어 병원으로 옮겨졌다. 의사는 수술을 해도 별 가망이 없다고 말했다. 연락을 받고 곧장 병원으로 달려온 이유미는 흰자위만 보이게 눈을 부릅뜬 아버지를 내려다보았다. 아이처럼 왜소한 몸에 늙은이의 얼굴을 한 그 남자는 평생 그의 유일한 자산이었던 손을 연신 떨어댔다. 이유미는 그 손을 붙잡고, 떨림을 진정시켜보려 했으나 소용없었다. 더럽고 거친 손. 그는 뇌사 판정을 받은 지 일주일 만에 폐렴으로 숨을 거두었다.

그의 통장 잔고에는 돈이 거의 남아 있지 않았다. 남은 돈을 박박 긁어서 겨우 장례비를 마련했을 정도였다. 조문객도 별로 없었다. 평생 그녀의 아버지에게는 손님만 있었지, 친구가 없었다. 화장터에서 이유미는 어머니와 단둘이 벤치에 앉아 차례를 기다렸다. 햇볕이 너무 쨍쨍해서 숨이 막히는 날이었다.

그녀의 어머니는 작은 체구의 남자가 지나갈 때마다 고개를 들어 빤히 바라보았다. 아버지를 찾고 있는 것 같았다. 어머니는 남자들을 향해 소리를 질렀다. 옷자락을 붙잡았다가, 힘없이 놓아주기도 했다. 그녀는 멀찌감치 떨어져 그런 어머니를 바라보았다.

그들은 남편과 아버지를 잃었을 뿐 아니라 밀려든 빚쟁이들에게 양복점도 잃었고, 끝내 집까지 잃었다. 이유미의 아버지는 오랫동안 사업 부진에 시달려왔다. 위기를 타개하기 위해 다른 사업을 시작했다가 그마저도 동업자의 배신으로 주저앉고 말았다. 결국 사채가 동원됐고, 빚은 스무 배로 부풀었다. 그 안에는 이유미가 받아 쓴 생활비와 학비도 포함되어 있었다. 실제로는 데이트와 쇼핑으로 탕진한 돈이었다.

이유미는 일주일 만에 집과 양복점을 다 정리해야 했다. 돈이 될 만한 것은 머리핀 하나까지 팔아넘겨야 할 판이었다. 양복점에는 비밀번호 달린 자물쇠가 채워진 캐비닛이 있었는데, 어떤 번호를 넣어도 열릴 기미가 없었다. 밤새 그것을 붙잡고 끙끙대던 이유미는 마지막으로 자신의 생일을 눌러봤다. 순간 덜컹 소리를 내며 문이 열렸다. 커다란 캐비닛 안에 들어 있는 것은 마리화나 한 자루가 전부였다. 그것이 아버지가 그녀에게 남겨준 유일한 유산이었다. 그녀는 얼마 되지 않는 짐을 가방에 쑤셔넣은 후, 어머니의 손을 잡고 그곳을 떠났다.

이유미의 어머니는 서울로 가자는 딸의 요청을 받아들이지 않았다. 단 한 번 경험했던 그 거리의 번잡함과 낯섦이 두려웠던 것이다. 이미 그 여인은 칠순이 가까웠고, 평소에도 둔하게 작동했던 지능이 큰 충격으로 인해 마비 상태에 이르러 있었다. 이유미는 고민 끝에 어머니를 양품점 이모에게 데려갔다. 그녀를 받아준 산파였던 그 양품점 여주인은 몇 년 전 노인 요양원 사업을 시작한 참이었다. 말은 거창했지만 상가 이층에 작은 방을 쪼개어 넣고 노인들을 받아 종일 색종이 접기나 하는 보호시설이었다. 영세하긴 했으나 청결했고, 적어도 주인장의 성품만은 믿을 만했다. 새하얀 머리를 틀어올리고, 굵은 허리에 앞치마를 두른 양품점 이모는 아무 말 없이 그들을 받아들였다. 입주 등록비가 부족해서 쩔쩔매는 이유미의 등을 토닥이며, 사정이 되면 그때 부쳐달라고 호의를 베풀었다. 어머니는 양품점 이모의 팔에 매달려 그녀에게 손을 흔들어 보였다.

이유미는 홀로 서울로 돌아왔다. 그녀의 손에 남은 돈은 오십이만원, 그것이 전부였다. 그녀가 자신의 과오를 후회했을까? 가짜 대학생활로 날려버린 시간과 돈을 뒤늦게 아쉬워했을까? 그녀는 그 시기 자신의 감정에 대해 한 줄도 쓰지 않았다. 다만 남은 돈과 지출 내역, 빵과 물, 생리대의 가격에 대한 소회만을 짧게 적어놓았을 뿐이다. 그녀는 창이 없는 두 평짜리 고시원에 머물렀고, 그곳에서 공무원 시험 준비를 해볼 계획을 세웠지만, 가진 돈이 십만원대로 줄어들면서 이내 불안해졌다. 이유미는 가진 옷 중에 제일 괜찮은 것을 골라 입고, 일자리를 찾으러 나갔다. 어머니를 맡겨둔 요양원에 돈을 보내줘야 했다.

4. 구인광고

대학을 졸업한 해에 나는 잠시 영화잡지사에서 인턴으로 일했다. 말이 좋아 인턴이지, 고작 차비밖에 안 되는 돈을 받고 아이디어 회의부터 화보 촬영까지 쫓아다녀야 했다. 그때껏 용돈을 받고 있었기에 가능한 생활이었다. 다섯 명의 다른 인턴들도 나와 비슷한 고학력 무능력자들로, 막연한 꿈을 좇아 끝도 보이지 않는 일에 매달리고 있었다.

당시 나는 삼십대의 영화감독 K와 연애중이었다. 그는 국내 인디영화제에서 일찍이 주목을 받은 신예로, 자신의 재능에 대한 확신과 배짱을 가진 남자였다. 나는 첫 데이트에서 그에게 매혹되었고, 이내 관계의 주도권을 잃어버렸다. 평소에는 연락이 닿지 않아 마음을 졸이다가, 한밤중에 걸려오는 전화 한 통에 그가 부르는 곳이 어디든지 달려갔다. 정신을 잃어버릴 만큼 초조한 그 감정이 행복인 줄 알았다. 그런데 그 행복한 여자는 거식증을 앓았다. 그의 앞에서는 건강하게 삶을 즐기는 것처럼 음식을 먹어댔지만, 곧바로 화장실에 가서 먹은 것을 모두 토해냈다. 그것이 언젠가 익살스러운 표정으로 '나는 갈비뼈가 드러나지 않는 여자는 여자로 치지 않는다'고 했던 그의 말 때문이었는지 아니면 보상 없이 업무 과다에 시달리는 사회 초년생의 신경증 때문이었는지 모르겠다. 어쨌든 나는 몸무게가 사십 킬로그램대로 내려갈 때까지 먹은 것들을 토했다. 나중에는 아예 먹지 않는 편을 택했고, 종일 블랙커피 한 잔과 치즈 두 장만 먹으면서 버텼다. 위산이 역류해서 잇몸이 다 허물어졌고 골다공증 직전까지 뼈가 망가졌는데, 사람들은 내게 정말 멋진 몸매를 가지고 있다고 칭찬을 아끼지 않았다. 여자들은 나를 보면 이유 없이 풀이 죽었다. 세상 어떤 것도 내게 그만한 보상을 주지 않았다. 하지만 그 당시 나는 작은 일에도 신경이 날카로워졌고, 쉽게 지쳤다. 결국 정규직 채용이 눈앞이던 직장도, 관계가 꽤나 깊어졌던 감독 남자친구와도 잘되지 않았다. 해골처럼 마른 몸으로 방에 틀어박혀 있던 내게 영국행 티켓을 끊어준 것은 부모님이었다.

나는 나의 빨간색 캐리어와 함께 유순하게 비행기에 실려갔다. 영국 남부의 작은 해안 마을에 짐을 풀었고, 그다음 해에는 시립대학에서 영문학 강의를 들었다. 그곳에서 박사과정에 있던 남편을 만났다. 그는 불룩 튀어나온 배에 아저씨처럼 수염을 기른 남자였다. 모두가 알아주는 바른 생활 사나이에, 한인 청년회 회장이었고, 주말마다 인근의 고아원으로 봉사활동을 다녔다. 나는 처음에 그를 우습게 봤지만, 점차 호감을 느꼈고, 한 학기 뒤에는 그의 집에 들어가 함께 살기 시작했다. 그곳에서 두번째 소설을 썼다. 그 소설이 한 출판사의 현상공모에 당선되어 소설가가 되었다.

남편에게 먼저 청혼한 사람은 나였다. 나는 이제야말로 어른이 되었다는 것을 증명하고 싶었고, 다정한 그 남자의 마음을 영원히 붙잡아두고 싶었고, 나의 젊음을 자축하고 싶었다. 우리는 부모님도 없이 해안가 카페에서 결혼했다. 나는 겨우 스물다섯 살이었다. 삶이 끝나지 않고 계속되었으면 좋겠다고 생각했던 시절이었다.

스물다섯 살의 이유미는 평창동의 A미술관에서 편집숍 'ART'의 점원으로 일하고 있었다. 그전에는 화장품가게, 커피전문점, 콜센터, 호프집, 대형 마트, 피부관리실, 골프장, 그리고 이름을 밝히지 않은 몇 군데 장소에서 일했다. 이 시기 일기장은 곳곳에 결락이 눈에 띈다. 그녀는 어떤 일이든 맡은 역할을 잘해냈지만, 오래지 않아 싫증을 느꼈고 사소한 계기만 있으면 그만두는 식으로 직장을 옮겨 다녔다. A미술관에서는 드물게 일 년이나 머물렀는데, 근무 환경이 제법 좋았기 때문이다.

미술관의 주인 강화백은 일찍이 부모에게 근방의 땅을 물려받은 평창동 토박이로, 인근의 건물을 몇 채나 소유하고 있었다. 그는 취미로 그림을 그리며 옥션 사무실을 드나들었고, 부인은 미술관 꼭대기 층에서 레스토랑을 경영했다. 'ART'에서는 A미술관에서 전시중인 작품과 관련한 아트 상품, 강화백이 직접 선별한 공예품, 보석, 잡화를 팔았다. 고급스러운 안목으로 고른 물건을 한데 모아놓은 그 편집숍은 브런치를 즐기러 온 권태로운 부인들에게 특하나 인기가 좋았다. 강화백은 배울 것이 많은 전략가였다. 터키에서 직수입한 상아 거울 옆에 남대문에서 가져온 나무 액자를 진열해놓고, 가격을 비슷한 액수로 책정해놓았다. 다이아몬드 반지 옆에 만원짜리 유리 반지를 진열해놓고 원가의 열 배 가격을 받았다. 하루종일 오가는 손님이 많지도 않은데 이문이 나쁘지 않았다.

강화백은 'ART'에 자신의 딸인 미리를 사장으로 앉혀놓았다. 강미리는 음대에서 피아노를 전공한 후 별다른 전망이 없어 미국으로 유학을 갔다가, 역시 별다른 전망이 없어 한국으로 돌아온 서른세 살의 여자였다. 아무 시름 없는 부잣집 딸이었던 강미리는 점심때쯤 벤츠를 몰고 'ART'에 나와 레스토랑에서 밥을 먹었고, 서너 시간쯤 클래식 디스크를 바꿔 틀다가 해가 지기 전에 일본어학원에 갔다. 그녀는 특히 꽃을 좋아해서, 매번 값비싼 수입 꽃들을 한아름 안고 나타났다. 가게에 꽂아두고, 또 손님들에게도 나눠주기 위한 것이었다. 이유미도 여러 번 그 꽃을 받았다. 좀처럼 시들지 않다가 때가 되면 아름답게 마르는 그 꽃처럼, 강미리는 나이를 가늠할 수 없어 보였다. 잘 관리된 피부와 치아, 어머니를 닮아 날렵한 몸매, 아무 근심 없는 천진함이 그녀를 빛나게 했다. 이유미는 그녀보다 자신이 더 나이든 여자처럼 보인다고 생각했다.

당시 이유미는 전보다 십 킬로그램 가까이 살이 쪘다. 한밤의 야식 때문이었다. 그녀는 종일 오늘밤에는 뭘 먹을까 생각하면서 하루를 보냈다. 매일 사람들에게 물건을 팔거나, 인내심을 팔거나, 웃음을 팔거나, 아무튼 돈이 될 만한 것들을 다 팔고, 고시원에 돌아와 문을 닫고, 드디어 혼자가 되어, 정말 혼자라는 것을 즐기기 위해 손바닥만한 텔레비전을 틀어놓고, 맵고 짠 음식을 먹으면서 땀을 흘렸다. 그러면 머릿속이 멍해졌고, 오직 숨이 막힐 만큼 배가 부르다는 생각만 남았다. 매일 그 상태로 겨우 숨을 고르고, 잠을 청했다. 아침에는 퉁퉁 부은 얼굴을 가라앉히기 위해 얼음물로 세수했다. 거울을 보면 마음이 상했기 때문에 먼저 시선을 피했다. 더이상 예쁜 옷이나 신발에도 관심이 없었다. 검정색 바지와 하얀색 블라우스, 매일 그 옷을 입고 평창동의 오르막길을 걸어다녔다.

'ART'에서 이유미는 단 하루도 쉬지 못했다. 그것은 강화백이 처음부터 명시한 근무 조건이었다. 강미리의 출근이 불규칙했기 때문이다. 잦은 해외여행, 골프 모임, 시즌별로 열리는 파티 때문에 강미리는 자주 자리를 비웠다. 이유미는 가게를 거의 혼자 지키다시피 했다.

이유미는 일 년 내내 어머니를 만나러 가지 못했고, 그나마 넉넉히 받은 보너스를 부치는 것으로 대신했다. 어머니의 생일인 12월 30일, 이유미는 하루만 휴가를 달라고 말을 꺼냈다가 된통 망신을 당했다. 강화백이 그런 식으로 일할 거면 아예 그만두라고 말했던 것이다. 이유미는 자기가 말을 잘못 꺼냈다면서 허둥지둥 손을 내저었다. 하지만 다음날 친구들과 함께 핀란드로 스파 여행을 떠나는 강미리를 보면서 마음속에서 뭔가가 무너지는 것을 느꼈다.

12월 31일 밤, 이유미는 가게문을 닫고 나오면서 현금 통에 있는 돈 전부를 주머니에 쓸어담았다. 밖에는 눈이 내리고 있었다. 레스토랑에서 퇴근하던 사람들이 그녀를 보고 알은척을 했다. 같이 술을 한잔 마시러 가겠느냐고 묻는 막내 요리사의 청을 거절하고, 그녀는 발목까지 쌓인 눈을 밟으며 서울역으로 갔다. 역 앞 제과점에서 산처럼 쌓아놓고 파는 케이크를 한 개 샀고, 어머니에게 갔다. 그녀의 어머니는 오랜만에 나타난 딸을 보고 손뼉을 치며 좋아했다.

이유미는 그곳에 한 달 내내 머물면서 어머니의 성긴 머리를 땋아주고, 함께 케이크를 먹고, 빨간 머리 앤이 나오는 만화영화를 보았다. 그 만화는 그녀가 어렸을 때 제일 좋아했던 것이었는데, 이제 아무 감흥을 느낄 수 없었다. 'ART'에서는 아무 연락이 없었다. 사라진 돈푼이야 퇴직금으로 여긴 듯했다. 자신을 대체할 젊은 여자들이 거리마다 그득하다는 것을 그녀도 알고 있었다.

그후에도 이유미는 몇 군데 일자리를 유령처럼 떠돌았다. 'ART'에서 뛰쳐나온 것은 큰 실수였는지도 몰랐다. 언젠가 강화백은 매장 관리 일을 충실히 배워서, 네 가게 차리는 걸 목표 삼아보라는 말을 했다. 그것은 가장 현실적인 조언이었다. 하지만, 이유미는 그런 미래가 조금도 마음에 차지 않았다. 물건을 팔고, 사람들이 지갑을 열도록 꼬드기고, 돈을 세는 일은 어디까지나 임시직일 뿐, 그 자리에 영원히 머문다는 생각은 꿈에도 하지 않았다.

퉁퉁 부은 다리를 주무르며 구인광고가 빼곡한 무가지를 들여다보던 어느 날 아침, 이유미는 '피아노 전공자 모집'이라는 문구에 시선이 끌렸다. 방과후 초등학생들을 가르치는 피아노학원이었다. 주 5일 근무에 보수는 그녀가 거쳐온 어느 곳보다 높았다. 그녀는 광고에 그려진 검정색 그랜드피아노를 한참 동안 들여다보았다. 근거 없는 희망이 솟아올랐다. 그녀는 자신이 그 일을 잘할 수 있다는 것을, 누구보다도 그러하다는 것을 알고 있었다.

가짜 이력서를 다 쓰고 나서, 이유미는 그것이 강미리의 것이라는 것을 깨달았다. 고작 피아노학원 강사의 것으로는 너무 과한 것이 확실했다. 그래도 그녀는 그것을 그대로 들고 갔다. 원장은 졸업증명서도 요구하지 않았다. 대신 그녀는 쇼팽의 소곡을 한 곡 연주했다. 오랜 시간이 지났지만, 필립스 부인의 지독한 가르침

덕분에 머릿속에 악보가 생생히 살아 있었다. 원장은 그녀를 꽤나 흡족해했다. 단, 출근 때까지 몸무게를 줄여달라고 했다. 뚱뚱한 피아노 선생님을 좋아하는 아이는 없다는 말이었다. 그녀는 수긍했고, 면접 십여 분 만에 그 자리에서 채용되었다.

몇 년간 고여 있는 것 같았던 그녀의 삶은 이때부터 급물살을 타기 시작했다. 다음해에 그녀는 결혼과 이혼을 다 치르는데, 이는 공식적인 기록으로 남아 있지 않다. 실제 결혼생활이 채 두 달도 되지 않았던 것이다. 남자의 이름은 조민호, 이유미가 일했던 피아노학원과 같은 층의 은행에 다니는 남자였다.

●REC

몇 번이나 말해야 알겠습니까? 저는 아무 이야기도 하고 싶지 않다고요. 지금 아내는 전에 제가 결혼했던 사실을 모릅니다. 잠깐 살림을 합쳤다가 곧장 갈라선 사이이지만, 어쨌든 일가친척들 앞에서 그 여자를 데리고 식을 치렀으니까요. 입장을 바꿔서 생각해보세요. 아내가 안다면, 속았다는 생각이 들지 않겠어요? 정말이지 아내의 마음을 상하게 하고 싶지 않아요. 익명 보장을 확실히 해주셔야 합니다.

결혼한 지는 올해로 팔 년째예요. 일곱 살짜리 아들이 한 명 있죠. 그 녀석은 정말 못 말리는 개구쟁이예요. 하루종일 땀에 젖어지치지도 않고 뛰어다니는데, 어디서 그런 에너지가 나오는지 신기한 노릇이죠. 인간의 일생은 아동기에 절정에 다다르고 이후로는 서서히 죽어가는 과정에 불과하다는 글을 어디선가 읽었는데, 정말 맞는 말인 것 같아요. 보세요, 저는 이제 겨우 마흔 살인데 꼭 걸어다니는 좀비 같지 않습니까.

그 여자를 만난 것은 서른한 살 때예요. 지금은 본사 기업금융 팀에 있지만, 그때는 지점 데스크에서 일했죠. 신도시의 신축 빌딩이었는데, 같은 층에 그 여자가 다니는 피아노학원이 있었어요. 그러고 보니 그 당시에 저는 참 젊었군요……

아무튼 지점 발령을 받기 직전에, 저는 팔 년 가까이 사귄 여자와 헤어졌어요. 권태기를 이기지 못했던 거죠. 대학 때부터 CC였는데, 우리 별명이 잉꼬였어요. 잉꼬부부 말입니다. 전 여자친구는 착하고 조용한 성품이었어요. 군복무 내내 나를 기다려줬고, 취업에 물먹는 동안에도 말없이 주머니에 용돈을 넣어줄 만큼 헌신적인 여자였죠. 대학병원 간호사라 연봉이 나보다 높았어요. 은행에 입사하고 나니, 그 친구 집에서 슬슬 결혼 압박이 들어오더군요. 그런데 그게 그렇게 끔찍하더라고요. 헤어지면서 욕이란 욕은 그때 다 들었어요. 그 친구 어머니한테 '그 업보는 저승 가서라도 치르게 되어 있다'는 소름 끼치는 말까지 들었습니다. 하지만 어떻게 합니까. 우리는 이미 '잉꼬부부'였는데 대체 무엇을 얻기 위해 결혼을 하겠느냐는 말입니다. 지금도 저는 젊은 여자들을 보면 남자한테 너무 잘해주지 말라고 충고해줘요. 사람은 늘 새로운 것을 바라는 법이거든요. 어제와 똑같은 것을 원하는 사람은 아무도 없어요. 하루하루 사는 것이 지루하다는 말입니다.

아무튼 저는 그렇게 여자친구와 헤어지고, 지점 발령을 받아 그 신도시로 이사 온 참이었습니다. 온통 새 아파트에 반듯한 길이 나 있고 공원이며 광장이며 유모차를 미는 젊은 부부들이 눈에 자주 들어왔죠. 헤어진 여자친구 때문에 마음이 무거웠어요. 결혼이라는 게 별건가 싶고, 외롭기도 하더군요. 입맛도 없고, 재미도 없고, 화단에서 매일 담배를 한 갑씩 피웠어요. 그런데 어느 날 그 여자가 피아노학원 앞에서 저를 기다리고 있더군요. 제가 담배를 하도 피워 화단 주변에 냄새가 뱄다고 하는 거예요.

"한 번만 더 담배 냄새가 나면, 은행으로 찾아가겠어요."

그 여자는 경고하듯 말했어요. 솔직히 그때는 무척 짜증이 났어요. 협박 투로 들이대는 태도하며, 그 여자가 입고 있는 요란한 옷, 누더기처럼 너덜너덜한 티셔츠에 짧은 청치마도 눈에 거슬렸고요. 안 그래도 복도에서 마주칠 때마다 기분 나쁜 여자였어요. 자기가 모델인 줄 아나, 요즘엔 저런 옷을 입고 피아노를 가르치나, 동료들에게 여러 번 투덜대기도 했죠.

"조대리 피아노 선생님 좋아하죠?"

어느 날 동료가 제게 묻더군요.

"오늘 그 학원 연주회래요. 한번 가봐요."

뭐가 좋은지 실실 웃는 동료에게 저는 무슨 소리 하는 거냐고 펄쩍 뛰었어요. 저녁에 퇴근하면서 보니까 정말 학원 앞에 사람들이 북적북적하더군요. 그럴듯한 화환도 여러 개 늘어서 있고, 작은 행사는 아닌 것 같더라고요. 귀에 익은 피아노 곡조가 흘러나오더군요. 백화점이나 레스토랑에서 자주 들어본 곡 말입니다. 모차르트인지 베토벤인지 그런 건 나도 잘 모릅니다. 나는 클래식 연주회에 가본 적이 한 번도 없었어요. 그날, 나는 순수한 호기심으로 그곳에 이끌려갔습니다. 나비 날개 같은 드레스를 입은 아이들과 꽃다발을 든 부모들, 사진을 찍는 사람들 사이로 그랜드피아노가 놓인 중앙 자리가 보이더군요. 그곳에 그 여자가 있었습니다.

그 여자는 보라색 시폰 원피스 차림으로 피아노를 치고 있었습니다. 전에 봤던 것과 전혀 다른 모습이었죠. 길고 아름다운 손이 건반 위를 오가면서 발랄한 멜로디를 만들어냈죠. 여자의 드러난 팔이 조명 아래 황옥같이 빛났습니다. 피아노학원 내부를 연주회 장소로 꾸며, 좁디좁은 그 자리에 모인 사람들이 전부 숨죽여 그 여자를 바라보고 있었어요. 연주가 끝난 뒤 자리에서 일어난 여자와 눈이 마주쳤는데, 깜짝 놀란 나는 우습게도 허둥지둥 그곳을 빠져나왔어요. 마치 뭔가를 들킨 사람처럼 말입니다.

그후로 그 여자 생각을 멈출 수가 없더군요. 매일 출근을 해서도 피아노학원 쪽으로 마음이 가 있었습니다. 가끔 아이들과 함께 있는 그 여자의 모습을 훔쳐보기도 했죠. 아이들을 무척 좋아하는 사람 같았어요. 항상 아이들이랑 같이 다니고, 웃고 떠드는 모습이 그랬습니다. 그렇게 한 열흘 정도 지났을까. 더이상 이런 식으로는 안 되겠다는 생각이 들더군요.

학원에 찾아가서 피아노를 배우고 싶다고 하자, 원장이 나를 말없이 바라보았어요. 곧장 내게 어떤 선생님이요, 라고 묻더군요. 눈치가 빠른 사람이었어요. 피아노가 있는 교습실에서 여자를 기다리는데, 가슴이 뛰더군요. 어린 시절 이후로 그렇게 손에서 땀이 날 정도로 긴장한 건 처음이었어요. 문을 열고 들어온 그 여자는 생각보다 더 키가 커 보였어요. 좁은 교습실 안이 그 여자의 존재로 가득차는 것 같았습니다.

"이제 담배는 어디서 피우세요?"

"……끊었습니다."

그러자 여자가 나에게 갑자기 손을 들어올리더군요. 나는 영문도 모르고 그녀와 하이파이브를 했죠. 우리는 함께 웃었고, 그러자 마음이 편해졌습니다. 성격이 시원시원하고, 잘 웃는 여자였어요. 얼마 안 지나 데이트 신청을 했는데, 그 자리에서 흔쾌히 수락하더군요.

데이트는 소박했습니다. 둘 다 일이 끝나면 근처 호프집에서 치킨에 맥주를 마시거나 심야 영화를 보고, 고수부지로 드라이브를 갔죠. 음대 출신에 유학파였는데, 그런 식의 도도함이 없어서 인상적이었어요. 부모님은 외국에서 사업을 하신다고 했죠. 홀로 한국에 들어온 것은 부모님으로부터 벗어나 진짜 독립을 해보기 위해서인데 생활이 녹록지 않다고 하더군요. 그 때문인지 가끔 아주 짙은 외로움이 보였어요.

언젠가 비가 많이 내리던 날, 그 여자와 술을 마시다가 진실게임을 한 적이 있어요. 내가 묻는 대개의 질문에 그녀는 대답을 하지 않았어요. 덕분에 너무 많이 취해서 걸음도 제대로 걷지 못할 정도였죠. 할 수 없이 그 여자를 내 방으로 데리고 갔어요. 실크 블라우스가 비에 젖어서 몸의 곡선이 다 드러나 보였습니다. 나는 그 여자를 내 침대에 눕혔어요. 얼마나 흥분했는지, 귓가가 먹먹할 정도였어요.

"민호씨는 나를 몰라요. 다 알면 아마 깜짝 놀라서 도망칠걸."

베개에 긴 머리를 흐트러뜨리고 누운 그 여자가 말간 얼굴로 나를 보고 말하더군요.

"그건 누구나 마찬가지예요."

"중경이 있지요."

"뭐라고요?"

"죄의 무겁고 가벼움이 다르다고요."

나는 그 여자 옷을 어떻게 벗기나 그 생각뿐이었는데, 그 여잔 내 침대에 누워서 밤새 '죄'에 대한 이야기나 나누자는 투였어요. 맥이 탁 풀리더군요.

"술 깼으면 세수하고 나와요. 라면이나 끓여먹읍시다."

그 여자는 나를 가만히 바라보다가, 손을 내밀어 나를 끌어당기 더니 입을 맞췄습니다. 키스는 진하고, 깊었어요. 빗소리 속에서 여자의 알몸을 안고 있으니 정말 좋더군요. 다음날 아침은 어떤 날보다 공기가 상쾌했어요.

언제 그 여자와 결혼하기로 결심했느냐고요? 만난 지 한 달 조금 넘었을 때, 같이 산책을 하다가 내가 먼저 청혼했어요. 나는 상대의 오장육부를 훤히 꿰뚫어볼 만큼 친밀했던 연애도 해봤고, 별시답지 않은 이유로 그 관계를 깨버리기도 했죠. 그러고 나니 남녀 간의 사귐이 무상하달까, 시시하달까, 그랬어요. 그다음 단계로 어서 가버리자, 는 심정이었죠. 더구나 좁은 원룸 생활이 답답하기도 했습니다. 더 넓고 쾌적한 곳에서 새 소파에 누워 새 텔레비전을 보고 싶었어요. 물론, 같이 살고 싶을 만큼 그 여자를 좋아하기도 했고요.

우리는 시내의 웨딩홀에서 결혼했습니다. 하루에 열 팀 이상 식을 올리는 곳이었죠. 그날 그 여자는 유난히 불안해 보였어요. 땀을 많이 흘리고, 또 전에 없이 말을 더듬기도 했죠. 저는 그게 신부들의 흔한 반응이라고 생각했어요. 미국에서 온 장인어른, 장모님은 교양 있고 점잖은 분들이었어요. 사업 때문에 당일에 곧장 미국으로 돌아가셔야 했지만, 곧 여름휴가 때 찾아뵙기로 했어요. 우리가 그전에 헤어지리라고는, 상상도 해보지 못했습니다.

태국으로 신혼여행을 다녀와서, 일주일쯤 지났을까. 청구서가 날아오기 시작하더군요. 그 여자의 신용카드 청구 내역이었습니다. 결혼하면서 사들인 가구와 가전, 예단 일부까지도 현금 서비스를 받아 마련했던 것이었어요. 직접 물어보자 담담하게 그렇다고 대답하더군요. 솔직히 정말 당황스러웠지만, 그냥 넘어갔습니다. 뭐라 말을 해야 할지 모르겠더라고요. 이런 게 미국식인가, 싶었죠. 나는 그 여자에게 경제권을 진작 넘겨줬는데, 뒤늦게 후회스럽더군요. 경제관념이 별로 없는 여자였어요. 집안에 충동적으로 사들인 물건들이 넘쳐났고, 정작 필요한 것은 제자리에 없을 때가 많았죠. 장을 보러 가서 과자나 음료수 따위만 잔뜩 사오는 걸 보면 기가 찼어요.

제가 뭐 대단한 아내의 역할을 기대한 건 아니었어요. 한끼 정도 따뜻한 밥을 먹고, 정돈된 방에서 잠들 수 있으면 그것으로 족했습니다. 그런데 그 여자는 도무지 집안일이라곤 아무것도 할 줄 아는 게 없었어요. 빨래도 청소도 제대로 되어 있는 적이 없었죠. 개수대 안에는 냄새나는 그릇들이 쌓여 있고 바닥에는 먼지가 뭉쳐 굴러다니는 게 예사였어요. 옷장에는 정리하지 않은 옷들이 허물처럼 쌓여 있었죠. 게다가 도무지 집에 있는 것을 싫어해서, 평일이고 주말이고 밖에 나가고 싶어했어요. 주로 쇼핑몰이나 백화점에 가고 싶어했죠. 명품 매장에서 그 여자의 눈이 어떻게 빛나는지, 한번 보셨어야 해요. 나중에는 정말 진저리가 나더군요.

우리는 끔찍하게 많이 싸웠어요. 싸우다 한 번, 의도하지 않게 그 여자의 멱살을 잡았는데 충격을 좀 받은 것 같더군요. 저와 헤어지고 싶다고 했어요. 아무리 미국식이라 해도, 이건 아니라는 생각이 들었어요.

"한번 노력해보지도 않고 이렇게 쉽게, 말이 돼?"

나는 숨을 헐떡이며 고함을 질렀습니다.

"당신이 말하는 노력은 다 내 몫이잖아요. 그런데 나는 더이상 노력해볼 마음이 없어요."

그 여자의 차분한 대답을 듣고 있자니, 업보 운운했던 전 여자친구 어머니의 목소리가 떠오르더군요. 그제야 내가 무슨 짓을 저질렀는지 깨달을 수 있었어요. 내 집에 돌아와서 먹는 따뜻한 죽 한 그릇, 그 소중함을 모르고 뛰쳐나가 결국 개처럼 굶주리며 헤매는 꼴이 된 거예요.

혼인신고도 못하고 그 난리를 겪었으니, 다른 절차를 밟을 게 없었습니다. 그거 하나는 정말 편하더군요. 신혼 살림이 빠진 뒤, 나는 텅 빈 집에서 몇 달을 보냈습니다. 노숙자처럼 맨바닥에서 자고, 밥을 먹었어요. 일종의 자학이었는지, 아니면 그 여자가 돌아오기를 기다렸던 건지 나도 모르겠어요. 아무튼 그다음 해에 지금의 아내를 맞선으로 만났습니다. 부모님이 일찍 돌아가시고 홀로 동생들을 다 키운, 생활력이 강한 여자였죠. 우리는 가족들만 초대해서 조촐한 식을 치렀습니다.

결혼식 날, 아내가 입장을 하는데 귀에 익은 음악이 흘러나오더군요. 예전에 그 여자가 피아노학원에서 연주했던 곡이었어요. 비극적인 결말에도 불구하고, 그때의 기억만큼은 생생히 남아 있었어요. 빛이 흘러내리는 듯했던 드레스, 윤이 나는 검은 머리카락, 나긋나긋한 팔, 그리고 허공을 날아다니던 길고 아름다운 손. 메마른 나를 채우고, 흘러넘칠 것만 같았던 그 존재의 아른거림. 아내가 내게 다가왔을 때, 나는 두 팔을 벌려 그녀를 안아주었습니다. 아내는 조금 떨고 있었어요. 어쩌면 나도 떨고 있었을 겁니다. 이다음에 어떤 일이 벌어질지 도무지 짐작할 수가 없었거든요.

*

A미술관은 규모가 크지는 않지만, 유망주인 젊은 작가들의 전시로 유명한 곳이다. 주말에 나는 딸애를 데리고 그곳에 가서 추상화와 드라이포인트 전시를 보았다. 건물 꼭대기 층의 레스토랑에 가서 아이와 딸기 파르페를 먹기도 했다. 강화백 부부는 더이상 그 건물의 주인이 아니었다. 좀더 규모 있는 빌딩으로 눈을 돌려 건물을 처분한 지 몇 년 되었다고 했다.

그 건물에만 십오 년 넘게 있었다는 경비원은 이유미를 기억하지 못했다. 강화백의 딸인 강미리가 결혼하면서 'ART'는 문을 닫았다고 했다. 'ART'가 사라진 자리에는 포스터 판매점이 들어서 있었다. 딸애에게 마음에 드는 그림을 골라보라고 하자, 새하얀 기린이 그려진 팝아트 포스터를 골랐다. 영국의 제 아빠에게 보내줄 거라고 했다. 우리는 그림을 포장한 후, 미술관에서 나왔다.

"아빠는 집에 언제 돌아와요?"

"글쎄……"

딸애의 물음에 나는 말끝을 흐렸다.

"지난번엔 분명히 봄학기까지만이라고 했잖아요."

"일단은 봄학기까지이지만, 계약기간이 연장될 수도 있어."

"아빠와 헤어질 거죠?"

나는 걸음을 멈추고 아이를 내려다봤다. 아이의 까만 눈동자가 반짝거렸다.

"왜 그렇게 생각해?"

"싸우다가, 떨어져 지내다가, 결국 헤어지게 된다고, 친구들이 그랬어요."

"아니야. 그건…… 아직은 모르겠어."

"언제 알게 되는데요?"

"아빠가 돌아오신 후에."

딸애는 입을 다물었고, 더이상 아무 말도 하지 않았다.

주말, 시내의 도로는 주차장처럼 꽉꽉 막혀 있었다. 라디오를 틀자, 사티의 피아노곡이 흘러나왔다. 남편이 좋아하는 곡이었다. 오래전, 나는 아침마다 그를 위해 이 음악을 틀어놓고 빵을 구웠다. 느린 피아노 선율과 빵 굽는 냄새, 그것이 우리 신혼 아침의 풍경이었다. 마주앉아 책을 읽고 글을 쓰던 거실의 작은 테이블, 함께 밤새워 웃고 떠들던 친구들, 아무 계획 없이 떠났던 기차 여행.

영국에서 보낸 결혼 첫해는 내 생의 가장 충만한 시간이었다. 나는 한 남자를 만나 완전해졌다고 믿었으며, 홀로 길을 헤매는 여자들을 진심으로 연민했다. 물론 우리도 싸웠다. 하지만 격렬한 증오를 쏟아내다가도 상대방의 작은 익살에 돌연 웃음을 터뜨리고는 했다. 삶은 단순했고, 세상에는 우리 둘뿐이었다. 하지만 순식간에 시간이 우리를 앞질러버렸다.

"심장 소리가 두 개네요. 이게 무슨 뜻인지 아세요?"

결혼 오 년 차, 속이 더부룩해서 찾아간 병원에서 빨간 머리의 아일랜드계 여의사는 내게 퀴즈를 맞혀보라는 듯 즐겁게 물었다. 의자에 앉은 나와 그 옆에 서 있던 남편은 동시에 얼어붙었다. 초음파 화면에는 지글거리는 어둠뿐 아무것도 보이지 않았다. 바다 밑바닥을 찍은 사진 같았다. 여의사가 그 안의 작은 두 점을 가리키며 쌍둥이예요, 라고 말했다. 남편과 나는 눈을 가늘게 뜨고 다시 그 점을 들여다보았다. 둘 다 웃지도 울지도 못하는 표정이었다. 그해 남편은 논문 학기를 앞두고 있었고, 나는 새 장편소설을 계획하고 있었다. 그러니까 그것은 일종의 사고였던 셈이다.

병원에서 나와, 남편은 학교로 갔고 나는 집으로 돌아왔다. 우리는 각자 생각을 정리한 뒤 저녁에 스페인 식당에서 만나기로 했다. 해가 저물기도 전에 남편은 내게 전화를 걸었다.

"가만 생각해보니, 아까 고맙다는 말을 못한 것 같아."

남편은 기쁘게 아이들을 받아들이기로 이미 마음을 정한 듯했고, 사실 결론이란 뻔히 그렇게 나 있는 것이었다. 아이들이라니, 한 아이도 아닌 두 아이. 나는 솔직히 어리둥절했다. 나는 아직 엄마가 될 준비가 되어 있지 않았다. 새로 쓸 소설, 나는 그것을 위해 몇 달간 자료를 조사해왔고 사람들을 만나왔다. 이제 원고를 쓰기 시작할 일만 남아 있던 참이었다. 그 소설이 내 인생을 바꾸어놓을 것이라고 믿어 의심치 않았고, 일을 그르치지 않기 위해 마지막 숨을 고르고 있었다. 그런데 어느 날 갑자기 두 개의 수정란이 내 안에서 자라기 시작한 것이었다.

그날 저녁 우리는 잠시 한국에 들어가서 출산하는 문제에 대해 상의했고, 원래의 계획대로 남편이 박사 논문을 마칠 때까지 함께 영국에 머물기로 합의했다. 둘 다 어떤 상황이 와도 떨어져 지내서는 안 된다는 생각이었다. 식당에서 식사를 마치고 나왔을 때, 길가에 작은 웅덩이가 있었고 그는 내게 과장된 몸짓으로 손을 내밀었다. 나는 웃으며 그 손을 잡고 웅덩이를 뛰어넘었다. 두 개의 생명, 두 배의 기쁨. 우리는 아이들에게 '바니'와 '요니'라는 이름을 붙여줬다. 그와 나의 영문 이름 첫 글자를 딴 것이었다.

초기에는 어디서나 졸음이 밀려왔다. 마치 약에 취한 것 같았다. 도서관에서, 버스에서, 욕조에서, 극장에서, 야구장에서, 나는 아무데서나 속수무책 잠들었다. 꿈은 현실보다 생생했고, 잔영이 너무 강해 잠에서 깬 후에도 좀처럼 평정을 찾을 수 없었다. 그리고 구역질이 시작되었다. 어떤 음식을 먹어도 썩은 냄새가 나는 듯했다. 엄마가 만들어준 밥과 국을 먹고 싶었지만, 하나 마나 한 투정이었다. 나는 겨우 요거트와 블루베리만 먹으며 버텼고, 매일 칫솔모가 나가도록 양치질을 했다.

빨간 머리 여의사를 다시 만나러 갔을 때, 그녀는 예전의 미소가 싹 지워진 얼굴로 쌍둥이 중 한 아이가 좀 약한 것 같다고 말했다. 심장 소리도 작고, 크기도 너무 차이가 난다는 것이었다. 아이가 자연 도태되지 않으면 다른 아이가 위험할 수 있으니 선택 유산을 권한다고, 여의사는 담담한 얼굴로 말했다.

임신 십 주 차에 나는 수술대에 누워 마지막으로 초음파 화면을 확인했고, 아직 심장이 뛰는 '요니'의 아기집을 부서뜨렸다. 집에 돌아오는 길, 차 안에서 왈칵 피가 쏟아졌다. 남편의 작은 현대차 뒷좌석이 빨갛게 물들었다. 당황한 남편이 룸미러로 나를 보았다. 그는 계속 괜찮아, 괜찮아, 라고 말했다. 대체 뭐가 괜찮다는 것일까. 그의 차를 더럽힌 것, 아니면 단지 상대적으로 더 약하다는 이유로—더 강한 아이에게 위협이 될까봐—아직 희미하게 심장이 뛰고 있는 아이를 죽인 것? 나는 정말로 그에게 묻고 싶었다. 하지만 묻지 않았다. 왜냐하면 우리가 대화를 하게 되면 서로를 이해하게 될 테고, 그건 요니에게 너무나 역겨운 일이 될 테니까.

둘 중 하나를 보내고, 남은 아이는 전보다 넓어진 모태에서 무럭무럭 자랐다. 나는 온몸이 퉁퉁 부어 손가락도 구부릴 수 없을 정도였다. 가슴 주변의 유선이 퍼렇게 부풀어올랐고, 화장실에 갈 때마다 치핵이 튀어나와 손가락으로 항문의 모양을 잡아줘야 했다. 온몸에 버짐처럼 피부 트러블이 일어나 피가 나도록 긁어대기 일쑤였다. 숨이 가빠 잘 걸어다닐 수도 없으면서, 앉은자리에서 닥치는 대로 음식을 집어먹었다. 양수를 맑게 해준다는 허브티를 온종일 이 리터가 넘게 마셨고 몸을 뒤뚱거리며 오줌을 누러 갔다. 예전에 내가 꾸며냈던 여자의 모습은 자취도 없이 사라졌다. 만삭에 가까워지면서, 나는 소파에 홀로 비스듬히 누워 잠을 잤다. 밤이면 뭘 좀 써보려고 책상 앞에 앉았지만 아무 생각도 떠오르지 않았다. 다리에 쥐가 나서 오래 앉아 있을 수도 없었다.

나는 아이에게 한 번도 태담을 들려주지 않았다. 배에 손을 올리면 아이가 움직이는 걸 느낄 수 있었지만, 도무지 무슨 말을 해야 할지 알 수 없었다. 제왕절개로 아이를 낳겠다고 했을 때, 남편은 나를 이해 안 된다는 듯 바라보았다. 어쨌든 나는 수술로 아이를 낳았다. 마취에서 깨어나자, 시뻘겋게 붉은 아이가 내 품에 안겨 있었다. 아이는 젖을 잘 빨지 못했고, 결국 내 가슴은 그대로 말라붙었다. 나는 치골 한가운데 한 뼘 정도 되는 길이의 수술 자국을 얻었고, 그 흉터는 곧 지렁이처럼 부풀어올랐다.

아이를 작은 바구니에 넣어 집으로 돌아온 날, 남편은 내게 꽃과 케이크를 선물했다. 우리에게는 그런 희망적인 기호들이 필요했다. 하지만 그날 아이는 밤새 다섯 번 잠에서 깼고, 그때마다 아주 적은 양의 분유를 먹은 후 까무룩 잠들었다가 금세 허기를 못 견디고 날카롭게 울어젖혔다. 그애는 나를 미치기 직전까지 몰고 갔다. 남편은 무능한 조수처럼 내 주위를 기웃거리다가 힘없이 물러서기 일쑤였다. 어쨌든 그는 잠을 자고 일어나서, 우리에게 빵 몇 조각과 수프를 사 먹이기 위해 강의 준비를 해야 했다. 나는 이미 경제적 쓸모를 잃어버렸고, 밖에서 돈벌이를 하는 남편이 적어도 집에서는 쉴 수 있도록 아이를 그에게서 멀리 데려가야 했다. 새벽에 거실에서 아이에게 분유를 먹이고 있노라면 방에서 남편이 코를 고는 소리와, 아기가 젖병 꼭지를 쌕쌕 빨아당기는 소리가 번갈아 들렸다. 아이는 사랑을 갈구하듯 내 옷을 움켜쥐었다. 나는 아이의 손에서 내 옷자락을 빼내었고, 허공에서 버둥거리는 아이의 손을 텅 빈 눈으로 내려다보았다. 머릿속이 짓뭉개진 진흙 같았고, 두통이 끊이지 않았다. 책상 위에는 시작도 못한 소설이 새하얀 백지로 뭉치째 쌓여 있었다.

남편은 내가 부탁할 때, 간청할 때, 정확한 지령을 전달할 때에만 아이를 돌봐주었다. 그런 식으로는 어떤 파트너십도 생길 수 없었다. 아이는 결국 온전히 내 몫이 되었다. 온종일 작은 아파트에 갇혀 아이를 돌보면서, 제일 견디기 힘들었던 것은 내 존재가 낭비되고 있다는 사실이었다. 내 젊음, 내 자질, 내 영혼, 위대한 것을 이루고 성취할 수 있는 시간이 아이라는 구멍으로 흘러들어가고 있었다. 나는 그애가 미웠고, 아이가 제 욕구를 채우기 위해 성을 내며 울 때도 조금의 연민조차 느낄 수 없었다. 아이를 폭력으로 굴복시키는, 더이상 아무 소리도 낼 수 없도록 짓뭉개버리는 환상을 보기도 했다. 결국 나는 어머니가 될 자질이 없는 사람이었던 것이다.

당시 나는 병원에서 정기적으로 수면제를 처방받았다. 약을 먹지 않으면 잠을 이룰 수 없었고, 약을 먹으면 좀처럼 잠에서 깨어나지 못했다. 하지만 아무도 그 사실을 몰랐다. 늦은 아침 자리에서 일어나보면 남편은 이미 학교로 떠나고 없었다. 햇살 속에서 홀로 놀고 있던 아이는 나를 보고 침을 흘리며 웃었다. 나는 낯선 사람처럼 그 아이를 바라보았다.

아이가 자랄 때까지 기다리자고, 나는 생각했다. 그렇게 생각하지 않으면 견딜 수가 없었다. 나는 종일 집에 있는 대신 아이를 데리고 마트에 가서 오랜 시간 장을 봤다. 색깔이 예쁜 파프리카를 고르고, 스테이크용 고기를 고르고, 아이에게 입힐 티셔츠와 원피스를 사고, 잡지나 인테리어 서적을 뒤적거렸다. 진열대에 놓인 물건을 하나하나 꼼꼼히 들여다보며, 그것들의 생김새와 쓰임을 생각하며 시간을 보냈다.

내가 대기 상태로 인생을 흘려보내는 동안 남편은 차곡차곡 논문을 썼고, 박사학위를 받았다. 저녁에 남편과 마주앉아도 할말이 없을 때가 많았다. 그의 비위를 맞추기도 싫었고, 나를 이해시키고 싶지도 않았다. 우리는 딸을 사이에 두고 그애의 재롱에 웃거나 감탄했다. 그게 아니면 도무지 공통의 화제가 없었다. 한때 우리는 밤을 새워 떠들었는데, 대화를 이어가느라 밥을 먹는 것도 잊어버리곤 했는데, 이제는 대체 무슨 이야기를 했었는지 기억도 나지 않았다.

그와 나는 아직 친구였지만, 섹스는 점차 의무화되었다. 일주일에 한 번, 때로는 이 주일에 한 번, 잠든 애를 깨우지 않기 위해 소리 죽여 관계를 가졌다. 나는 딸을 옆구리에 끼고 침대에서 잤고, 남편은 거실의 소파에서 생활하고 있었다. 관계가 끝나면 우리는 각자의 자리로 조용히 돌아갔고 나는 남몰래 마스터베이션으로 마무리를 지었다. 출산 후 내 몸은 어딘가 변해버렸다. 살이 찌고 둔해졌을 뿐 아니라 감각의 강도도 약해졌다. 쾌감은 날카롭고 강렬한 것에서 부드럽고 아련한 것으로 변해버렸다. 아이를 위해 몸이 여분의 기력을 남겨놓는 듯했다. 언제나 뭔가 덜 먹은 것처럼 허기지고 아쉬웠다.

아이가 세 살 때, 남편과 나는 따로따로 떨어져 귀국했다. 마음 놓고 베이비시터를 고용할 수 있는 처지가 되자 남편은 내게 작업실을 선물해주었다. 이제부터 정말 제대로 일을 해보라는 뜻이었다. 입국 후 몇 군데 출판사에서 원고 청탁을 받기도 했다. 나는 전에 소설을 쓰기 위해 기록해두었던 노트를 꺼냈고, 그것을 처음부터 찬찬히 읽어보았다. 노트를 다 읽고 나서 든 생각은 내가 대체 왜 이런 소설을 쓰려고 했는가 하는 의문이었다. 누가 이런 소설을 읽는단 말인가. 아니 대체 소설이 인생에 무슨 소용이란 말인가.

그것은 나 자신을 송두리째 뒤흔드는 질문이었다. 나는 오랫동안 나를 끌고 다녔던 그 일에서 더이상 흥미를 느낄 수 없었고, 그러자 내게 남은 것은 세상 아무것에나 심드렁한, 푹 퍼진 삼십대의 여자뿐이었다. 그 여자는 한때 자신에게 있었던 생기와 아름다움을 남편과 아이에게 빼앗겼다고 믿으며, 그들을 남몰래 증오했다. 그러면서도 그들로부터 버림받을 것을 두려워했다. 왜냐하면 그들은 이제 그 여자의 이름이고, 집이고, 현실이었기 때문이다. 그 여자는 매일 그들을 죽이는 꿈을 꿨고, 한밤중에 일어나 잠든 그들의 얼굴을 손으로 쓸며 안도했다. 그 여자는 삶이 이미 자기를 스쳐지나갔다는 것을 알고 있었다. 아직까지도 그 자리가 불에 덴 것처럼 뜨거웠다.

5. 위조 증명서

피아노학원에서 이유미는 실력을 인정받는 강사였다. 극성맞은 학부형들의 비위를 맞추고, 또 그들과의 친분을 유지하면서 위장을 들키지 않기란 쉬운 일이 아니었다. 이유미는 평균보다 웃도는 가짜 경력을 입증하기 위해 조심스럽게 자신의 이미지를 만들어갔다. 고급스러운 옷, 화려한 액세서리들, 그리고 유학 시절의 재미있는 이야기로 사람들의 마음을 빼앗았다. 하지만 위기의 순간은 늘 있었다. 마지막에 직장을 옮길 수밖에 없었던 가장 큰 이유도 자꾸 거리를 좁혀오는 직장 동료 때문이었다. 이유미보다 일년 늦게 피아노학원에 들어온 그 동료는 그녀의 출신 학교에 지대한 관심을 가지고 있었다. 자신의 지인이 그 학교 졸업생이라면서, 그를 직접 학원에 데려오겠다고도 했다. 모든 것을 다 알아채고 장난치는 게 아닌가 싶을 정도였다. 이유미는 학원에 나가는 게 점점 더 부담스러워졌다. 역류성 식도염으로 거의 식사를 하지 못할 정도였다.

당시 조민호와의 관계 역시 악화일로를 걷고 있었다. 그는 결혼 후 그녀에게 역력히 실망한 기색을 드러냈다. 이유미는 한푼도 없는 빈털터리에 가정주부로서의 역량도 부족했고, 고분고분한 구석도 없었다. 남편이 잔소리를 늘어놓을수록 그녀는 의기소침해졌고, 가까이만 와도 몸을 움츠리게 되었다. 싸움이 늘어났고, 거친 말이 오갔다. 한 번 멱살을 잡은 게 전부였다는 조민호의 말과 달리, 폭력의 수위는 꽤나 높았다. 이유미는 그 일을 일기에 자세히 적어놓고 있다. 그가 어떻게 그녀를 제압했는지, 어떻게 그녀를 잡고, 밀치고, 짓이겼는지—주먹으로 때릴 때와 손바닥으로 때릴 때 통증이 어떻게 달랐는지, 얼마나 피를 흘렸는지, 어떤 색깔의 멍이 들었는지. 정말 무서운 것은 폭력의 강도가 점점 높아진다는 것이었다. 만약 그가 그녀의 거짓을 전부 알게 되면, 무슨 일이 벌어질지 두려웠다. 관절이 제각기 다른 방향으로 비틀린 채 쓰러져 있던 로라. 그 이미지는 평생 그녀를 쫓아다녔다.

이유미는 폭력에 대해 어떤 책임도 묻지 않는 조건으로 조민호와 헤어졌다. 그리고 곧 피아노학원을 그만뒀다. 그녀가 새 직장으로 택한 곳은 학원이 아닌 대학의 평생교육원이었다. 학원에서 가르쳤던 아이의 엄마가 그곳에서 행정직으로 일했는데, 원장에게 그녀를 강력하게 추천했던 것이다. 그곳은 학원보다 대우나 복지가 훨씬 좋았다. 그런 만큼 실질적인 증명서를 필요로 하기도 했다. 이유미는 처음으로 위조업자를 찾아가서 몇 개의 증명서를 만들었다. 종로의 뒷골목 한구석에 숨겨져 있던 위조업자의 사무실에는 돈으로 살 수 있는 갖가지 졸업장, 증명서, 위임장, 자격증 등이 벽에 빼곡히 걸려 있었다. 십오 분 만에 두 개의 학위증명서를 받은 그녀는 서류 봉투를 조심스럽게 옆구리에 끼고 그곳을 빠져나왔다. 몇 걸음만 걸어도 땀이 쏟아지는 한여름이었다.

이유미는 요양원에 있는 어머니에게 갔다. 어머니는 그녀가 결혼을 한 것도, 그 결혼이 끝장난 것도 몰랐다. 사실 어머니는 그녀가 자신의 딸인 것도 잘 알아보지 못했다. 어머니가 좋아하는 사람은 오직 요양원 이모뿐이었다. 마치 새끼 오리가 어미 오리를 쫓아다니듯 종일 그 뒤만 졸졸 쫓아다녔다. 그곳에서 일주일간 머문 후, 이유미는 면접시험을 보기 위해 서울로 올라갔다. 돈을 주고 산 학위증명서로 평생교육원의 서류 전형에 합격했던 것이다.

평생교육원의 원장은 같은 재단의 대학 불문과 주임교수였는데, 이유미의 겸손한 태도와 붙임성 좋은 말투, 무엇보다도 샤넬 투피스 복장을 마음에 들어했다. 요즘은 요조숙녀를 찾아보기 힘들다면서, 자신의 시대에는 투피스가 아니면 정장으로 치지 않았다고도 했다. 이유미는 초등학생 방과후 음악 수업과 일반인 교양 음악 수업을 모두 맡았다. 주 4일 근무에 피아노학원보다 보수도 높았다. 당장 새 방을 얻어야 했고, 다달이 들어가는 어머니 생활비에, 할부로 구입한 혼수물품 카드값도 내야 했던 이유미에게는 천만다행한 일이었다.

평생교육원에서 이유미의 수업은 인기가 좋았다. 언제나 공석이 더 많았던 예술 강좌에서는 전례가 없을 정도였다. 특히 '전설의 피아니스트'라는 이름의 일반인 교양 음악 강좌는 입소문을 타고 다른 곳에서도 강좌를 열 만큼 수강생들을 모았다. 삶과 예술 사이에서 균형을 이루지 못하고 불행하게 살다 죽은 예술가들의 인생 스토리와 빛나는 명연주를 들려주는 수업이었다. 식상한 수업 내용이 인기를 얻은 비결은 수강생들을 감정이입시키는 이유미의 화법이었다. 그녀는 피아니스트들의 삶에서 가장 드라마틱한 장면을 뽑아냈고, 불빛을 따라가다가 눈이 머는 부나방 같은 예술가들의 면면을 잘 드러냈다. 수업시간에 눈물을 흘리는 수강생도 종종 눈에 띄었다.

평생교육원에서 일하는 이 년간 이유미는 종종 남자들과 데이트를 했지만, 진지한 관계는 맺지 않으려 조심했다. 사실 그녀는 남자들에게 쉬운 상대였다. 과한 친절을 베풀어 늘 여지를 줬고, 관계가 깊어져도 요구하는 게 없었다. 아니, 반대로 뭔가를 요구할까봐 그녀가 먼저 도망쳤다. 자신의 민낯이 드러날지도 모른다는 두려움 때문이었을 것이다. 하지만 아무도 그런 속내를 알아차리지 못했다.

이유미는 다시 결혼하지 않겠다고 결심했고, 그럴 가능성이 없어 보이는 남자만 만났다. 한창때의 젊은 여피들―달콤한 연애를 즐기면서도, 여자 쪽에서 결혼 의사를 조금만 내비쳐도 꽁무니를 내빼는 인간들―중 성형외과 의사 임재필은 이유미와 가장 죽이 잘 맞았다. 그는 비만한 체형에 머리숱이 적었지만 강남에서 턱 수술로 이름을 날렸고 주말에는 평생교육원에서 예술 강좌를 수강하며 삶의 균형을 맞출 줄 아는 남자였다. 이유미는 본디 뚱뚱한 남자를 좋아하지 않았지만, 그를 만날수록 둥글둥글한 그 얼굴이 친근하게 느껴졌다. 보기와 달리 꽤 까다로운 미식가였던 임재필은 언젠가 인천의 유명한 장어구이집에서 이유미에게 단도직입적으로 물었다.

　　"그런데 그 스펙으로 왜 지하에서 썩고 있는 거야? 연주자가 되거나 후학 양성을 해야 되는 거 아닌가?"

　　임재필은 다소 시니컬한 어조로 그녀에게 물었다.

　　"지상세계에 올라가면 안 되는 이유라도 있는 거야?"

　　"가문의 몰락 때문이야. 더이상의 질문은 받지 않겠어."

　　이유미는 아픈 데를 찔린 사람처럼 말을 돌렸다.

　　"이렇게 맛있는 장어구이는 확실히 비싸겠지?"

　　입이 찢어지게 쌈을 싸먹는 이유미를 보고, 임재필은 소리내서 웃었다.

　　"이 정도야 얼마든지 감당할 수 있으니 실컷 먹게나, 친구."

이유미는 임재필의 친구들과도 잘 어울렸다. 대개 문화 계통 종사자들로, 작가, 화가, 영화감독, 실제 클래식 음악가 들이었다. 이유미와 같은 시기 유학차 미국에 있었다고 반가워하는 사람도 있었다. 그녀는 되도록 말을 줄였고, 상대방으로 하여금 대화를 주도하게 하면서 경청하는 식으로 질문을 피했다. 모두 그녀의 그런 태도를 여성스럽고 부드러운 성격으로 받아들였다.

그 그룹에서 이유미의 가짜 신분은 한 번도 의심받지 않았다. 임재필이 그녀를 증명했으므로, 나머지 사람들도 그녀를 믿지 않을 이유가 없었다. 맛있는 음식과 와인, 매력이 넘치는 젊은 사람들. 이유미는 그 그룹 안에서 제일 빛나는 존재는 아니었을지라도 조용히 조화를 이루는 역할을 잘해냈다. 어떤 그룹이든지 그런 사람이 필요한 법이었다. 임재필은 친구들로부터 그녀에 대한 칭찬을 수도 없이 들었고, 이제야말로 결혼을 해야 할 때라는 충고를 듣기도 했다.

이유미는 임재필에게 전남편과의 해프닝으로 끝난 결혼생활에 대해 전부 이야기했다. 그는 솔직히 과거를 드러내 보여준 그녀에게 신선한 감동을 받았다. 서류상으로는 미혼이라 얼마든지 거짓말을 할 수도 있었을 텐데, 진창에서 놀고도 깨끗한 척하는 다른 여자들과는 차원이 달랐다. 무엇보다도 그녀의 가장 빛나는 자질은 작은 일에도 열정을 다하는 태도였다. 유학까지 다녀온 전공자가 일반인을 상대로, 눈높이를 낮춰가며 강의를 하기란 쉬운 일이 아니었다. 임재필은 직접 그 강좌를 들어본 수강자로서, 그녀의 스피치 실력을 높이 사고 있었다. 그룹의 친구들에게 그 사실을 여러 번 강조하기도 했다. 급기야 그중 이 년제 예술전문대학의 관계자인 모씨가 그녀에게 전공 강의를 맡아보겠느냐고 제안했다.

이유미는 갖가지 변명으로 그 일을 무마하려 했다. 손이 굳었고, 자신도 없고, 무엇보다 지금의 생활에 만족한다고 했다. 하지만 임재필은 그녀를 이해하지 못했다. 그는 자신이 이해할 수 없는 것을 받아들이지 못하는 사람이었다. 그리하여 자기 마음대로 모씨에게 연락해 면접 약속을 잡았고, 그녀를 잘 봐달라고 부탁했다. 이유미는 자신이 달리는 호랑이 위에 올라탄 격이라는 사실을 뒤늦게 깨달았다. 그녀는 두려움과 동시에 흥분을 느꼈다. 자신이 감당할 수만 있다면, 다시 없을 기회라는 걸 그녀도 알고 있었다. 높이 올라가는 것은 좋은 것이다. 지금 서 있는 곳이 다시 보이지 않을 정도로 높이 올라가면 더 좋다. 그녀는 다시금 종로의 위조업자를 찾아갔고, 몇 군데 콩쿠르의 입상 기록을 만들었다.

그해 여름, 그녀는 예술전문대학 음악학부의 전임강사 면접을 치렀다. 면접관 중 한 명이 이유미가 적어 낸 출신 대학의 동문회장이었다. 낙하산급 강사 청빙에 으레 따라붙는 형식적인 면접을 마친 후, 그녀는 동문회에서 같이 일해보지 않겠냐는 제안을 받았다. 그녀는 대담하게도 그 제안을 받아들였다. 동문회장은 그녀를 무척 귀여워했고, 주말의 골프 모임이나 티타임에 초대하는 등 성심껏 후배를 돌봐주었다. 훗날 그녀의 결혼식에 모교의 이름을 붙인 화환을 일곱 개나 보내는 통 큰 선물을 하기도 했다.

임재필의 청혼을 받았을 때, 이유미는 깜짝 놀랐다. 그들은 사귀는 사이가 아니었을뿐더러 그런 암시조차 없었던 것이다. 이 년 동안 만나오면서 선을 넘긴 적은 단 한 번도 없었다. 게다가 그녀는 그의 난잡한 사생활까지 전부 다 알고 있었다. 임재필은 주기적으로, 꽤나 자주 성매매 업소에 드나들었다. 그들은 그에 대한 다소 짓궂은 농담도 스스럼없이 주고받았다. 이유미는 그를 친한 친구 이상으로 생각해본 적이 없었다.

"우리 사이 정말 좋잖아. 서로를 지원해주고, 아껴주고, 매일 같이 지내면 더 좋을 거야."

임재필은 차분한 표정으로 이유미를 바라보았다. 사실 지금까지 이유미에게 임재필처럼 편안한 이성 친구는 한 명도 없었다. 그들은 밤중에 서로의 집에 찾아가 맥주를 마시며 영화를 보기도 하고, 전국으로 맛집 기행을 다니기도 했다. 임재필은 모델이나 연예인 지망생들과 데이트했지만, 언제나 마지막에는 그녀의 집으로 돌아와서 커피를 마셨다. 그녀는 그가 좋아하는 적당히 식은 라테를 만들어주었고, 그가 혼자만의 침묵 속에 잠겨도 별로 마음 쓰지 않았다. 그들은 열정 대신 친밀감을 공유했다. 성공한 결혼의 종당은 모두 그런 모습이라고, 임재필은 그녀를 설득했다. 이유미는 내내 그를 거절하다가, 마지막 순간 청혼을 받아들였다. 전임강사 임용이 된 직후의 일이었다.

임재필의 부모는 평생 여자친구 한 명도 사귀지 않았던 아들이 결혼하겠다고 선언한 것에 감격해서, 다소 조건이 처지는 며느리를 기쁘게 받아들였다. 그들은 서울의 특급 호텔에서 화려한 결혼식을 올렸다. 이유미는 베라 왕의 미카도 실크 드레스를 입었다. 아무런 장식 없이 목덜미만을 노출한 그 크림색 드레스는 고급스러운 식장 분위기와 잘 어울렸다. 키가 작은 임재필에게 맞추어, 이유미는 굽이 납작한 웨딩 슈즈를 신었고, 티아러 대신 다이아몬드 머리띠를 했다. 버진 로드를 걸어가는 그녀의 모습은 의연하고 침착했다. 처음 치르는 일이 아니었던 것이다.

이유미는 이전과 마찬가지로 역할 대행업체에서 아버지와 어머니, 하객 일부를 고용했다. 임재필의 부모는 사돈 부부의 겸손하고 차분한 행동거지를 마음에 들어했다. 하객들도 하나같이 깔끔하고 고급스러운 모습이었다. 총 백여 명에 이르는 이 배우들은 화사한 표정으로 사진 촬영을 마치고, 송아지고기와 치즈 수플레, 아이스크림까지 깨끗이 먹은 후 결혼식장을 떠났다. 전체적으로 이전에 비해 훨씬 부드러운 진행이었다.

몰디브로 신혼여행을 다녀온 후, 그들 부부는 강남의 주상복합 아파트에 신접살림을 차렸다. 결혼 전부터 임재필의 살림을 맡아했던 도우미가 있었기 때문에 가사에 대한 부담은 없었다. 이유미는 아침에 남편이 출근하는 것을 배웅한 뒤, 피트니스센터에 들렀다가 대학에 나갔다. 첫 수업 때 그녀는 학생들 앞에서 자신도 '배워가는 단계'임을 고백했다. 이유미는 곡의 전체적인 흐름을 짚어주는 지도를 주로 하되, 직접 연주를 해 보이는 모험은 되도록 피했다. 일찌감치 필립스 부인과 완성했던 베토벤 소나타 24번, 26번을 피아노 실기 지정곡으로 발표하고, 집에서 프로 연주자들의 실황 음반을 수십 번 반복해 들었다.

정작 힘겨웠던 것은 실기보다 이론 과목이었다. 화성학이나 대위법 같은 경우 도무지 접근할 수가 없었다. 이유미는 남몰래 음악 입시학원에 찾아가서 이론 개인 교습을 받았다. 학원에서 배운 내용을 그대로 들고 가서 학생들에게 전달하는 식이었다. 그렇게 반복을 하다보니, 학기가 다 끝날 때쯤에는 어렴풋이 개념을 이해할 수 있었다. 바흐의 토카타를 들으면 머릿속에 코드와 음계가 펼쳐졌다. 이 시기 이유미는 그 어느 때보다 열심히 공부했다. 수업 내용도 점점 더 진지해지고, 폭이 넓어졌다. 강의평가에서 그녀는 매 학기 최고 점수를 받았다.

이 년제 예대에 다니는 학생들은 대개 아티스트를 꿈꾸기보다 음악 언저리에 머물면서 돈벌이를 할 수 있는 삶에 만족했다. 그들에게 이유미는 다소 진취적인 교수였다. 매달 콩쿠르 일정표를 뽑아 나눠주면서 연주자가 될 수 있도록 독려했다. 강사실에 찾아온 학생들의 고민이나 진로 상담에 진심으로 응대했고, 무슨 사명

감을 가진 것처럼 밥을 사 먹이고 다녔다.

임재필과의 결혼생활은 처음부터 큰 기대를 하지 않았던 만큼 편안했다. 그들은 잘 정돈된 집의 깨끗한 침구에서 아침을 맞았으며, 영양가 높고 따뜻한 식사를 했고, 안정된 직장에서 하루를 보냈다. 주말이면 외곽에 있는 별장에 가서 둘만의 시간을 가졌다. 침묵 속에서 그들은 손을 잡고, 각자의 사색을 즐겼다. 누구나 부러워할 만한 부부관계였지만, 섹스는 영 시들했다.

신혼여행에서 임재필은 사흘 내내 뭔가를 피하는 사람처럼 부자연스럽게 굴더니 마지막날 작정한 듯 와인을 마셔댔다. 그는 그녀를 짐짓 거칠게 침대로 넘어뜨렸다. 이유미는 다정하게 그를 안았다. 하지만 발기도 삽입도 제대로 되지 않았다. 한국에 돌아온 뒤 그들은 약물의 도움을 받아 몇 차례 짧고 부산스러운 관계를 가졌는데, 그마저도 이유미로서는 아무 느낌도 들지 않았다. 하지만 한 번도 그런 이야기를 드러내놓고 하지 않았다. 일이 벌어지는 동안 그녀는 힘껏 그를 응원하면서, 머릿속으로는 종종 다른 생각을 했다. 전날 먹었던 맛있는 스테이크나 유명 오케스트라의 내한 연주회, 거실에 있는 보기 흉한 화분을 처리할 방법 같은 것들. 이유미는 그 결혼으로 자신이 가질 수 있는 것과 가질 수 없는 것을 확실히 분별했고, 과한 욕심을 부리지 않았다. 임재필이 다시 어린 매춘부들을 찾아가는 것도 묵인했다. 그들은 작은 다툼 한 번 하지 않았다. 임재필이 예견했던 것처럼, 열정 대신 삶의 다

양한 취향을 공유하는 것이 결혼생활을 유지하는 데 큰 동력이 되었다. 과거의 망령이 불현듯 이웃으로 찾아오지만 않았다면, 그들은 아직까지 부부로 살고 있었을지 모른다.

●REC

이유미 교수님을 만난 건 스물네 살 때예요. 피아노과에서 만났죠. 피아노 칠 줄 아세요? 제가 어렸을 때 여자아이들은 거의 다 피아노를 배웠죠. 코스 같은 거예요. 남자아이들이 태권도를 배우는 것처럼요. 엄마들은 딸이 악기를 하나쯤 다루면서 '음악적인 삶'을 살아가기를 원하죠. 생활에 쫓겨 바둥거리는 자기들과는 다른 모습이기를 바라는 거예요. 든든한 남편의 그늘 아래에서 유유자적 피아노나 똥땅거릴 수 있는 여유, 뭐 그런 거겠죠.

저는 엄마가 없어요. 엄마는 아빠와 이혼한 후 한 번도 저를 만나러 오지 않았죠. 뭐 그런 이야기야 뻔하잖아요. 부모님이 이혼하고, 저는 할머니 손에서 컸어요. 휴지 한 칸에 오원, 형광등 일분에 십원, 수돗물 한 컵에 이십원, 종일 그렇게 중얼거리는 할머니였어요. 할머니는 세상 모든 것에 값을 매기고, 돈을 증오하며 살았어요. 아니, 돈을 너무 사랑했다고 해야 될까요. 아무튼 저는 어딘가 좀 하자가 있는 대신 값이 싼 것들을 먹고, 입으며 자랐어요. 그런 환경에서 많이 힘들었겠다, 하시겠지만 사실 그렇지도 않아요. 사람은 누구나 자신을 보호하게 되어 있어요. 어쩔 수 없이 그 속에서 살아야 한다면, 상처받지 않는 쪽으로 단련되게 되어 있죠. 저는 불도 때지 않은 어두컴컴한 굴속 같은 방에서 텔레비전을 보고 낄낄거리며 하루를 보냈어요. 그땐 외로움이라는 걸 몰랐어요. 할머니 옆에서 찬밥에 신김치를 먹어도 뱃속이 든든하기만 하던걸요.

그런데 어느 날, 아빠가 집에 돌아와서 내 꼴을 보더니 할머니한테 엄청 잔소리를 하더라고요. 아빠는 내 손을 붙잡고 나가서, 시장에서 파는 햄버거를 사줬어요. 그리고 바로 앞에 있는 피아노학원에 데려갔죠. 거기서 피아노를 처음 봤어요. 원피스를 입은 계집애들이 피아노마다 붙어앉아 있더군요. 아빠는 일 년 치 수강료를 한꺼번에 다 내고, 나를 거기 등록시켰어요. 납작한 가방과 바이엘 교본 두 권, 그리고 연필을 선물로 받았어요. 합성피혁으로 만든 그 노란색 가방이 예뻐서 학교에 갈 때도 들고 다녔던 게 기억나요.

학원은 그해만 다니고 그만두었어요. 이듬해 아빠가 재혼한 후, 저에게 관심을 끊은데다 저 역시 친구들하고 놀러 다니는 게 훨씬 좋았거든요. 저는 일찌감치 공부와 담쌓았어요. 중학생이 되니까, 이상하게 그전까지 아무렇지도 않았던 게 전부 다 거슬리더라고요. 할머니도 짜증나고, 아빠도 역겹고, 다 죽여버리고 싶었어요. 솔직히 나쁜 짓도 많이 했어요. 도둑질을 하다가 들켜서 감옥

에 들어간 적도 있어요. 유치장에서 소년원으로 보내지고, 소년원
에서 나오면 또 도둑질하고, 다시 붙잡혀가고, 이건 뭐 끝나지 않
는 돌림노래 같았어요. 그러다가 할머니가 돌아가셨죠. 그 노린내
나는 할망구, 제발 죽었으면 좋겠다 했는데 막상 일이 닥치니까
그렇지가 않더군요. 먹이고 재워준 정을 극복하기란 정말 어려운
일이에요. 사흘 밤낮 밸브가 고장난 호스처럼 눈물이 질질 흐르는
데, 나 자신이 솔직히 좀 실망스러웠다니까요.

　할머니가 남긴 건 전부 아빠가 챙겨갔어요. 그런데 내 이름으로
들어놓은 보험이 하나 있더군요. 그건 아빠도 어떻게 손을 댈 수
가 없다고 하데요. 대학 학자금을 위해 들어놓은 교육보험이었어
요. 할머니도 정말 특이하죠. 상한 밥을 먹여 나를 키웠으면서, 대
학은 보낼 작정이었던 거예요. 네가 원하면 현금으로 수령해라,
라고 아빠가 말했어요. 아빠의 새 부인, 그리고 그들의 딸이 그 옆
에 나란히 앉아 있었죠. 문득 이제 정말 나는 고아가 되었다는 사
실이 깨달아지더군요. 정신이 번쩍 드는 기분이었어요.

　대학에 가겠다고 하니까, 다들 의아하게 나를 봤어요. 음대에
갈 거라고 한마디 덧붙이자 웃음을 참는 듯 헛기침까지 하더군요.
그럴 만도 했죠. 고등학교 중퇴에다 돈도 없는 주제에 어디서 음
대란 소리가 튀어나왔는지, 저도 잘 모르겠어요. 어쨌든 내 돈이
고 내 선택이니, 아무도 말리지 못했죠.

　고등학교 검정고시를 보고, 아르바이트하면서 틈틈이 피아노학

원을 다니기 시작했지만 앞이 까마득했어요. 일이 년 준비해서 될 일이 아니었죠. 피아노과는 원체 실력자들이 많다고 하더라고요. 실기를 치지 않는 학교를 찾아보니 딱 한 군데밖에 없더군요. 생긴 지 일 년밖에 되지 않은 신설에 캠퍼스가 지방에 있었어요. 막상 가보니 신입생 미달에 선배도 몇 안 돼 강의실이 썰렁하더군요. 모인 사람들을 보니 정말 각양각색이었어요. 음악을 좋아하지만 자질은 안 되고, 그렇지만 포기도 안 되는 현실감각 제로의 인간들 말이에요.

이유미 교수님은 첫 수업 때 자기를 '교수'라고 부르지 말아달라고 부탁했어요. 자기도 아직 모든 게 미숙하고 낯설다고요. 겸손은 최고의 미덕이지만, 솔직히 좀 가식 같더라고요. 교수님은 명문 음대 졸업에 유학파잖아요. 누가 그러는데, 교수님 남편이 정말 유명한 성형외과 원장이라고 하더라고요. 텔레비전에도 종종 나온다고요. 그런 사람이 우리 같은 학생들을 보면 우습다는 생각밖에 안 드는 게 당연하잖아요?

'나는 정말 운도 더럽게 없지, 이렇게 떨떨한 아이들 앞에서 수업을 해야 한다니. 고작 이런 자리에 서기 위해 돈 처들여 음악 한 게 아닌데.'

다른 교수들은 모두 그런 식이었어요. 정도의 차이일 뿐 비슷비슷한 표정이었죠. 예술가들은 좋은 선생이 될 수 없어요. 자기 시간이 천금보다 귀하거든요. 인생은 짧고 예술은 길다, 아시죠? 예술 할 시간도 부족한 인간들이라고요. 그러니 어쭙잖은 학생들한테 자기 시간을 나눠주는 게 울화병이 치미는 거예요. 어떤 교수는 한 학기 내내 두 번밖에 수업을 안 하더라고요. 나머지 시간은 개인 지도, 라고 되어 있는데 찾아가면 연구실이 딱 잠겨 있어요. 그런 학교를 돈 들여 다니는 게 허무하니까 학생들은 또 점점 더 줄어들고요. 이유미 교수님이 없었다면 저도 진작에 다 때려치웠을 거예요. 하긴 뭐 때려치울 거나 있나요? 그냥 돌아서서 집에 가면 되는 거죠. 저 같은 게 피아노 관둔다고 누가 알아주기나 하냐고요. 그저 남은 건 오기와 집착뿐이었죠.

어느 날, 실기 수업이 끝난 후에 이유미 교수님이 저를 불렀어요. 피아노 친 지 얼마나 됐냐고 묻더니, 실기 지정곡인 베토벤 소나타 24번을 쳐보라고 하더라고요. 연주를 시작하자마자, 등뒤로 와서, 제 허리를 바로 세웠어요. 허리 말고 다른 곳에는 힘을 다 빼라고 하더라고요. 손이며 팔에 힘이 너무 많이 들어가 있어서 연주가 딱딱하다고요. 교수님이 말씀하시기를, 몸에서 모든 주권을 다 빼앗아야 된다고 하더군요. 몸은 단지 음악을 연주하는 '기계'라는 사실을 잊지 말라고요. 생각이란 것이 없는, 무력하고 헌신적인 '기계' 말이에요.

베토벤 소나타 24번은 '테레제를 위하여'라는 부제가 붙어 있는 곡이에요. 교수님은 그 곡의 주인공인 테레제에 대해 생각해보라고 했어요. 우아한 선율에 걸맞은 아름다움과 생기를 지닌 여자,

모두가 꿈꾸었던 여자 말이에요. 저는 할머니를 떠올렸어요. 곁에서 오랫동안 지켜본 여자라고는 할머니밖에 없었죠. 몸을 기계처럼 여기라는 말은 악보의 규율 속에 진정한 자유가 있다는 뜻이었어요. 처음으로, 피아노를 치면서 나 자신을 잊을 수가 있었어요. 그건 정말 근사한 기분이었죠.

한참 후에 연습실에서 나와보니 저녁시간이 다 되었더라고요. 교수님은 저를 데리고 학교 근처 분식집으로 갔어요. 떡볶이랑 김밥, 라면을 잔뜩 먹고 헤어져 집에 왔죠. 그렇게 일주일에 한두 차례 수업 후에 교수님하고 레슨을 했어요. 알고 보니 저 말고도 교수님과 분식집에 같이 다니는 아이들이 꽤 있었죠. 교수님은 학생들한테 시간을 나눠주는 걸 아까워하지 않았어요. 예술가는 아닐지 몰라도, 진짜 선생님이었던 거예요.

그때까지 저는 피아노에 딱히 품은 꿈이 없었어요. 피아노를 선택한 것은 그저 그게 늘 목구멍에 걸려 있었기 때문이죠. 어린 시절 아빠 손을 잡고 피아노학원에 갔던 그날이 제게는 언제나 아련한 기억으로 남아 있었어요. 하지만 제가 연주자가 될 수 있을 거라는 생각은 한 번도 해보지 않았죠.

교수님과 레슨을 하면서, 저는 피아노를 제대로 알아가게 되었어요. 이를테면 '포르테'는 건반을 세게 치는 대신 깊이 쳐야 한다는 것, 그래야 정말 힘있는 울림이 일어난다는 식의 사소한 가르침이었죠. 건반을 누르고 떼는 짧은 순간을 느끼기 시작하자, 음을 제대로 그릴 수 있게 되었어요. 연습실에서 그 크고 검은 악기는 살아 있는 짐승처럼 호흡했고, 점점 더 저에게 길들여졌어요. 정말 짜릿한 느낌이었죠.

그다음 해에 저는 베토벤 소나타 24번으로 작은 콩쿠르에 나갔어요. 별로 수준이 높은 대회는 아니었지만, 다른 학교 음대생들과 실력을 겨루는 자리였죠. 저는 거기서 우수상을 받았어요. 제일 먼저 꽃다발을 들고, 교수님한테 감사드린다는 인사를 하러 갔죠. 그런데 이상하게 안색이 안 좋으시더라고요. 책상 앞에 앉아 머리를 싸쥐고 계셨는데, 도무지 다가갈 수가 없을 만큼 힘겨워 보였어요.

그날, 저는 강사실 앞에 꽃다발만 내려놓고 집에 돌아왔어요. 다음날 다시 찾아갔을 때는 꽃다발과 함께 강사실의 책상도 사라져 있었죠. 교수님한테 전화를 걸어도, 연결이 되지 않았어요. 다음날, 또 그다음날도 마찬가지였죠. 교수님은 다시 학교에 나오지 않았어요. 그냥 어느 날 그렇게 사라져버리신 거예요. 사실 그때는 배신감이 정말 컸어요. 교수님이 나를 정말 아꼈다면, 그런 식으로 사라질 수 없을 거라고 생각했거든요. 하지만 삼십대가 되고 보니 알겠어요. 세상에는 설명할 수 없는 헤어짐이 훨씬 더 많다는 걸 말이에요.

요즘엔 피아노학원도 제가 어렸을 때만큼 호황이 아니에요. 영어나 수학이 훨씬 더 중요한 시대가 되었죠. 엄마들은 이제 딸이 피아노 연주보다 공부를 더 잘해야 그럴듯한 삶을 산다는 걸 잘 알아요. 낭만이 다 사라진 거죠. 그래도 저는 매일 아침 피아노학원의 문을 열고, 아무도 없는 텅 빈 공간에서 베토벤 소나타 24번을 연주해요. 그 아름답고 우아한 선율 속에서 세상에 없는 여자, 테레제를 불러내죠. 내 삶은 그녀로 인해 구원되었어요. 그것은 시대와 상관없이 지금도 일어나고 있는 일이죠. 저는 그 희망을 버리지 않고 있어요.

*

이유미가 강미리를 다시 만난 것은 퇴근길의 엘리베이터 앞에서였다. 죽은 아버지를 만났다 해도 그만큼 놀라지는 않았을 것이다. 상대방을 먼저 알아본 사람은 이유미였다. 오 년 만의 만남이었지만 강미리는 여전했다. 어림짐작으로도 마흔이 다 되었을 텐데 새하얀 피부에 긴 생머리가 반짝거렸다. 그 옆에는 그녀와 똑같이 생긴 어린 소년이 있었다. 강미리는 아들과 같이 장을 보러 나가는 길이라고 했다.

그들은 반갑다며 인사하고 헤어졌지만, 둘 다 서로를 꺼림칙한 표정으로 돌아보았다. 강미리는 한낱 점원이었던 이유미가 자신과 같은 아파트에 입성했다는 사실이 믿어지지 않는 듯했다. 이유미 역시 그날 밤 잠을 한숨도 자지 못하고 뒤척였다. 그녀의 과거를 모두 다 알고 있는 사람, 게다가 그녀가 경력을 도용한 장본인이 바로 같은 건물에 살고 있었던 것이다.

같은 아파트에 사는 주민과 마주칠 확률이란 얼마나 될까. 이유미의 경우 통상 일주일에 한 번꼴이었다. 음식물 쓰레기를 버리러 갔다가, 우편물을 찾으러 갔다가, 아파트 주변을 산책하다가, 주차장에서, 이유미는 종종 강미리와 마주쳤다. 임재필이 누구냐고 물으면, 새로 알게 된 이웃이라고만 둘러댔다. 어쩌다 세 사람이 엘리베이터에 함께 오를 때에는 긴장감에 숨이 막힐 지경이었다. 강미리는 이유미와 마주칠 때마다 그녀를 위아래로 훑어보았다. 마치 뭔가를 찾아내려고 애쓰는 사람 같았다. 이유미는 악보 파일책, 출석부를 모두 가방에 넣어 다녔고, 나중에는 아예 엘리베이터를 타지 않고 걸어다녔다. 십칠층까지 계단을 올라오면 심장이 터질 것처럼 뛰었고 땀으로 온몸이 흠뻑 젖었다. 계속 이런 식으로 살 수는 없었다. 이유미는 임재필에게 다른 지역으로 이사를 가자고 조르기 시작했다. 근방에서 일어난 살인강도 사건을 들먹이면서 무서워 집을 나가기가 겁이 난다고 했다. 임재필은 태어나 자란 그 동네를 떠나는 데 반감이 있었고, 또 손꼽히는 부촌인 그 지역의 경호시설이 그리 허술하지는 않다고 반박했다. 그들은 이 문제로 얼마 동안 냉전을 겪기도 했다. 하지만 결국 이유미의 고집에 임재필이 두 손을 들었다. 그들은 신혼살림을 시작했던 집을 내놓았고, 이사 날짜를 잡았다.

일이 꼬이지 않았다면 그들은 제때 아무 소음 없이 그곳을 떠났을 것이다. 하지만 며칠 뒤 작은 착오가 일어났다. 우체부의 실수로 H음악대학 동문회에서 보낸 연주회 티켓이 잘못 배달된 것이다. 1703호 이유미의 이름이 적힌 봉투는 703호 강미리의 편지함으로 들어가고 말았다. 강미리는 연주회 티켓을 들고 이유미의 집에 찾아왔다. 영문을 모르는 일이라고 잡아떼는 이유미를 보고, 강미리는 미심쩍은 표정을 지었다.

"글쎄, 동문회 쪽에 물어보면 알 수 있겠지."

강미리는 의미심장한 한마디를 남기고 떠났다. 이유미는 꿈을 꾸듯 몽롱한 기분이었다. 이럴 때 영화에서라면 옆에 놓인 도자기로 강미리의 머리를 내려치거나, 십칠층 베란다에서 밀어버리고 영원히 그 여자의 이력을 차지하는 게 수순일 텐데 막상 현실로 닥치자 온몸이 마비라도 된 것처럼 꼼짝도 할 수 없었다. 머릿속에서 자갈이 굴러가는 소리가 났다. 커다란 바위가 비탈길에 굴러떨어져 산산조각나면서 굴러가는 소리.

강미리는 이유미에게 돈을 요구했다. 당시 이혼 절차중이었던 그녀는 곧 한국을 떠날 생각이었다. 일을 빨리 마무리해준다면, 추한 진실에 대해서는 영원히 입을 다물어줄 의향도 있다고 했다. 마음이 급해진 이유미는 임재필에게 돈을 빌려보려고 했지만, 이도 녹록지 않았다. 임재필이 집요하게 사용처를 물어왔던 것이다. 그는 자신이 돈에 관한 한 허술한 사람이 아니라고 정색하며 말했다.

결국 그녀는 기한까지 돈을 마련하지 못했다. 대신 그다음 주에 학장실로 부름을 받았고, 그녀를 고발하는 악의적인 제보에 대해 들었다. 그녀의 학력위조와 허위경력에 대한 제보였다. 학장은 그녀의 모교 측에 졸업증명서를 요청하는 공문을 보내놓았다고 했다. 그는 이 소동이 그녀의 뛰어난 성과를 시기하는 이들의 터무니없는 모함일 것이라고 짐작하고 있었다. 답신이 도착하면 그것을 모든 사람들이 확인할 수 있도록 공개하겠다고, 일주일 휴가를 줄 테니 부부끼리 여행이라도 다녀오라며 이유미의 어깨를 가볍게 두드렸다.

이유미는 강사실에 가서 자신의 물건을 정리한 뒤, 집으로 돌아갔다. 이른 시간에 귀가한 이유미를 보고 도우미가 깜짝 놀랐다. 그녀는 도우미를 돌려보내고, 깨끗하게 청소된 집안을 천천히 둘러보았다. 그 안에 그녀의 물건은 거의 없었다. 가구, 가전, 식기, 심지어 화장실의 수건 한 장까지 임재필이 고른 것들이었다. 그중에 그가 제일 큰돈을 들인 것은 바로 아내인 이유미였다. 그녀가 원재료 불명의 가짜였다는 사실을 알게 되면, 그는 어떤 표정을 지을까?

이유미는 자신의 방으로 가서 피아노 의자 커버를 벗겼다. 그 안에 마리화나 한 움큼과 라이터가 있었다. 그녀는 얼마 전부터 그것에 손대기 시작했다. 아파트 엘리베이터에서 강미리와 마주친 그날부터였다. 지속되는 불면을 해결할 다른 방법이 없었던 것이다.

이유미는 화장실 변기 앞에 주저앉아 잎을 말았다. 불을 대자, 익숙한 쑥뜸 냄새가 났다. 그녀는 그것을 한 모금 빨아당기고, 잠시 후 또 한 모금 빨아들였다. 콧물이 흘렀다. 그녀는 화장실 바닥에 쓰러지듯 드러누웠다. 등에 닿는 차가운 타일의 감촉이 느껴졌다. 속이 메슥거렸고, 머릿속이 멍했다. 이유미는 피식 웃었다. 뱃속이 간지러워 자꾸만 웃음이 났다. 이렇게 간단히 끝장나다니, 허무하기 이를 데 없었다.

대학에서는 이유미의 일에 대해 은밀하게 처리하기를 원했다. 자격이 없는 교수를 낙하산 격으로 청빙한 것이니, 학교 측의 책임도 피할 수 없는 일이었다. 결국 학력위조가 아닌 일신상의 사유에 따라 물러나는 것으로, 사퇴 전 학교 측과 이유미는 입을 맞추었다.

대학에서 자리를 잃은 후, 이유미는 결혼생활에도 종지부를 찍었다. 혼전계약서를 썼던 그들 부부는 산뜻하리만치 쉽게 갈라섰다. 이혼 후 그녀는 보증금이 없는 작은 방을 얻었고, 몇 달간 그 안에서 두문불출하며 지냈다. 누군가 문을 두드려도 집에 아무도 없는 척 숨을 죽였다. 그녀는 그 방에서 배달음식과 통조림으로 끼니를 때웠고, 대부분의 시간은 잠을 자는 데 할애했다. 얼마나 잠이 오는지, 신기할 정도였다. 한계가 없었다. 하루 전부를 날려

버리는 적도 허다했다. 잠에서 깨면 늘 손발이 저릿저릿했고, 현실감각이 빨리 돌아오지 않아 멍했다. 볕이 잘 들지 않는 그 그늘진 방에서 이유미는 나체로 마음껏 돌아다녔고, 텔레비전을 봤고, 늘어지게 잠을 잤다. 하지만 결국 방세가 밀려, 밤에 도망치다시피 그 방을 떠났다.

나는 좀더 많은 이야기를 듣기 위해 임재필을 만나기로 했다. 그는 아직도 압구정동에서 턱 성형 권위자로 통하고 있었다. 여자들의 세계에서 사는 사람답게 매너가 좋고, 화법이 부드러웠다. 한남동에 있는 고급 맨션에서 그는 나의 질문에 전부 답을 해주었다. 아무것도 숨길 것이 없다는 듯한 태도였지만, 스스로도 이해할 수 없는 부분들이 공백으로 남아 있는 듯했다.

"그 여자에게 문제가 있다는 사실을 안 건 결혼하고 일 년쯤 지나서였습니다. 어느 날인가 내게 급전을 요구하더군요. 친한 언니에게 돈을 빌려줘야 한다던가 그랬어요. 나는 그 언니가 누구인지 캐물었죠. 평소 친하게 지내는 사람이 없다는 사실을 누구보다 잘 알고 있었거든요. 그 여자는 굳은 얼굴로 말을 얼버무렸어요. 그즈음 줄곧 뭔가에 쫓기는 것처럼 보였는데, 내게는 말을 하려 하지 않았어요."

임재필은 테이블 아래 다리를 꼬고, 차분한 목소리로 말했다.

"그 여자가 강의를 다니던 대학에는 나와 각별한 관계인 지인들이 몇 있었어요. 아내가 가짜 경력 때문에 학교에서 파면당할 위기라는 사실을, 그 사람들을 통해 처음 들었죠. 알아보니 출신 대학은 물론 처가에 대한 이야기까지 전부 거짓말이었어요. 인생 전부가 가짜였단 말입니다. 나는 정말 큰 충격을 받았어요. 외계의 운석이 내 집 거실에 떨어졌다고 해도 그만큼 놀라지는 않았을 겁니다. 나는 정말 그 여자를 잘 안다고 생각했거든요."

그는 힘없이 웃었다.

"헤어지기 전에, 나는 그녀에게 한 점의 거짓 없는 진실을 요구했습니다. 만약 그렇게만 해준다면, 모든 것을 덮고 넘어갈 수도 있다고 말했죠. 그 여자는 나를 물끄러미 올려다보더니, 피식 웃었습니다. 내가 한 번도 보지 못한 얼굴이었어요. 마치 나를 비웃는 것 같았어요. 그리고 얼마 후, 그 여자는 말없이 나를 떠났습니다. 자기 물건을 전부 다 놔두고 갔는데, 처분하는 데 꽤나 시간이 걸렸죠. 부모님은 추문에 시달리다가 못 견디고 여동생이 있는 유럽으로 거처를 옮기셨어요. 저는 순식간에 모든 걸 다 잃어버렸습니다."

그는 배우처럼 두 손을 들어 보였다. 아직도 그 기억을 떠올리는 게 고통스러운 듯 인상을 찡그리고 있었다.

"내가 조르고 졸라 했던 결혼이었어요. 그 여자가 원하지 않으니까 내가 점점 더 원하게 됐죠. 후회할 일은 시작하지도 마. 그 여자는 나를 가엾게 보면서 말했죠. 그럴수록 오기가 치밀었어요. 결혼이 아니면 그 여자를 붙잡아둘 방법이 없다고 생각했죠."

임재필은 내게 단 한 장 남은 이유미의 사진을 건네주었다. 오버사이즈 코트에 폭 파묻힌 이유미는 자신을 부르는 소리에 고개를 돌린 것 같은 표정을 하고 있었다. 동그란 눈에 화장기가 거의 없어 대학교수라기보다는 학생으로 보였다. 서른 살 때의 모습이었다. 그는 내게 그 사진을 가져도 좋다고 말했다.

"헤어진 후로는 한 번도 연락한 적이 없지만, 종종 그 여자 생각을 하고는 해요. 그리고 매번 그것이 실체가 없는 허상이라는 사실을 깨닫고 깜짝 놀라지요."

저녁이 다 된 고급 주택가의 거리에는 인적이 하나도 없었다. 정류장까지 꽤나 긴 길을 나는 터덜터덜 걸어갔다. 어디선가 희미하게 피아노 연주가 들렸다. 어둑어둑 해가 지는 거리에서 나는 이유미의 사진을 다시 꺼냈고, 그 윤곽이 희미해질 때까지 한참 동안 들여다보았다.

임재필은 이유미가 쓴 가면 안쪽을 한 번도 보지 못했다. 가짜 학력과 이름, 관계의 허위를 알아챘지만 그것이 무엇을 가리기 위한 것이었는지는 몰랐던 셈이다. 사실 그는 고통스러운 시간이 지나간 지금까지도 그녀에 대해 아는 것이 거의 없었다. 이유미가 능숙한 거짓말쟁이였다면, 임재필은 이기적인 방관자였다. 그들의 결혼생활이 어떤 위선과 기만을 품고 있었는지, 나는 잘 알고 있었다. 나는 주름 하나 없이 반듯해 보이는 그 남자 앞에 추잡한 진실을 들이밀고 싶었다. 하지만 그것은 내 역할이 아니었다.

같은 아파트에 살았던 강미리는 이혼 직후 아이와 함께 하와이로 건너갔다. 나는 그녀에게 이유미와의 관계를 묻는 장황한 내용의 이메일을 썼지만, 한국에서의 일은 더이상 기억조차 하고 싶지 않다는 답장을 받았을 뿐이다. 그녀의 이메일 계정에 연동된 SNS에는 새파란 개인 풀장을 배경으로 한 파티 사진이 가득했다. 나는 그 여자에게 다시 한번 이메일을 보내려다가 그만두었다.

그다음 주, 나는 아버지의 전화를 받고 병원에 갔다. 세번째 항암치료를 받기 위해 입원한 아버지의 병문안차, 그리고 엄마를 만나기 위해서였다. 엄마는 얼마 전부터 꽃이며 병에 든 주스를 사들고 아버지를 보러 온다고 했다. 아버지는 자기한테서 한 푼이라도 더 털어내려는 수작이라고 했는데, 아주 틀린 말은 아니었다. 엄마는 소송 대신 합의로 이혼 절차를 마무리짓고 싶어했다. 아버지는 이에 무반응, 무응답으로 일관했다. 내가 도착했을 때도 두 사람은 아무 말도 없이 마치 눈싸움을 하는 것처럼 서로 다른 방향의 허공을 노려보고 있었다. 아버지는 병원식으로 나온 죽을 밀쳐버리고는 침대에 모로 누웠다.

"아무래도 내가 가야 네 아버지가 편히 식사를 하겠다."

엄마는 먼저 자리를 털고 일어났다. 나는 엄마를 배웅하기 위해 함께 병원 로비로 내려갔다.

"병원을 잘 고른 것 같아."

엄마는 오전에 면담했던 담당 의사가 마음에 든다고 했다. 국내에서는 일인자로 불리는 명의라고 했다.

"네 아버지는 잘해낼 거야. 암치료도 예전 같지 않은데다, 워낙 강인한 사람이잖니."

"……그래야죠."

병원 밖으로 나온 우리는 잠시 야외 벤치에 앉아 자판기 커피를 마셨다.

"아버지와 정말 헤어지실 거예요?"

다소 딱딱한 내 물음에 엄마는 아무 대답도 하지 않았다.

"병든 사람을 두고, 너무하다고 생각하지 않아요?"

"우리 모두 결국 죽어."

엄마는 간결하게 말했다.

"그날, 네 아버지가 암 선고를 받은 날 말이야. 그런 생각이 들었어. 그 사람도 나도 이제 늙었고 이렇게 하나둘 고장이 나다가 죽을 거라고. 그렇게 생각하니 더는 견딜 수가 없는 거야. 한 번도 내가 원하는 대로 살아보지 못했는데, 늘 꼼짝도 못하게 나를 짓누르며 살았는데, 이대로 끝이 난다면 내 인생은 대체 뭔가 하고 말이야."

엄마는 감정을 억누를 수 없었던지 잠시 말을 멈추었다. 종이컵을 든 손이 떨리고 있었다.

"나라고 해서, 이 가정을 잃어버리는 게 아무 일도 아니겠니?"

엄마는 자그마한 목소리로 내게 되물었다.

"하지만 더이상은 견딜 수 없어."

"아버지와 내내, 불행했다는 말이에요?"

엄마는 말없이 잠시 나를 바라보더니, 고개를 가로저었다.

"너에게 아버지에 대한 험담을 하고 싶지 않다. 내 결혼생활이 어땠는지에 대해 불평하고 싶지도 않고. 그건 내 선택이었고, 이 정도면 견딜 만큼 견뎠다고 생각해. 네가 이해 못해도 할 수 없는 일이야."

벤치에서 일어난 엄마는 다 마신 종이컵을 휴지통에 던져넣은 후, 내게 인사하고 그곳을 떠났다. 나는 잠시 그곳에 앉아 지나가는 사람들을 멍하니 바라보았다. 5월의 햇살이 따뜻했고, 길가의 푸른 나무가 선선한 바람에 흔들렸다. 가벼운 차림의 사람들이 그 위를 태평하게 걷고 있었다.

아버지와 엄마. 나는 그들과 한집에서 이십 년간 함께 살았지만 두 사람의 진짜 관계에 대해서는 아무것도 몰랐다. 지극히 평범한 인간들이 평범하게 걷고 있는 길 위의 풍경처럼 그들의 결혼생활도 그랬다. 우리가 질서를 연기하는 한, 진짜 삶은 아무도 눈치채지 못한다. 그렇다면 진짜 삶은 어디 있는가? 그것은 인생의 마지막에서야 밝혀질 대목이다. 모든 걸 다 잃어버린 후, 폐허가 된 길목에서.

병원에서 나온 나는 그곳에서 멀지 않은 오피스텔로 향했다. 지난 연말 이후 비워두기만 한 방에서는 눅눅한 곰팡이 냄새, 그리고 희미한 담배 냄새가 났다. 나는 불도 켜지 않은 채 책상 앞에 앉았다. 책상 위에 컵 자국이 남아 있었다. 그것을 손으로 문질러보았으나, 얼룩은 쉬 사라지지 않았다.

다시 글을 쓸 수 없다는 사실을 깨달은 후, 나는 한동안 이곳에서 책을 읽는 데 집중했다. 하지만 얼마 지나지 않아 단지 책을 읽기 위해 매일 이곳에 오는 것이 불필요한 소모처럼 느껴졌다. 더이상 책도 읽히지 않았다. 방이 감옥처럼 느껴져, 자연스럽게 발길을 끊게 되었다.

매일 아침, 남편에게는 작업실에 간다고 거짓말하고 집을 나와서 이곳저곳을 돌아다녔다. 주로 미술관에 가거나 영화를 보러 갔다. 카페에서 창밖을 내다보며 시간을 보냈다. 그곳에는 나처럼 혼자인 사람들이 있었다. 그들은 모두 젊었고, 무언가에 무섭도록 몰입해 있었다. 시간이 지루하게 흘렀다. 입안에서 와그작 부서진 얼음이 틀니처럼 덜거거렸다. 사방을 헤매다 집에 돌아오면 발바닥이 쑤셔 잠이 오지 않았다.

작업은 잘되어가느냐고, 남편은 내게 묻곤 했다. 그는 무한한 인내심과 친절함으로 나를 대했다. 젊은 시절의 빛을 다 잃어버리고, 자기 불신의 늪에 빠져버린 가엾은 파트너를 위해 물질적 정서적 지원을 아끼지 않았다. 그에게는 그럴 만한 여유가 있었다. 학교에서도 굳건히 자리를 잡았고, 연구 성과에 대한 평가도 좋았다. 누구나 그를 보면 금세 호감을 가졌다. 사랑받는 자의 기쁨과 풍요가 얼굴에 환히 나타났다.

언제부터였을까. 그의 반듯함이 나의 난잡함을 드러내고, 그의 여일함이 나의 광기를 불러내고, 그의 밝음이 나의 어둠을 일깨운 것은. 나는 그에게 포섭되는 대신 더 낮은 곳으로 추락했다. 외도는 그 과정의 일부였을 뿐이다.

K를 다시 만난 것은 지인의 결혼식에서였다. 과거, 나의 연인이었던 신예 영화감독. 그는 내가 한국에 돌아왔다는 소식을 들었다면서 무척이나 반가워했다. K의 모습은 지나간 세월을 실감하게 했다. 날렵했던 인상이 후덕하게 변했고, 머리숱이 반쯤 사라져 조만간 대머리 대열에 합류할 것이 분명해 보였다. 그는 명성이 자자했던 데뷔작 이후 발표작마다 혹평을 듣다가 최근 상업영화로 노선을 변경했지만 그마저도 흥행에 실패하는 시련을 겪었다. 영화배우인 아내와 이혼하면서 지저분한 소송에 휘말렸고, 결국 낡은 차까지 팔아치운 뒤 생활비를 벌기 위해 외주 프로덕션 일을 드문드문 하는 형편이었다.

그가 자신의 인생을 씹어대는 말을 듣고 있자니 가엾기도 하고 우습기도 했다. 젊은 시절의 빛은 다 잃어버렸지만, 그의 신랄한 유머감각만은 그대로였다. 결혼식이 끝난 뒤 우리는 자연스럽

게 자리를 옮겨 차를 마셨고, 와인을 곁들인 저녁까지 함께한 후
에 헤어졌다. 나는 그의 앞에서 젊은 여자처럼 헤프게 웃었다. 사
이사이 그가 오래전의 날카로운 눈빛으로 나를 바라보는 것이 느
껴졌다.

"연락해도 되지?"

헤어지기 전, 그는 내게 물었다.

"아니."

나는 성급하게 대답했다.

"내가 연락할게."

나는 곧 쓸모없이 방치되어 있던 이 방으로 그를 불러들였다.
이곳에서 우리는 정기적으로 정사를 벌였다. 일주일에 두 번, 혹
은 세 번. 함께 점심을 먹고 영화를 보다가 침대로 가는 수순이었
다. 침대뿐 아니었다. 소파, 화장실, 바닥, 벽, 책상, 싱크대에서,
남편에게는 한 번도 허락하지 않았던 방식으로 그와 관계를 가졌
다. 나는 끝까지 가고 싶었다. 나를 파괴하고 싶었다. 하지만 불행
히도 매 순간 맨정신이었다. 어쩌면 너무 늙고 비둔해진 탓인지도
모른다. K를 완전히 믿지 못했던 탓인지도 모른다. 현실을 깨버릴
용기가 없었던 탓인지도 모른다. 그래도 계속했다. 후회하면서도
계속했다. 나는 이 방에서 침몰하는 나를 지켜보았다. 그 뿌리깊
은 증오의 눈길에 숨이 막혔다.

남편에게는 매일 다른 거짓말로 응대했다. '작업이 순조롭다.'

'생각보다 진행속도가 빠르다.' '주말에도 나가봐야 할 것 같다.' 그가 알아차릴까봐 마음 졸이면서도, 가짜 원고를 프린트해서 무심하게 식탁 위에 올려놓기도 했다. 나는 순식간에 섹스의 흔적을 지웠고, 쥐새끼처럼 소리없이 문을 여는 법을 배웠다. 속옷을 주머니에 넣어 다녔고, 남편의 옆에 누워 잠든 척 숨을 내쉬었다. 체중이 줄면서 주변 사람들에게서 좋아 보인다는 말을 자주 들었다. 남편은 아무 의심도 하지 않았다.

K와의 관계는 한 계절도 가지 못해 끝났다. 그에게는 다른 여자가 두엇 더 있었다. 하지만 그 사실이 문제가 된 것은 아니었다. 피차 서로에게 흥미를 잃었을 뿐이다. 나는 더이상 한밤중에 걸려오는 그의 전화만 기다릴 수 없었다. 내가 그만두자고 했을 때, K는 어깨를 한 번 으쓱했고, 그것으로 끝이었다. 나는 오피스텔에서 맨발로 걸어나와 집으로 갔다.

"당신, 무슨 일 있어?"

남편은 놀란 얼굴로 내게 물었다. 나는 말없이 그의 얼굴을 바라보았다. 그의 눈빛이 흔들렸다. 나는 그에게 연민을 느꼈다. 하지만 연민은 아무 도움이 안 되었다. 나는 그에게 이야기해야만 했다. 그것은 그가 내게 선물한 작은 방에 대한 이야기였다. 꿈을 잃고 낙망한 아내에게 선물했던 작은 방. 그 안에는 크고 튼튼한 원목 테이블, 이케아에서 사들인 2인용 소파, 소형 냉장고, 독일제 커피메이커가 있었다. 창문을 꼭 닫으면, 도시의 소음이 완벽하게 차단되었다. 나는 그 안에서 내가 원하는 존재가 될 수도 있었을 것이다. 하지만 나는 대신 그 방에 옛 연인을 끌어들였다.

말이 끝날 때까지 남편은 꼼짝도 하지 않고 앉아 있었다. 마치 죽은 사람처럼 숨도 쉬지 않고 눈도 깜빡이지 않았다. 이야기가 끝난 뒤에도 그는 한참 동안 그렇게 부동자세로 앉아 있더니 불현듯 내게 뭘 원하느냐고 물었다. 아무도 상처받지 않는 것, 이라는 나의 대답에 그는 더이상 참지 못하고 물건들을 집어던진 후 방을 나가버렸다. 나는 그를 기다렸다. 하지만 그는 돌아오지 않았다.

나는 아마도 죗값을 치르기를 바랐을 것이다. 그에게 뺨을 맞고, 욕설을 듣고, 가진 것을 모두 빼앗기는 식의 대가를 치르고 싶었는지도 모른다. 하지만 그는 그중 어떤 것도 내게 주지 않았다. 그는 침묵으로 일관했고, 나에 대한 모든 판단을 유보했다. 그래서 그를 떠날 수 없었다.

6. 노인과 바다

이유미에게는 가명이 필요했다. 그녀는 고민을 거듭한 끝에 이안나, 라고 자신의 새 이름을 정했다. 그것은 아마도 아나스타샤에서 따온 이름이었을 것이다. 강미리가 뒤쫓을지도 모른다는 생각에 그녀는 음악 박사 사칭을 그만두고 잠시 떠돌이 외판원 생활을 했다. 경기도 외곽의 아파트촌을 돌아다니면서 아동서적과 화장품, 자동차 내비게이션, 핸드 안마기를 팔았다. 판매 실적은 나쁘지 않았다. 그녀는 본디 화술이 좋았고, 사람의 마음을 사는 구석이 있었다. 하지만 매달 실적을 강요하는 상급자와의 마찰 때문에 얼마 안 되어 일을 그만둬버렸다.

그후 그녀는 간호조무사 자격증을 따기 위해 학원에 잠시 다녔다. 일 년 과정을 거의 다 마칠 때까지도 그녀는 그 일이 마음에 차지 않았다. 노동시간이 너무 길고, 수입도 보잘것없었던 것이다. 그녀는 요양원의 어머니 침대 옆에 매트리스를 깔고 생활했다. 임재필이 결혼 선물로 사주었던 고급 실크 슬립을 입고, 매트리스 위에 엎드려 매일 간호조무사 모집 공고를 읽었다. 그것은 그녀가 지난번 결혼에서 챙긴 유일한 기념품이었는데, 어떤 의미가 있다기보다는 단지 그것을 입으면 기분이 좋아지기 때문이었다.

이 시기 이유미는 이력서를 내는 병원마다 번번이 낙방했다. 어쩌다 면접을 보러 가도 나이가 너무 많다거나, 목소리가 마음에 들지 않는다거나, 조직생활에 어울리는 관상이 아니라는 소리만 듣고 돌아왔다. 닥치는 대로 시간제 일을 했지만 늘 돈이 부족했다. 그러던 중 요양원 이모에게서 D실버타운에 대한 정보를 들었다. 동해의 고급 리조트를 리모델링한 그 실버타운은 돈푼깨나 있는 노인들을 겨냥한 주거시설이었는데 그 안에서 함께 머물면서 일할 의료 스태프를 구하고 있었다.

"의사 자격증만 있으면 이런 일이야말로 신선놀음이지."

요양원 이모의 한마디에 이유미의 마음이 흔들렸다. 의사 사칭은 교수 사칭과는 다른 차원의 일이다. 누구라도 미치지 않고서는 그런 생각을 못 할 것이다. 하지만 이유미는 어머니를 통해 노인시설이 어떻게 돌아가는지 잘 알고 있었다. 어쨌든 간호조무사 학원에 다니면서 간단한 의료 처치도 할 수 있었다.

그녀는 다시금 위조 전문가를 찾아갔다. 몇 년 새 그는 사무실을 두 배로 넓혀 이전했다. 이유미는 가정의학과 졸업증명서와 노인건강학회 회원 인증서를 구매했다. 의학 학위는 가격이 더 높았는데, 이유미는 단골 디스카운트를 적용받았다.

실버타운에 지원서를 내자마자, 이유미는 면접을 보러 오라는 통보를 받았다. 공짜 숙소에 공짜 밥, 게다가 생활비까지 지급되는 자리였다. 지금껏 그녀가 받았던 연봉 중에서 최고치였다. 하지만 꼭 그 때문에 위험천만한 가짜 의사 놀음을 시작한 것은 아니었다. 돈은 중요한 요소였지만, 그게 전부는 아니었다. 그녀는 의미 있는 존재가 되고 싶었고, 자신이 원하는 역할을 맡고 싶었다. 그 불가능해 보이는 욕심이 그녀를 자꾸만 무리한 사칭으로 몰고 갔다.

청량리역에서 새벽 한시 열차에 오른 그녀는 영동선으로 갈아타, 여섯시 삼십분 무렵 동해역에 도착했다. 그녀는 역 근처의 커피숍에서 실버타운의 인사 담당자를 만났다. 이유미가 한때 의사의 부인이었다는 사실을 기억해야 할 것이다. 그녀는 전남편과 그의 동료들을 통해 의사 그룹의 유형을 습득하고 있었다. 적절한 옷차림과 말투, 까다로운 의학 용어를 스스럼없이 구사하는 것으로, 그녀는 도시생활에 지쳐 잠시 한직에 머물기를 원하는 젊은 여의사가 되었다. 상주 의사를 구하기가 하늘의 별 따기인 실버타운 측에서는 이유미를 마다할 이유가 없었다. 인사 담당자는 그녀의 졸업증명서를 훑어보더니, 출신 학교는 비밀로 해달라고 말했다. 눈이 높은 노인네들이라 명문대 출신이 아니라고 하면 우습게 여길 거라는 말이었다. 이유미는 짐짓 놀란 표정으로 고개를 끄덕였다.

D실버타운은 건물 세 동이 바다를 끼고 디귿자로 세워진 구조였다. 이유미의 방은 바다를 정면으로 마주하고 있어 가장 전망이 좋았다. 그녀는 아침마다 모래사장을 한 시간씩 달렸다. 지난 삶은 등뒤로 멀어졌고, 파도에 휩쓸려 사라져버렸다.

상주 의사의 주된 일이란 간단한 응급처치와 두통약 처방 정도였다. 이유미는 의무실에 찾아오는 노인들의 체온과 혈압을 재고, 몇 가지 기본 약제를 처방해주었다. 수면장애와 소화장애를 완화시키는 신경안정제를 원하는 이들이 대부분이었다. 이상 징후가 느껴지면, 그녀는 즉시 그들을 읍내의 전문 병원으로 보냈다. 외출도우미들과 병원에 다녀오면 그들의 증상은 대개 호전되었다. 늘 밝은 표정으로 사근사근하게 말하는 여의사를 모두가 좋아했다.

실버타운 회원들 대부분이 대학병원 주치의를 한 명씩 달고 있었고, 정기적인 건강검진으로 몸 상태를 체크하고 있었다. 거의가 칠십대에 접어든 그 노인들은 활동적인 스포츠를 즐겼고, 악기를 배우거나 시를 쓰는 등 취미생활에도 적극적이었다. 매주 금요일에는 칵테일파티가 열렸는데, 모두 그날을 기다렸다. 요리사의 특별식, 밴드 음악, 정장을 입은 노인들의 점잔 빼는 데이트가 있는 날이었다. 이유미는 늘 구석에 앉아 샴페인을 홀짝이며, 필사적으로 권태를 이길 방법을 찾고 있는 노인들을 바라보았다. 실버타운의 시간은 참을 수 없을 만큼 느리게 흘렀다. 그러던 어느 날, 고요했던 실버타운을 발칵 뒤집는 사건이 일어났다. 한 노인이 자살을 시도한 것이다.

'윤'이라고 불리는 그 노인은 와인을 한 병 마시고, 본인 소유의 아우디에 올라 실버타운의 지하주차장 대리석 외벽을 향해 돌진했다. 자동차의 보닛이 다 우그러질 만큼 큰 충돌로 굉음이 울렸지만, 생명을 위협할 만한 사고는 아니었다. 주차장 외벽이 사실은 대리석 무늬로 칠한 벽돌 벽이었던 것이다. 결국 벽이 다 무너졌고, 노인은 차에서 비틀비틀 걸어나와 제 발로 이유미를 찾아왔다. 이유미가 가벼운 처치를 끝냈을 즈음 앰뷸런스가 도착했다. 노인은 주치의에게 머리부터 발끝까지 정밀검사를 받았고, 아무 이상 없다는 소견과 함께 실버타운에 복귀했다. 그리고 그다음 주에 십오층 높이의 실버타운 옥상에서 신발을 벗고 난간 위에 올라섰다가 마리화나를 피우러 나온 이유미와 마주쳤던 것이다.

이유미는 윤노인에게 둘둘 만 담배를 내밀었다. 윤노인은 귀찮은 듯 이유미를 돌아보았지만, 누가 지켜보는 가운데 뛰어내릴 수는 없었기 때문에 결국 아래로 내려와 그것을 받아들었다.

"여기서 떨어지면 밀가루 반죽처럼 뭉개질 텐데 괜찮으시겠어요?"

이유미는 담배에 불을 붙여주면서 윤노인에게 물었다.

"저는 그 생각 때문에 항상 망설이게 돼요."

"의사 선생, 나는 장난을 하는 게 아니라오."

윤노인은 딱딱하게 말한 후 연기를 한 모금 빨아들였다. 그리고 맛을 잘 느낄 수가 없는지 뭐라고 중얼거리더니 한 모금 더 깊이 빨아들였다. 다음 순간 윤노인은 뭔가 깨달았다는 듯 이유미를 돌아보았다. 이유미는 씩 웃었다. 그들은 마리화나를 다 피우고, 잠시 옥상의 비치 의자에 앉아 있었다. 바다의 붉은 석양이 한눈에 들어오는 자리였다.

"식사하러 가실래요? 배가 고픈데."

그들은 말끔하게 수리된 윤노인의 아우디를 타고 기차역 근처의 맥도날드로 갔다. 이유미는 치즈버거와 바닐라셰이크를, 윤노인은 애플파이를 주문했다. 이유미는 햄버거 한 개를 금세 해치웠다. 간도 없이 흐물거리는 실버타운 영양식에 질려 있던 참이었다. 윤노인은 기운차게 먹는 그녀를 신기한 듯 바라보았다. 식사를 마치고 다시 타운으로 돌아가기 위해 차에 올랐을 때, 윤노인이 그녀에게 물었다.

"의사 선생 몇 살이오?"

"영감님은 몇 살이신데요?"

윤노인은 고개를 떨어뜨리고 힘없이 웃었다.

"앞으로 죽고 싶은 생각이 들면 저를 찾아오세요. 그게 제 일이니까요."

윤노인은 전쟁 때 부모를 잃고 구두닦이로 시작해 홀로 신발 사업을 일구었다. 제법 살 만한 집안의 딸이었던 아내는 부모의 반대를 무릅쓰고 무일푼인 그와 결혼해서 온갖 고생을 함께했다. 사업체는 탄탄한 중견기업으로 자리잡았고, 지역에서 제일가는 자랑이 되었다. 아내가 시한부 판정을 받기 전까지, 이만하면 성공한 인생이라 생각했다. 아내는 뇌혈관에 생긴 종양으로 일 년 만에 맥없이 눈을 감았다. 그는 그때 모든 의욕을 잃고 사업에서도 손을 뗐다. 정성을 다해 모시겠다는 큰아들 내외의 말도 뿌리치고 스스로 실버타운에 들어왔다. 이유미는 그의 자식들을 먼발치에서 자주 보았다. 매번 손자들까지 주렁주렁 달고 실버타운 문턱이 닳도록 드나들었으니, 눈에 띄지 않을 수가 없었다.

윤노인은 그의 재산을 어떻게 하면 좀더 차지할까 혈안이 되어 있는 아들과 딸에게 치를 떨었다. 사위와 며느리까지 하나의 군단이 되어 늘 그를 쫓고 있었다. 예고도 없이 들이닥치는 그들을 피해, 그는 종종 이유미를 찾아왔다. 이유미는 그를 의무실에 숨겨주었고, 따뜻한 차도 대접해주었다. 향이 은은한 중국차였는데, 그것을 마시면 손발이 따뜻해져서 밤에 깊은 잠을 잘 수 있다고 했다.

이유미의 제안으로 윤노인은 아침마다 해안을 같이 달리기 시작했다. 근육과 머리카락을 잘 관리해온 덕에 그는 전혀 일흔을 앞둔 외모로 보이지 않았다. 하지만 윤노인이 정식으로 데이트 신청을 했을 때, 이유미는 자기도 모르게 소리내서 웃었다. 윤노인은 자기를 비웃은 줄 알고 표정이 굳었다. 이유미는 얼른 사과했다.

"그런 게 아니에요."

계속 웃음이 새어나왔다.

"기뻐서 그랬어요. 정말이에요."

그들은 주로 오래된 옛날 영화를 보러 다녔다. 바닷바람이 선선한 항구의 자동차극장이 단골 데이트 장소였다. 〈카사블랑카〉〈벤허〉〈티파니에서 아침을〉〈태양은 가득히〉〈서부 전선 이상 없다〉〈바람과 함께 사라지다〉 같은 흘러간 옛 영화를 보면서 땅콩과 팝콘을 먹는 재미가 쏠쏠했다. 윤노인은 어떤 영화를 보며 소리없이 눈물을 흘리기도 했는데, 이유미는 그런 그의 모습이 좋았다. 주름이 많은 그의 손을 잡으면, 꼭 아버지의 손을 잡고 있는 것 같았다. 그들이 손을 잡고 길을 걸어가면 누구나 한 번쯤 가늘게 눈을 뜨고 뒤돌아봤다. 그들은 상관하지 않았다.

윤노인은 그녀의 과거에 대해 아무것도 묻지 않았다. 자신의 과거에 대해서도 이야기하지 않았다. 지나간 일이나 헤아리고 있는 건 시간 낭비가 아닐 수 없었다. 가뜩이나 그들에게는 남은 시간이 별로 없었다. 그가 그녀에게 물은 것은 단 두 가지, 결혼했느냐는 것과 자식이 있느냐는 것이었다. 이유미는 첫번째 질문에 '실패했다'고 대답했고, 두번째 질문에는 '없다'고 대답했다. 윤노인은 살짝 고개를 끄덕였다. 이유미가 그에게 물은 것 역시 단 두 가지, 왜 죽으려고 했느냐는 것과 아내를 그만큼 사랑했느냐는 것이었다. 윤노인은 첫번째 질문에 '의사 선생은 영원히 살고 싶으냐'고 되물었고, 두번째 질문에는 쉽게 대답하지 못했다.

윤노인은 아내가 죽기 전 일 년 동안 그 병간호를 맡아 했다. 마지막에는 아내의 피부가 썩어들어가지 않도록 시트 위에서 이리저리 몸을 굴려주고, 기저귀 밖으로 흘러내리는 대소변을 닦아주고, 밤새 신음하는 아내의 고통스러운 울부짖음을 들으며 잠을 설쳐야 했다. 도저히 더이상은 무리, 라고 생각했을 때 아내가 눈을 감았다. 그후 그는 자신의 감정이 마비되었다고 생각했다. 남은 생이 너무 차갑고 시려서, 차라리 죽는 게 낫겠다는 심정이었다. 그런데 어느 날 이 젊은 여자가 나타난 것이었다. 잘 먹고, 잘 웃는 젊은 여자. 그는 밝은 색의 스포츠웨어를 입기 시작했다. 사람들은 그에게 전보다 젊어 보인다는 말을 자주 했다.

윤노인은 물론 이유미의 잃어버린 아버지였다. 남녀관계란 본질적으로 그런 것이니까, 심각하게 생각할 것 없다. 어쨌든 키스할 때는 아버지 같지도, 할아버지 같지도 않았다. 윤노인은 부드러운 연인이었다. 종종 비아그라의 도움을 받아야 하기는 했지만, 전희에 오랜 시간을 들였고 쉽게 지치지도 않았다. 그는 그녀를 느슨하게 안은 팔을 밤새 풀지 않았다.

실버타운에서 스태프와 회원의 연애는 금지된 것이었다. 그들은 속삭이는 소리로 통화를 하고, 밀담을 나누었다. 윤노인은 한

밤중에 이유미의 숙소로 몰래 기어들어왔다. 한번은 늦잠을 자다가 청소 아주머니들이 들이닥치는 소리에 놀라 옷장 안에 한 시간이나 숨어 있던 적도 있었다. 베란다에서 몰래 마리화나를 피우던 중 인기척을 느끼고 혼비백산했다가, 두 사람 다 장이 꼬이도록 웃기도 했다.

비밀스럽게 유지된 그들의 관계가 세상에 알려진 것은 윤노인의 칠순 잔치에서였다. 실버타운의 홀을 대관해서 호텔 케이터링으로 진행한 화려한 행사에서 윤노인은 세 번 절을 올리겠다는 자식들의 호들갑스러운 행렬을 손을 들어올려 막았다. 그는 중대 발표가 있다며 사회자의 마이크를 빼앗아 들었다. 삼십대의 젊은 부인을 들이겠다는 말에 며느리가 기절했고, 이미 혼인신고를 마쳤다는 말에 아들과 딸, 사위의 얼굴까지 새하얘졌다. 파티는 아수라장이 되었다. 윤노인은 홀로 유유자적 연회장을 빠져나갔다.

이유미는 그 요란스러운 청혼을 순순히 받아들였다. 윤노인의 재산이 탐이 났는지도 모르고, 혼자 살아가는 삶에 외로움을 느꼈는지도 모르고, 어쩌면 그를 정말로 사랑했는지도 모른다. 이마저도 추측일 뿐이다. 결혼에는 여러 가지 조건이 개입된다. 사랑은 중요한 요소이지만, 그 자체가 결혼의 동인이 되지는 않는다. 결국 누구나 자기가 원하는 것을 얻으려 결혼한다. 그것을 얻을 수만 있다면 낯선 사람과 함께 평생 살아가는 일조차 감수하겠다고 마음먹는 것이다.

●REC

   칠순 잔칫날 아버지는 검정색 연미복을 입었습니다. 다 같이 한복을 맞춰 입자고 그렇게 말씀드렸는데, 보내드린 한복은 어디 내팽개치셨는지 보이지 않더군요. 아버지는 키가 크고 허리도 굽지 않아서 연미복을 입으니 참 멋스러웠어요. 아내가 콧소리를 내며, 아버님 꼭 캐리 그랜트 같아요, 라고 호들갑을 떨었죠. 아버지는 그런 며느리가 못마땅한 듯 아무 말도 하지 않으셨어요. 처음부터 내 아내를 마음에 들어하지 않으셨죠.

   "너는 젊은 애가 왜 그렇게 느끼하냐."

   볼 때마다 대놓고 그런 소리를 하셨으니까요. 그날 우리는 다섯 식구가 다 같이 한복을 맞춰 입었습니다. 아내는 세 딸을 연년생으로 낳았는데도 포기하지 않고 아들을 갖기 위해 한약재를 달여 먹고 있었어요. 아버지가 결혼을 발표했을 때, 아내는 말 그대로 기절해버리고 말았는데 알고 보니 임신 사 주 차였죠. 기다렸던 넷째 임신 소식은 아버지의 결혼 발표에 묻혀버렸습니다.

   아버지는 우리한테 그 여자를 정식으로 소개시키지도 않았습니다. 그런 수고조차 할 필요가 없다는 뜻이었겠죠. 나는 여동생과 함께 그 의사를 찾아갔습니다. 꽃뱀 스타일의 글래머일 줄 알았는데, 생각보다 예쁘지 않아서 놀랐어요. 키가 크고, 화장기 없는 얼굴에 인상적일 정도로 눈동자가 검은 여자였습니다. 그 여자는 우리 앞에서 비굴하지도 않았고, 으스대지도 않았습니다. 차분하고 담담한 태도에 더 화가 치밀더군요. 의심의 여지 없이 사랑받는 자의 태도였어요.

아버지는 그 여자를 위해 섬에 있는 집을 사서 수리하고 있었어요. 여자가 좋아한다는 이유로 정원에 나무를 심고, 꽃을 심고, 작은 분수대까지 설치했다고 하더군요. 우리에게는 한푼 쓰는 것도 벌벌 떨던 그 늙은이가 말입니다.

나는 사법고시 준비를 하던 수험생 시절에도 아버지에게 용돈을 받지 못했어요. 배부르게 하는 공부로 인물이 나는 꼴을 못 봤다나요? 어머니가 남모르게 찔러주는 돈으로 오 년간 빠듯하게 수험생활을 했지만 결국 좋은 결과는 없었어요. 아버지가 그럴 줄 알았다고 뼈아픈 이야기를 아무렇지 않게 할 때마다 난 정말 죽고 싶었습니다. 내가 정말 죽어버렸다면, 아버지는 또 저 자식 저렇게 될 줄 알았다고 비웃었을까요. 사람들은 내가 아버지 이야기를 할 때마다 에이, 하고 웃습니다. 부모 자식 간에 그러는 게 말이 되느냐고요. 그 사람들은 모르는 거예요. 한평생 누군가에게 실망했다는 말을 듣는 심정을. 아무리 노력해도 나는 그 사람의 눈에 들 수가 없고, 수준 미달, 기대 이하일 수밖에 없을 때 무엇을 포기하게 되는지 말이에요.

아버지는 검정고시 출신으로 사업체를 꾸리면서 대학 공부까지 마쳤어요. 삼십대에 이미 직원이 수십 명 되는 제화업체의 대

표였습니다. 백팔십오 센티가 넘는 장신에 취미로 복싱을 할 만큼
체력도 좋았습니다. 그러니 내가 어떻게 아버지를 이길 수 있었겠
습니까. 나는 평생 아버지가 원하는 아들이 되지 못했습니다. 가
만히 있으면 나태하다는 소리를 들었고, 뭘 좀 해보려고 하면 교
활하다는 소리를 들었지요. 아버지 회사에서 일을 배웠던 처음 몇
년간은 정말 남보다 못한 취급을 받았습니다. 오너 아들이라는 질
투는커녕 다들 나를 가여워할 정도였으니까요.

그나마 어머니가 돌아가시고, 아버지 기세가 한풀 꺾이니 좀 살
겠더군요. 손주들 재롱이나 보시면서 서서히 쇠약해질 일만 남은
나이였죠. 그러다 돌아가실 거라고 생각했습니다. 그건 내가 제
일 좋아하는 상상이었어요. 아버지가 돌아가시는 모습을 지켜보
는 순간 말입니다. 아버지의 몸에서 생명이 빠져나가는 순간, 나
는 굳건하게 서서 그의 후계자로서 생의 바통을 이어받을 거라고
요. 그때만이 내가 그와 진정 화해할 수 있는 순간일 테니까요. 어
쨌든 그의 시체를 묻을 사람은 나, 라고 말입니다.

아버지는 그런 나를 비웃듯이 그 젊은 여자와 결혼식을 올렸어
요. 노인네가 부끄러운 것도 모르고 가족들을 다 불러모아, 성당
에서 혼인미사를 드렸단 말입니다. 새하얀 투버튼 양복을 입고,
파이프오르간 소리에 맞춰 자기 딸보다 어린 여자한테 다가서는
꼴이라니. 하객이라 해봤자 열댓 명의 친구들이 전부였죠. 아버지
의 아내는 부케도 없이 무릎 길이의 아이보리색 원피스를 입었죠.

그 여자를 바라보는 아버지의 얼굴이 청년처럼 빛났습니다. 내 옆에서 노친네가 미친 게 분명하다고 욕을 하던 아내도 그 순간에는 힘없이 한숨을 내쉬더군요.

"사랑하는 거예요. 당신은 저런 사랑 해봤어요?"

아내의 그 어린애 같은 말에 화가 나서, 나를 어디에 갖다붙이는 거냐고 화를 냈죠. 아내는 쓸쓸하게 웃었어요. 우리는 맞선을 보고 이 주 만에 결혼을 했죠. 서로 각자의 집재산, 학력, 병력까지 문서로 주고받은 참이었어요. 결혼식 날, 나는 아내에게 말을 한마디도 하지 않았어요. 좋아하는 여자를 따로 두고 한 결혼이라 마음이 편치 않았거든요. 결혼사진을 보면 아내도 나도 반쯤 우는 것 같은 표정을 짓고 있죠. 아내라고 나와 같은 비밀이 없었겠습니까. 어쨌든 우리는 십 년 넘게 성공적인 결혼생활을 해냈고, 아이를 셋이나 낳았습니다. 뱃속에도 또 하나가 들어 있었고요. 그런데도 그 순간 우리가 참을 수 없는 패배감을 느꼈단 사실을 이해할 수 있겠습니까? 아내가 집에 돌아간 후, 나는 그곳에 홀로 남았습니다. 피로연장 한구석에서 술을 마시고 있는데, 어느 순간 줄이 딱 끊어진 것처럼 증오가 치받쳤어요. 곧장 아버지를 향해서 돌진했습니다. 영감탱이는 꿈쩍도 하지 않고 나를 단단히 받아냈죠.

"제발 철 좀 들어라."

나를 택시에 태워 보내면서 아버지는 한심하다는 듯 말했습니다.

"이제 네 인생을 살란 말이다."

아버지는 간단히 말하고 차문을 닫아버렸습니다. 젊은 부인이 기다리고 있으니 마음이 급했을 겁니다. 자기 인생을 살라는 말, 아버지한테는 그게 쉬운 일이었을지 모르겠어요. 하지만 내게는 그게 너무나 어려웠습니다. 큰 붓을 휘두르고 있는 아버지 옆에서 가늘디가는 펜을 들고 그림을 그리는 게 도무지 즐거울 수가 없었단 말입니다. 어머니는 그런 나를 누구보다도 안타까워하셨죠. 나 때문에 아버지와 다투기도 많이 다투셨어요.

내 기억 속의 아버지, 어머니는 늘 조금 떨어져 따로 걷고 있죠. 오래된 부부들이 다 그렇듯이 두 분은 눈도 마주치지 않고 살았어요. 오죽하면 나중에 어머니가 비록 병치레중이지만 아버지 손길을 마음껏 느낄 수가 있어서 그게 너무 좋다는 농담을 하실 정도였죠.

아버지는 본디 자기 감정을 잘 드러내는 사람이 아니었어요. 하지만 그 여자를 대할 때만은 달랐죠. 누구나 옆에서 잠시만 보고 있어도 그 마음을 알아차릴 수 있었어요. 그 여자는 휴일을 섬의 신혼집에서 보내는데, 그때마다 아버지가 직접 페리를 타고 마중하거나 배웅한다고 하더군요. 때에 맞춰 식사 준비를 직접 하고, 커피까지 끓여 나른다는 말도 들었죠. 여자를 위해 꽃을 키우고, 또 그 꽃으로 화환을 만들기도 한다고요. 돌아가신 어머니가 그 꼴을 보면 무덤에서 뛰쳐나왔을 거예요.

아내는 그즈음 배가 제법 불렀고, 산부인과에 초음파검사를 하러 갔다가 또 딸인 것 같다는 말을 들었어요. 힘없이 진료실에서 나온 아내가 로비 의자에 앉았는데, 낯익은 얼굴이 보이더래요. 아버지와 그 여자 말입니다. 그들이 진료실로 들어가는 걸 똑똑히 봤다더군요. 자식을 낳을 작정이었던 거예요. 이제 더이상 참을 수 없다고, 아내는 부들부들 떨면서 말했어요. 나와 누이는 당장이라도 폭발할 지경이 되었죠.

아버지는 유산 분배에 대해 아무것도 정해놓지 않았습니다. 늘 막연하게 때가 되면 정리할 거라고 말끝을 흐렸어요. 어머니가 돌아가시자, 그 재산까지도 자신의 몫으로 돌려놓았고요. 여동생과 나는 그가 하자는 대로 따를 수밖에 없었습니다. 그런데 뒤늦게 이렇게 뒤통수를 치다니 참을 수가 없었습니다. 그건 우리 몫이었어요. 평생 그 사람 눈에 들지 못해 안달이 났던 우리의 몫이었단 말입니다.

아버지가 없는 때를 골라서, 나는 그 여자를 만나러 갔습니다. 여자는 나를 보고 별로 놀라지도 않았죠. 마치 내가 올 거라는 것을 알고 있었다는 듯 커피를 내왔어요. 나는 커피잔을 밀쳐버렸습니다. 뜨거운 커피가 바지 위로 쏟아졌는데도, 여자는 차분하게 마른 수건으로 닦아낼 뿐이었어요. 나는 그 여자에게 더러운 욕설을 퍼부었죠. 평생 단 한 번도, 다른 사람에게 해본 적이 없는 욕설이었어요. 그제야 알겠더군요. 내가 그 여자를 두려워하고 있다는 걸요. 나보다 나이도 어린 그 여자를 말이에요. 그 사실을 깨닫고 나니, 무릎에 힘이 풀리는 느낌이었어요.

"너무 노여워하지 마세요. 걱정하시는 일은 없을 거예요."

그 여자는 조용한 목소리로 그렇게 말했습니다.

"아이는 없을 거예요. 걱정하지 않으셔도 돼요."

그 한마디를 듣고 얌전히 집에 돌아왔다고, 아내는 성을 냈어요. 하지만 그냥 그 말이 믿어지더군요. 왜인지는 모르겠어요. 그 여자가 무척 지쳐 보였고, 슬퍼 보였기 때문이라고 할까요. 아무튼 아내는 각서 같은 걸 만들어야 한다고 우겼죠.

"각서라니, 그런 게 무슨 소용이야?"

"정 안 되면 산부인과라도 데려가서……"

나는 나도 모르게 웃었습니다.

"당신이 이래서 아버지한테 느끼하다는 소리를 듣는 거야."

가볍게 말했을 뿐인데, 아내는 갑자기 두 손으로 얼굴을 감싸고 주저앉아 울기 시작했습니다. 임신 칠 개월에 벌써 배가 많이 부른 아내는 꺽꺽 소리를 내며 울었어요. 처음으로 내가 무능한 인간이라는 생각이 들더군요. 네 인생을 살라던 아버지 말이 떠올랐어요.

"울지 마, 아이한테 안 좋아."

나는 아내의 어깨에 손을 올리고 말했어요.

"일단은 그냥 좀 지켜보자고. 당장 무슨 일이 생기지는 않을 거야."

그 일이 있고, 두 달 뒤에 아버지가 돌아가셨어요. 음주운전 차

량에 치여서, 사고 일주일 만에 눈을 감으셨죠. 그 여자는 장례식
장에 들어오지도 못했어요. 누이는 서슬이 퍼레서, 그 여자를 주
위에 얼씬도 못하게 했죠. 아버지는 돌아가시기 얼마 전부터 그
여자와 별거중이었다고 하더군요. 짐을 정리하려고 그 집에 가보
니까, 살림살이의 흔적이 전혀 없었어요. 휴지통에는 온통 일회용
용기, 나무젓가락, 인스턴트 커피 봉지뿐이었죠. 어쩌면 젊은 부
인과의 결혼생활이 생각처럼 행복하지 않았는지도 모른다는 생각
이 들더군요.

아버지 유언장에는 나와 누이, 그리고 그 여자에게 재산을 삼등
분하여 똑같이 나누어주겠다고 쓰여 있었어요. 하지만 유산을 처
분하기도 전에 그 여자는 사라져버렸어요. 만약 나타난다고 해도,
변호사들을 총동원해서 사기죄로 고발할 작정이었죠. 여자도 아
마 그 정도는 눈치채고 있었을 겁니다.

장례가 끝나자마자 아내는 넷째 아이를 출산했습니다. 아이는
딸이 아니라 아들이었어요. 의사가 사소한 걸 놓쳤던 거죠. 나와
똑 닮은 아들을 보면서, 나는 처음으로 아버지를 이해할 수 있을
것 같았어요. 그 아이와 나는 너무나 다르다는 것, 그런데 또 너무
나 같다는 것. 내가 밀어낸 나 자신이, 그 자국 그대로 튀어나와
순수와 무구의 얼굴로 나를 보는 것. 그 기분을 아십니까. 네, 그
게 이 이야기의 전부입니다.

*

　휴일이라 배에는 사람이 많았다. 알록달록한 등산복을 입은 사람들은 배가 움직이자마자 즐거운 환호성을 질렀다. 어떤 사람들은 기다렸다는 듯 가방에서 안줏거리를 꺼내 맥주를 마시기 시작했다. 나는 간이매점에서 산 커피를 들고 선상으로 나왔다. 매점 직원의 말에 따르면 그 섬은 본디 조용한 어촌이었는데 얼마 전 텔레비전 쇼에 나온 이후 급격히 관광객이 늘어났다고 했다. 나는 목을 길게 빼고, 선체에 부딪친 바닷물이 포말을 일으키며 사라져가는 풍경을 바라보았다.

　그날 오후, 나는 윤노인의 아들을 D실버타운에서 만났다. 실버타운은 운영난으로 작년에 문을 닫았고, 또다시 어떤 호텔 계열사에 인수되어 객실 리모델링중이었다. 일층의 카페와 헬스장, 수영장만 운영되고 있었다. 오가는 사람들 대부분이 파스텔톤 홈웨어를 입은 노년층이었다. 나는 일층 카페에서 윤노인의 아들을 기다렸다. 그는 인터뷰 요청을 여러 차례 거절했지만, 근처까지 찾아왔다는 말에 뒤늦게 나를 만나러 왔다. 왜소한 체구에 부드러운 인상을 가진 남자였다. 그는 내게 윤노인의 유품 중 한 가지를 보여주었다. 윤노인과 이유미의 결혼반지였다. 아무 장식도 없는 백금 반지를 나는 스스럼없이 왼손 약지에 껴보았다. 반지는 놀랍게도 잘 맞았다.

"가지세요. 처치 불가였으니."

그는 아내의 전화를 받고 서둘러 일어나면서, 한때 윤노인과 이유미가 살았던 집의 주소를 알려주었다. 근방의 섬에 있다는 그 집은 오래전 매물로 내놓았지만, 주인이 나타나지 않아 비어 있다고 했다.

나는 서서히 멀어지는 뭍을 바라보았다. 아침에 가방을 꾸릴 때, 딸애는 나를 따라갈 거라고 울며 매달렸다. 새로 구한 베이비시터가 첫 출근을 한 날이었다. 같은 아파트에 사는 예순다섯 살의 할머니였는데, 나이가 좀 많은 게 마음에 걸렸어도 이웃이라는 사실에 그 자리에서 채용했다. 딸애는 처음 보는 사람과 집에 남겨진다는 사실을 깨닫고 계속 보채며 울었다. 나는 다리를 붙잡고 매달리는 아이를 단호하게 떼어내고 신발을 신었다. 현관문을 닫고 나서는데 아이의 자지러지는 울음소리가 새어나왔다. 파도 위의 포말을 보고 있을 때도, 그 소리가 귀에서 사라지지 않고 있었다.

퀴리 부인은 하루에 아이들을 안아주는 시간을 정해놓았다고 한다. 보통 삼십 분에서 한 시간이었지만 아이들이 아플 때는 삼십 분씩 더 안아주었다. 나는 이 이야기를 좋아한다. 과학적이면서 죄의식을 덜어주기 때문이다. 하지만 나는 퀴리 부인이 아닐 뿐 아니라, 생사를 접어두고 수행해야 할 인류적 연구 과업이 있는 것도 아니다. 나는 단지 한 정신 나간 여자를 쫓고 있는 또다른 정신 나간 여자일 뿐이었다.

매주 정해진 시간에 짧게나마 안부를 묻던 남편에게서 보름이 넘도록 연락이 없었다. 나는 그것이 무엇을 의미하는지 알 수 없었다. 잠시 남편의 런던 생활을 상상해봤지만, 아무것도 짐작할 수 없었다. 런던 같은 큰 도시를 떠올릴 때면 으레 그러듯, 불빛과 소음 속에서 그 잔영이 잠시 스쳐지나갈 뿐이었다. 나는 그에게 먼저 연락할 수 없었고, 그도 그 사실을 잘 알고 있었다. 처음부터 그것이 암묵적인 조건이었다.

갑판에 나와 있는 사람은 대여섯 명이 넘지 않았다. 그들은 전부 홀로였고, 멍한 표정으로 바닷속을 들여다보고 있었다. 곧 목적지에 도착한다는 선장의 안내 방송이 흘러나왔다. 잠시 후 선체가 항구에 닿는 부드러운 충격이 전해졌다.

우르르 몰려가는 인파가 조금 줄어들기를 기다렸다가 나는 마지막으로 배에서 내렸다. 작은 집이 다닥다닥 붙어 있는 구불구불한 길을 한참 올라가자 멀리 노란 지붕의 이층집이 보였다. 나는 굳게 잠긴 문을 공연히 몇 번 두드려본 뒤, 주변을 한 바퀴 돌아보았다. 정원에는 잡초가 무성했고, 분수대 역시 물이 바짝 말라 있었다.

나는 아내를 마중하기 위해 배를 타는 윤노인의 모습을 상상해보았다. 그는 삶의 온갖 풍파를 다 겪은 늙은이였지만, 이유미와 함께하는 생활은 온통 첫 경험이었다. 아내와 짧은 여행을 떠나고, 정원을 가꾸고, 직접 식사를 준비하는 삶. 주변에서 전부 자신을 비웃고 있다는 것을 그도 알고 있었을까. 어쨌든 처음에는 모든 게 잘 돌아갔다. 대개가 그렇듯, 문제는 결혼식이 끝난 다음 시작되었다.

윤노인이 아이를 갖자고 말했을 때, 이유미는 놀란 속내를 감추고 헛기침을 했다. 아이를 낳고, 키우고, 지키는 일들. 그녀는 정말 그걸 원하는 거냐고 몇 번이나 되물었다. 윤노인은 천진한 소년처럼 고개를 끄덕였다. 순간 이유미는 마치 임신을 한 여자처럼 헛구역질을 했다.

시간을 좀 주세요, 라고 그녀는 윤노인에게 말했다. 이유미는 아이를 원하지 않았다. 뱀장어와 주머니쥐와 황소개구리를 원하지 않는 것처럼 아이를 원하지 않았다. 시간이 지나도 마찬가지였다. 하지만 그런 말을 윤노인에게 할 수는 없었다. 이유미는 어렵게 자신의 마음속에 담겨 있던 이야기를 꺼냈다. 이전의 결혼생활에서 매번 피임을 하지 않았는데도 아이가 생기지 않았다는 말이었다. 어쩌면 자신은 아이를 갖지 못하는 여자인지도 모른다고, 솔직히 그게 다행이라는 생각을 하기도 했다고. 그것은 그녀의 아버지가 평생 품고 살아갔던 의혹이기도 했다. 자신이 어딘가 결함이 있는 인간이라는 생각. 자초지종을 들은 윤노인은 이제 염려하지 말라는 듯 그녀의 어깨를 끌어안았고, 그녀는 잠시 안도했다. 하지만 그는 곧 근방에서 제일 유명한 불임 클리닉에 전화했다. 멀쩡해 보이는 젊은 여자들이 세상에서 제일 불행한 표정으로 모여 있는 곳이었다. 초진에 앞서 그녀는 긴 설문지를 작성해야 했다. 첫 경험의 나이, 가장 최근 성교일, 일주일 평균 성교 횟수, 성교중의 통증 양상…… 흡사 섹스 컨설팅이라도 받는 기분이었다. 불임 클리닉은 산부인과의 맨 꼭대기 층에 있었고, 바로 아래층에는 신생아실이 있었다. 클리닉으로 가는 길은 마치 미래의 성배를 확인한 후 모험을 떠나는 듯한 여정이었는데, 그 앞에 선 사람들의 표정을 보면 비웃기만 할 일은 아니었다. 이유미는 윤노인에게 아이를 낳아 대체 뭘 하고 싶으냐고 물었다.

"글쎄, 자전거를 가르치고 공놀이를 해야지."

"아드님과 다 해보지 않았어요?"

"그땐 아버지가 되기에 너무 어렸어."

윤노인의 눈빛에 얼핏 후회의 기색이 비쳤다. 이유미는 그가 포기하지 않을 것이라는 사실을 깨달았다. 윤노인은 자신이 뜻한 대로 이루고야 마는 사람이었다. 벽을 향해 돌진해서 부서질지언정 돌아가는 법을 몰랐다. 결국 싸움이 시작되었다. 이유미는 그가 자신을 몰아붙인다고 비난했고, 윤노인은 그녀가 이기적이라고 비난했다. 그들은 서로를 물어뜯고, 할퀴었다. 도저히 대화가 되지 않았다.

윤노인은 몰랐겠지만, 이유미는 그즈음 어머니 문제로 머리가 무거웠다. 그녀의 어머니는 신경조직의 손상으로 얼마 전부터 급격한 컨디션 난조를 보이고 있었다. 너무 고령이라 병원에서도 수

술하기를 꺼려했다. 어쩌면 어머니를 잃게 될지도 모르는 상황이었다. 원하지도 않는 아이, 생길지 안 생길지도 모르는 아이를 두고 힘겨루기를 하며 이렇게 시간만 죽이고 있을 수는 없었다. 결국 이유미는 다시 짐을 꾸렸다.

"지금 가면 다시는 못 보게 될 줄 알아."

윤노인은 이유미의 뒤에 대고 아무 힘도 없는 협박을 늘어놓았다. 이유미는 어깨에 가방을 메고, 말없이 집을 나갔다. 윤노인은 텅 빈 집에 홀로 남았다. 며칠간 제대로 식사도 하지 못하고 잠도 자지 못했다.

사고가 일어나던 순간, 그는 그녀를 만나러 가던 길이었다. 자신의 딸보다 어린 여자, 온통 거짓말로만 이야기했던 여자, 그에게 미친 결혼을 감행하게 했던 그 여자는 이제 그의 연락도 받지 않고 있었다. 그는 밤늦게 집에서 나와 페리를 탔고, 이유미에게 메시지를 남겼다.

맥도날드에서 기다리겠다.

삶의 유일한 정의로서 반복되는 패턴이 있다면 그것은 아이러니일 것이다. 한때 스스로 목숨을 끊고자 했던 그 남자는 자신에게 삶의 생기를 불어넣은 여자를 만나러 가다가 도로 위에서 반쯤 으깨졌다. 뒤늦게 이유미가 그를 만나러 갔을 때는 이미 혼수상태였다. 윤노인의 가족들은 마치 이유미가 그를 죽이기라도 한 것처럼 그녀를 노려보았다. 그들이 바리케이드를 치고 병실에 얼씬도 못하게 했기에, 그녀는 윤노인의 마지막 얼굴 한 번 가까이서 보지 못했다.

그는 이 년 전 아내를 묻은 땅에 함께 묻혔다. 어떤 사람들은 그의 죽음을 두고 아내가 죽은 후 외로움을 견디지 못해 따라간 거라고 말했다. 추문이 무성했던 말년의 연애 사건에 대해서는 정확히 아는 사람이 없었고, 아는 사람들조차 망자에 대한 예의가 아니라는 생각에 함부로 입을 열지 않았다. 그가 한밤중의 무단횡단 중 차에 치인 것이라는 사실조차 가족들은 쉬쉬했다.

7. 은신처

　어머니가 죽었을 때 이유미는 울지 않았다. 그녀는 똑바로 눈을 뜨고 어머니를 내려다보았다. 평생 웃는 얼굴로 이해할 수 없는 말을 지껄이던 그 여인은 진중한 표정으로 입을 다물고 있었다. 소용이 없다는 걸 알면서도, 그녀는 어머니의 몸을 두어 번 흔들어봤다. 그것으로 끝이었다. 이유미는 어머니를 화장하고, 작은 항아리에 담아 아버지의 유골이 있는 납골당에 함께 안치했다. 두 사람의 유골함은 쌍둥이처럼 똑같았고, 마치 그녀를 기다리고 있는 두 정령처럼 반짝반짝 빛났다.

　요양원 이모는 사업을 접고 아들이 있는 뉴질랜드로 떠나면서 이유미에게 함께 가겠느냐고 물었다. 그녀는 고개를 가로저었다. 공항까지 배웅을 나온 이유미에게 요양원 이모는 힘들면 언제든

찾아오라며 주소가 적힌 종이를 건네주었다. 그 여인 역시 그다음
해 고령의 몸으로 낯선 외국생활을 견디지 못하고 눈을 감는데,
그때는 둘 다 그런 사실을 알 리 없었다. 공항에서 나오던 이유미
는 무릎에 힘이 풀려 그 자리에 주저앉아버렸다. 몸속의 수분이
다 말라, 손끝까지 저릿저릿할 정도였다. 마리화나 생각이 간절했
지만 윤노인의 죽음 이후 그녀는 다시 그것을 피우지 않기로 결심
했다. 그에 대한 애도의 의미였다.

　윤노인이 죽은 지 몇 달이 지났지만, 그녀는 그 사실을 실감할
수 없었다. 슬픔도 느낄 수 없었다. 그가 어떤 사람이었는지 누군
가가 묻는다면, 단 한마디도 대답할 수 없을 것 같았다. 오래전 거
리에서 스쳐간 사람 같았다. 그녀는 스스로에게 벌을 주듯 마리화
나를 끊었다. 덕분에 한동안 손발이 떨리는 금단현상을 겪어야 했
지만, 정말로 그후 단 한 번도 마리화나를 가까이하지 않았다.

　어머니의 죽음으로 이유미는 얼마간의 유산을 받았다. 그간 생
활비 명목으로 어머니한테 보내주었던 돈이 고스란히 남았던 것
이다. 그녀는 그 돈을 전부 현금으로 찾아 가방에 넣고 다니다가
어느 날 중고차 매장에 들어가서 제일 먼저 눈에 띈 자동차를 샀
다. 은회색에 날렵한 라인을 가진 독일산 스포츠카였다. 트렁크에
는 옷이며 신발, 가방을 쑤셔넣었고 조수석에는 통조림을 한가득
쌓아두었다. 운전석에 앉아 시동을 걸자, 몸을 울리는 기분좋은
떨림이 전해졌다. 그녀는 운전대를 잡고, 부드럽게 액셀러레이터

를 밟았다.

일단 차가 달려나가기 시작하자 복잡하던 머릿속이 차분해졌
다. 윤노인과 어머니가 차례로 세상을 떠났고, 이제 그녀에게는
돌아갈 곳이 없었다. 막연하게 그녀는 자신의 마지막이 자살로 끝
맺음될 것이라고 예상해왔다. 다만 거기까지 이르는 길이 가깝거
나 멀 뿐이었다. 그녀는 겁없이 속도를 높였고, 사고의 위험에도
아랑곳하지 않고 차선을 파고들었다. 신기한 것은 그런 와중에도
경미한 접촉사고 한 번 나지 않았다는 사실이다. 마치 그 차 전체
에 '위험, 접근 금지'라고 을러대는 기운이 흘러나오고 있는 것 같
았다. 주변의 모든 차들이 그녀를 피해 다녔다.

그녀는 온종일 자동차를 운전했고, 바닷가와 산속을 헤치고 다
녔다. 통조림이 바닥난 뒤에는 주로 편의점에서 산 달걀과 컵라면
으로 끼니를 때웠다. 밤마다 인적이 드문 장소에 차를 세우고 뒷
좌석에 깔아놓은 침낭 안에 들어가 잠을 청했다. 아침이면 안개에
휩싸인 낯선 풍경이 눈앞에 펼쳐져 있었다. 매일매일이 똑같은 날
의 반복이었다. 그녀는 어느 지점에서 자신의 존재가 증발하거나
생의 자취가 끊어지기를 바랐겠지만 그런 일은 일어나지 않았고,
결국 그전에 자금이 바닥나버렸다. 기름값을 감당할 수 없게 되면
서, 생활의 변화가 불가피해졌다.

이유미는 J국립공원의 주차장 후미진 곳에 차를 세웠고, 그때부
터 그곳을 숙소로만 이용했다. 당시 그녀에게는 미래에 대한 아무

계획이 없었던 것 같다. 다만 확실한 마지막 순간이 올 때까지 자기 자신을 보존하자는 생각으로, 그저 죽지 않을 만큼 물을 마셨고, 최소한의 음식을 사먹었다. 얼마 지나지 않아 잔돈푼까지 말라버려 그마저도 어려워졌다. 사람들이 피크닉을 하고 남긴 도시락들, 배달음식의 찌꺼기들, 휴지통에 들어 있는 갖가지 음료수병들을 그녀는 스스럼없이 주워 먹고 마셨다. 그녀가 제일 좋아한 것은 눅눅해진 스낵류였는데, 보관이 쉽고 잘 상하지 않으며 갖가지 맛을 느낄 수 있었기 때문이다. 어디까지 내려갈 수 있을까. 그녀는 스스로를 시험하듯 몸을 낮추고 또 낮추었다. 바닥에 배를 붙이고 뱀처럼 기었다.

　비록 몸무게가 많이 줄었지만 그때까지 몸의 어느 한 군데 고장 나지 않았고, 정신이 혼미해지지도 않았다. 그녀는 매 순간 깨어, 현실을 똑바로 인지하고 있었다. 술에 취한 걸인이 그녀를 만지려고 했던 불쾌한 사건을 겪은 후, 이유미는 머리를 자르고 남자인 척 행세하기 시작했다. 남장을 하는 것은 노숙생활에 여러모로 편리했다. 몸에서 휘휘 돌아가는 커다란 옷을 입고, 팔자걸음으로 걷는 것만으로 여러 가지 귀찮은 시비에서 벗어날 수 있었던 것이다. 하지만 그 이유가 전부였던 것은 아니다. 그녀는 과거에서 벗어나고 싶었다. 자기 자신을 지워버리고 싶었고, 완전히 다른 존재가 되고 싶었다. 죄책감이나 후회 따위가 아니었다. 오랫동안 그녀가 품고 온 삶에 대한 증오, 그것이 전부였다.

가을이 깊어가면서, 한밤에는 몸이 덜덜 떨릴 만큼 기온이 내려갔다. 그녀는 이십사 시간 난방을 하는 공원의 화장실이 자신의 차보다 더 따뜻하다는 것을 깨달았다. 화장실 관리인이 저녁에 퇴근한 뒤, 그녀는 침낭을 들고 남자 화장실 제일 구석 칸에 들어가서 문을 잠갔다. 뚜껑을 닫은 변기에 기대거나 엎드려서 쪽잠을 자다가 갖은 기척에 잠을 깨었다. 공공 화장실의 쓸모란 놀라운 것이었다. 그곳에는 그녀처럼 언 몸을 녹이고 눈을 붙이는 사람뿐 아니라 애인과 성교를 나누는 사람, 김밥이나 떡볶이를 들고 들어와 먹는 사람, 작정하고 종일 독서를 하는 사람도 있었다. 어느 날 그녀는 누군가 화장실의 휴지통 위에 올려둔 책 꾸러미를 발견했다. 무역학 전공서적, 바둑 입문서, 소설책들, 낡은 영화잡지 따위가 뒤섞여 있었다. 며칠이 지나도록 책의 주인은 나타나지 않았다. 그녀는 아무 생각 없이 그 인쇄물들을 읽기 시작했다. 활자의 의미보다는 형태를 좇는 식이었지만, 그것만으로도 점점 희미해져가던 그녀의 존재는 얼마간의 생기를 얻었다. '데이비드 리카도' '애덤 스미스'와 같은 이름들, '마늘모' '빵때림' 따위의 바둑 용어들, '미술관 옆 동물원' 같은 영화 제목들이 차례로 그녀를 통과해 지나갔다.

　마지막으로 펴든 책은 『난파선』이었다. 얄팍한 두께에 저자의 이름도 없는 그 책을 처음 읽었을 때 그녀는 별 감흥을 느끼지 못했다. 인상 깊은 단어 하나 남지 않았다. 하지만 며칠 뒤, 탈수 상태에 이르러 변기에 기대듯 누워 있던 그녀는 화장실의 비좁은 칸막이 안에서 환영처럼 부풀어오른 흰 돛을 보았다. 그것은 아마 배고픔으로 인한 환각이었겠지만 실제처럼 보였고, 무척이나 아름다웠다. 펼쳐진 돛의 모양은 풍성한 치마폭 같기도 하고, 보송보송한 이불자락 같기도 했다.

그녀는 앙상한 손을 뻗어, 그 책,『난파선』을 다시 펼쳤다. 전과 달리 한 줄 한 줄을 씹어먹듯 읽어나갔다. 그것은 마치 자신의 이야기 같았다. 그녀의 내밀한 감정의 한 축을 그대로 적어놓은 듯했다. 그녀는 깊은 바다 밑, 침몰한 배의 갑판에 서 있는 자신을 느낄 수 있었다. 소설 속 다이버의 고독과 두려움을 이해할 수 있을 것 같았다. 깊은 물속, 하얀 돛의 이미지가 눈동자에 문신처럼 새겨져 지워지지 않았다.

수돗물을 배부르게 마시며 그녀는 그 책을 읽고, 또 읽었다. 나중에는 몇 문장을 욀 수 있을 정도였다. 곧 그녀는 그 책을 노트에 베껴 쓰기 시작했다. 당시 그녀는 누구와도 관계를 맺지 않고, 어떤 일도 하지 않으며, 그 소설을 백지에 옮겨 적는 일에 집중했다. 간혹 쓴 글을 소리내어 읽어보기도 했다. 책 한 권을 옮겨 적는 데 삼십여 일이 걸렸고, 마침내 공원에 인적이 뚝 끊기는 겨울이 왔다. 손님이 하나도 없어 공원 안의 매점도 문을 닫았다. 휴지통마저 텅텅 비어 있었다.

사흘 연속 굶었던 날, 이유미는 밤새 잠을 자지 못했다. 그녀는 아껴두었던 꽁초를 꺼내어 손을 덜덜 떨며 성냥불을 붙였다. 담배를 다 피운 후, 다음날 새벽 해가 뜨자마자 그녀는 산을 내려왔다. 산중턱에는 작은 사찰이 있었다. 긴 빗자루로 공터를 쓸던 젊은 스님이 허리를 펴고, 맑은 눈으로 그녀를 바라보았다. 그녀는 고개를 돌리고, 계속 길을 따라 내려갔다. 산 아래에 다다랐을 때 그녀는 거의 실신 직전이었다. 작은 교회가 눈에 들어왔다. 모락모락 연기를 내며 밥을 짓고 있는 교회. 식당 쪽에서 된장국, 고등어 구이, 김치 냄새가 흘러나왔다.

이유미는 식당으로 곧장 걸어갔고, 줄을 서 있는 사람들 틈에 섰다. 아무도 그녀의 존재를 알아차리지 못했다. 어느 친절한 봉사자가 식판에 밥을 퍼주고 국과 반찬을 담아주는 동안 그녀는 쓰러지지 않기 위해 온 힘을 기울여야 했다. 제일 먼저 눈에 보이는 자리에 주저앉은 그녀는 음식을 거의 씹지도 않고 목구멍으로 욱여넣었다. 누군가 그녀에게 좀 천천히 먹으라고 말하는 소리가 들렸다. 조금 전에 그녀에게 음식을 퍼주었던 젊은 여자, 진이었다.

"금식 며칠 했어요? 삼십 일 이상 되었죠? 그럼 보식부터 해야지, 이러면 속 버려요."

진은 마음대로 그녀의 식판을 가져가더니, 흰죽을 가져다주었다. 새하얗고 뽀얀 죽이 입속에서 감미롭게 녹아들었다. 그녀는 그것을 한도 없이 먹고 또 먹었다. 나중에야 그녀는 그곳이 교회가 아니라 기도원이라는 것을 알았다. 사십 일 금식성회가 막 끝난 참이었고, 그곳에 모인 사람들 대개가 바짝 말라 고약한 냄새를 풍기고 있었다. 즉, 모든 사람이 그녀와 똑같은 모습이었다는 뜻이다.

이유미는 밥을 다 먹고 나서 다른 사람들을 따라 숙소로 들어갔고, 따뜻한 바닥에서 땀을 흘리며 깊이 잠들었다. 깨어난 건 다음날 오후 무렵이었다. 그녀는 놀라울 정도로 정신이 맑아진 것을 느꼈고, 다시금 음식 냄새가 풍기는 식당으로 가서 이번에는 제대로 된 밥과 반찬을 먹었다. 멀리 서 있던 진이 그 모습을 보고 다가와 말을 걸었다.

"몸은 좀 어때요?"

이유미는 입을 열어 괜찮다고 대답했다. 목에서 쉰 소리가 흘러나왔고, 그 소리가 자신에게도 너무 낯설어 조금 놀랐다. 누군가와 마지막으로 대화를 한 것이 정확히 언제였는지 잘 기억나지 않았다. 이유미는 자신의 이름을 이유상이라고 밝혔다. 서른네 살, 직업은 소설가, 부모님은 러시아 선교사였지만 얼마 전 돌아가셨다고 말했다. 옆에서 그들의 대화를 흥미롭게 엿듣고 있던 중년 부인이 선교사라는 말에 화들짝 놀랐다.

"형제님! 진작 이야기하시지. 선교사님 가정은 특별 대접인데."

그날부터 이유미는 식사시간에 구운 조기 한 마리를 더 받았다. 기도원의 하루는 예배시간을 중심으로 돌아갔다. 혼자만 빈 숙소에 있다가는 의심을 사기 쉬웠으므로, 이유미도 예배당에 나가보

왔다. 목사가 호통칠 때마다 까무러치는 사람들이 신기했다. 그날 밤 그녀는 자신의 차에 가서 짐꾸러미를 가져왔다. 기도원의 개인 샤워실에 들어가서 옷을 벗자, 몸이 형편없이 말라붙은 것을 볼 수 있었다. 가슴의 둔덕이 거의 사라져서, 꼭 소년 같아 보였다. 그녀는 거울에 비친 자신의 모습을 홀린 듯 바라보았다. 어머니가 죽은 후 그녀는 한 번도 생리를 하지 않았다. 그 모든 일을 겪은 후에도 그녀는 살아남았고, 심지어 더욱 젊어진 것 같은 기분을 느꼈다.

기도원은 하루 네 차례의 예배시간을 기준으로 돌아갔고, 온종일 금식하며 기도하는 사람들이 많았다. 밥을 굶으면 자신들의 신이 감동하리라고 생각하는 것 같았다. 예배당에는 늘 흐느낌과 누군가 중얼거리는 성경 구절, 뜬내가 맴돌았다. 그녀는 늦은 시간까지 예배당 주변을 맴돌고 기도실에 틀어박혀 있다가 밤늦게 남자 숙소에 들어가 잠들었다. 끼니때마다 식당에 가면 진이 그녀를 환하게 맞아주었다. 이유미는 아사 직전에 이르렀던 지난 몇 개월을 보상이라도 받으려는 것처럼 밥을 먹고 또 먹었다. 이러다 탈이 나지 않을까 싶을 정도로 식사량을 늘렸지만 좀처럼 만족이 되지 않았다.

이유미는 기도원 내부에 러시아 선교사 가정의 유학생으로 소개되었다. 그녀는 사람들이 자신을 일컫는 '형제'라는 호칭에 서서히 익숙해졌다. 남자들이 그녀를 유심히 바라볼 때면 자기도 모르게 긴장되었지만, 한 번도 여자인 것을 들키지는 않았다.

이유미는 그 기도원에서 한 달이 넘게 지냈다. 진과는 특별히 가까운 사이가 되었다. 그들은 종종 주변을 산책하거나 차를 함께 마셨다. 진은 묘하게 기도원 사람들 사이에서 겉도는 것처럼 보였다. 얼마 지나지 않아, 이유미는 진이 일곱 살짜리 아들을 둔 미혼모라는 사실을 알게 되었다. 그녀는 중학교 교장 선생님인 어머니와 함께 살고 있다고 했다. 기도원 봉사자로 올 사람은 어머니였는데, 갑자기 학교에 일이 생겨 그녀가 오게 되었다는 것이었다. 아이의 사진을 보여달라고 하자, 진의 얼굴이 눈에 띄게 환해졌다. 그 아이의 이름이 진에게는 유일한 기도의 제목이었다. 이유미는 모든 사람이 눈을 감고 있는 예배당에서 눈을 뜨고 생각했다. 과연 그녀에게는 어떤 기도의 제목이 있는가. 그들의 신은 그녀에게 대답해주지 않았다.

집으로 돌아가기 전날, 진은 이유미에게 앞으로 어디서 지낼 거냐고 물었다. 그녀는 당분간 모텔이나 찜질방에서 지내며 방을 찾아볼 계획이라고 했다. 진은 선뜻 자신의 집에서 머물겠느냐고 물었다. 이유미는 진의 차를 타고 그 산을 내려왔다. 그 친절한 여인은 길을 가는 동안 잠시 눈을 붙이라고 말했다. 얼마쯤 시간이 지났을까. 불을 환히 밝힌 집 앞에 차가 멈춰 섰을 때 그녀는 눈을 떴다. 나이든 여자와 어린 소년이 그 집에서 나왔고, 그녀를 호기심 어린 눈으로 바라보았다. 그곳에서 다시 삶이 시작되었다.

●REC

저는 그 집에서 이십 년간 있었어요. 제 인생 삼분의 일을 그 집에서 보낸 셈이죠. 한권사는 까다로운 주문이 많은 사람이었어요. 조미료나 세제 따위도 쓰지 못하게 했고, 외부 사람들이 집에 드나들지도 못하게 했어요. 저희 가족들도 한 번 집안에 들어와보지를 못했으니, 말 다 했죠. 그렇다고 떡 벌어지게 월급이 후한 편도 아니었고요. 그래도 그 집에서 일을 계속했던 건 진이 때문이었어요. 한권사 딸 말이에요.

진이가 네댓 살 때부터 제가 밥을 먹이고, 품에 안아 재웠죠. 한권사는 집에 있는 때가 잘 없었어요. 일욕심이 많아서 늘 바빴죠. 애가 자는 시간까지 집에 돌아오는 날이 손에 꼽았으니까요. 저는 주중에 그 집에서 생활하다가 주말에 집으로 돌아갔는데, 매번 진이가 앞을 가로막고는 했어요. 그 큰 집에 아이만 두고 나오는 게 늘 마음에 걸렸어요.

한권사는 허영심이 많은 사람이었어요. 그럴 만도 하죠. 있는 집에서 태어나 공부도 많이 했고, 학교 선생님이라고 주변에서도 다들 존경했으니까요. 한 가지 오점이라면 젊은 시절 이혼했다는 건데, 진이를 완벽하게 키워서 과거를 만회하려고 했어요. 어렸을 때부터 과외 선생을 몇 명씩 붙이고, 악기며 미술이며 가르친다고 돈을 쏟아부었죠. 한권사는 진이가 조금이라도 자기 기준에 뒤떨어지는 걸 두고 보지 못했어요. 진이도 처음에는 제 엄마 뜻에 잘 맞춰줬죠. 사이가 어긋난 건 십대 때부터였어요. 진이가 한권사 요구에 맞추기를 거부하기 시작했거든요. 그걸 또 한권사는 자기 힘으로 바로잡으려 하고. 그때는 정말 하루하루가 살얼음판이었어요. 둘이 얼마나 살벌하게 싸웠는지요. 그러다 결국 진이가 아주 집을 나가버렸죠. 한권사는 교회에만 매달렸어요. 매주 목사님이 진이 이름을 부르며 기도했죠. 기도의 응답인지, 일 년 만에 진이가 집으로 돌아왔어요. 산달이 된 몸으로요. 집에 돌아온 지 며칠 만에 아이를 낳았지요.

처음에 한권사는 아이에게 제대로 눈도 맞추지 않았어요. 몇 번인가 그 아이를 입양 보내는 문제로 진이와 크게 부딪쳤죠. 진이가 너무 완강해서, 한권사가 포기할 수밖에 없었어요. 그래도 아이가 생기니, 그 집이 좀 사람 사는 곳 같더군요. 그애는 또래들보다 체구가 작고 수줍음이 많은 편이었어요. 늘 제 엄마 뒤에만 숨어 있고, 말을 걸면 다람쥐처럼 도망가버리는 아이였지요. 한권사는 그애를 최고로 입히고, 먹이고, 교육시켰어요. 한권사 능력이 아니면 불가능했을 거예요. 진이야 뭐 시간제로 일하는 게 전부였는데요. 사진을 찍는다고 하는데, 순 안개가 뿌연 풍경 같은 것만 찍어놓으니 저는 뭐가 뭔지도 모르겠더군요. 진이는 팔자 좋은 아가씨답게 현실감각이 없었어요. 마음이 약하고, 우유부단했죠. 그러니까 그 거렁뱅이 같은 남자까지 집에 데리고 들어온 거겠죠. 소설가라고 했지만 뭐 그게 거렁뱅이가 아니고 뭔가요?

제 친척 중에도 소설인가 희곡을 쓰던 삼촌이 있었어요. 늘 찌푸린 얼굴에 혼잣말을 중얼거리고, 걸핏하면 주변 사람들에게 시비를 걸어서 다들 대하기를 꺼려했죠. 삼촌은 빠듯한 형편에 평생 혼자 살다가 오십도 되기 전에 죽었어요. 그런데 장례식에 얼마나 많은 사람들이 몰려들었는지, 가족들 모두가 놀랐답니다. 알고 보니 그 바닥에서는 정말 높이 평가받는 작가 중 한 사람이었던 거예요. 그 남자가 어떤 작품을 썼는지는 모르지만, 적어도 제 삼촌처럼 괴팍해 보이지는 않더군요. 처음에 봤을 때는 너무 곱상하게 생겨서 솔직히 놀랐어요. 갸름한 얼굴에 피부도 하얗고, 꼭 미소년처럼 보였지요.

한권사는 진이가 데리고 들어온 그 남자 앞에서 아무 내색도 하지 않았어요. 어쨌든 교회의 일원으로 봉사를 한답시고 한 일이었으니, 뭐라 할 수 없었겠죠. 남들이 보는 눈도 있었고요. 그 남자는 교회에도 같이 출석했어요. 교회 사람들과도 스스럼없이 어울렸죠. 부모님이 러시아 선교사라고 했는데, 외국에서 태어나 자란 탓인지 몰라도 그 사람에게는 어딘지 이국적인 분위기가 있었어요. 호리호리한 몸에 옷을 입는 감각도 좋아서, 어디서든 눈에 띄는 사람이었지요.

저는 신앙심이 그리 깊은 사람이 아니에요. 그냥 습관처럼 예배에 참석하는 게 전부죠. 그런데 어느 날인가, 기도시간이었어요. 무슨 기도를 그렇게 길게 하는지 지루해서 슬쩍 고개를 들었는데, 저와 똑같은 표정으로 눈을 뜨고 있는 그 남자를 봤어요. 얼른 눈을 감았다가, 호기심에 다시 눈을 떴습니다. 그때까지 그 사람은 뚫어져라 허공을 응시하고 있었지요. 마치 골똘히 뭔가를 생각하는 표정이었어요. 그후로도 종종 기도시간에 눈을 뜨고 있는 그 사람을 봤어요. 이상하다고 생각했지요. 한권사 말에 따르면 사십 일간 금식하며 기도원에 틀어박혀 있을 만큼 신앙심이 깊은 청년이라고 했는데, 대체 왜 기도시간에 그렇게 혼이 나간 표정으로 딴청을 피우고 있는가 말입니다. 하지만 그런 이야기는 누구에게도 하지 않았어요.

그 사람은 교회 안에서 인기가 좋았어요. 아이들부터 노인들까지, 주변에 늘 사람들이 많았지요. 작가라서 그런지 이야기를 재미있게 잘했어요. 특히 러시아에 대한 이야기가 참 흥미로웠지요. 유년 시절 백야의 밤에 자작나무숲에서 길을 잃었던 이야기, 바이칼 호수에 출몰한 괴물을 목격한 이야기는 지금까지도 기억이 나요. 정말 생생하게, 바로 이 자리에서 펼쳐지는 것처럼 이야기를 하는 재주가 있었어요. 그가 이야기할 때면 특히 한권사의 손자가 무척 즐거워했지요. 손뼉을 치며 즐거워하는 그 아이를 보니 과거의 수줍음이 외로움 때문이었던 걸 알겠더군요.

일주일만 머물다 간다고 했던 그 남자는 이런저런 핑계를 대고 봄이 되어서도 그 집에 남았어요. 진이와 그 남자 사이가 심상치 않다는 걸 한권사도 분명히 느꼈을 거예요. 결국 얼마 안 되어서 결혼 소리가 나오더군요. 한권사가 반대하자, 둘은 집을 나가버렸어요. 처음으로 한권사가 안되었다는 생각이 들더군요. 세상에 부러울 것 없는 여자가 자식 하나를 어쩌지 못하는 게, 결국 너나 나나 비슷한 사람이구나 싶었어요. 그래서 제 딴에는 힘을 실어준답시고 기도시간에 그 남자를 봤던 이야기를 했죠. 뭔가 의심스러운 사람이니, 절대 허락해주지 말라고요. 한권사는 손을 휘휘 저어 보이더군요. 안 그래도 머리가 웅웅 울리니까, 그만 나가달라고요.

결국 한권사가 진이에게 항복했죠. 한 달이 채 되지 않아서, 그 남자와 진이는 웃으며 집에 돌아왔어요. 그리고 어떻게 되었느냐고요? 제가 그 집에서 나와야 했어요. 신혼방을 꾸미면서 인테리어 공사를 한다고, 더이상 입주 도우미를 들일 공간이 없다는 게 핑계였어요. 순간 제가 큰 실수를 했다는 걸 깨달았지요. 도우미는 집안을 떠도는 공기 같은 존재라야 해요. 형체도, 소리도 있어서는 안 되죠. 자기 생각을 내뱉는 순간, 효용가치가 사라져버리는 거예요.

어쨌거나 퇴직금은 꽤나 넉넉히 받았어요. 진이가 힘을 써준 것 같더군요. 마지막날, 진이는 나를 직접 차로 집까지 데려다줬어요. 일이 이렇게 되어서 정말 미안하다고 울먹이더군요. 저는 아무 말도 하지 않고, 결혼을 축하한다고만 했어요. 진이가 무척 행복해 보였거든요. 사랑하고, 사랑받을 때만 나타나는 빛이 얼굴에서 보였어요. 그런 표정은 지어낼 수가 없는 법이지요. 저 자신이 여자이기 때문에, 누구보다 잘 알고 있답니다.

*

이쯤에서 호칭을 바꿔야 할 필요성을 느낀다. 이유미를 이유상으로, '그녀' 대신 '그'라고 지칭하는 편이 훨씬 더 자연스러운 시점이 온 것이다. 한권사의 집에서 그는 이유상이라는 이름 대신 '엠'이라는 별명으로 통했다. 그것은 진이 지어준 별명으로, '미스테리어스 맨'의 줄임말이었다. 자기 이야기를 잘 하지 않는 그를 놀리려는 의도였겠지만, 기실 그의 정체를 절묘하게 드러내는 이름이었다. 그 역시 누군가가 이름을 물어올 때마다 '엠'이라고 대답했다. 그로서도 이유상이라는 낯선 이름보다는 그 가볍고 장난스러운 별명이 훨씬 견디기 쉬웠을 것이다.

일기장을 보면, 그는 그 집에 오래 머물 마음이 없었다. 실제로 방을 구하기 위해 공원에 방치해두었던 차를 팔았고 몇 차례 서울 시내를 돌아보기도 했다. 하지만 웬만큼 괜찮은 방이다 싶으면 터무니없이 가격이 높았고, 적당한 가격의 방은 대개 형편없이 낡았거나 시설이 열악했다. 저녁에 한권사의 집으로 돌아와 보면 그곳은 마치 천국 같았다.

그 집은 필요 이상으로 컸고, 가구도 별로 없어 텅 빈 공간이 많았다. 두 모녀가 일터로 가고 나면, 집안일을 봐주는 아주머니와 어린아이만 남았다. 이층에는 한번 올라와보는 사람도 없었다. 엠은 마음대로 방문을 열고 들어가서 그 안에 있는 물건을 주인들의 허락도 없이 살펴보았다. 진이 찍은 모노톤의 풍경 사진이 집안 곳곳에 걸려 있었다.

엠은 진에게 어렵사리 말을 꺼냈다. 러시아로 복귀할 시기를 예측할 수가 없어서, 집을 구하기가 어렵다는 것이었다. 그는 좀더 이 집에 머물게 해달라고 말했다. 물론, 방세를 내겠다고 했다. 돈은 됐다고 손을 내젓는 진에게 그는 기어이 월세가 든 봉투를 내밀었다. 진은 마지못해 그것을 받았고, 마침 궁금했다는 듯 생활비를 어떻게 마련하고 있느냐고 물었다. 소설가라고 해도 별다른 수입이 없지 않으냐는 말이었다. 엠은 조부모님이 남긴 일정액의 유산을 러시아에 있는 삼촌이 관리해주고 있다고 했다. 삼촌은 러시아 중소기업들의 채권을 관리하는 금융사업을 하는데, 연이율이 꽤나 좋아서 생활에 큰 도움이 된다는 것이었다.

'러시아에 있는 삼촌'은 그날 한권사의 집 응접실에서 돌연 튀어나왔다. 그전의 거짓말이 그랬듯 미리 계산해놓은 것이 아니었다. 수면 아래 있던 것이 떠오르듯 그의 머릿속에 떠올랐을 뿐이다. 진은 이제야 이해가 된다는 표정으로 고개를 끄덕였다.

진은 엠을 세입자로 받았다는 사실을 한권사에게 통보하듯 말했다. 한권사는 무척 화를 냈지만, 그렇다고 엠을 쫓아낼 수도 없었다. 그녀가 선교사 가정의 가난한 소설가를 거두었다는 사실이 교회 안에 퍼진 뒤였던 것이다. 한권사는 집에서 엠을 마주칠 때마다 못마땅한 기색을 감추지 않았다.

봄날이 완연해지자, 엠은 옷을 구입하기 위해 시내에 나갔다. 백화점을 돌아다니면서 마네킹이 입고 있는 남자 옷을 살펴보았고 옥스퍼드 셔츠와 면바지, 운동화 두 켤레를 샀다. 빛바랜 청바지와 보풀이 일어난 스웨터 단벌로 지내던 그에게 이 쇼핑은 특별한 의미였다. 즉, 그의 남자 행세가 일시적인 임기응변에 그치는 것이 아니라, 보다 장기적인 생존수법이 되었다는 말이다. 그는 백화점 일층에서 검정색 뿔테안경을 써보았고, 그것이 제법 잘 어울린다는 점원의 말에 충동적으로 값을 지불했다. 거울 속의 남자는 태생적인 약점을 감추려는 듯 입가의 근육을 실룩거렸다.

엠은 커다란 뿔테안경으로 얼굴을 감추고, 패드를 덧댄 옷을 입었다. 허리를 구부정하게 해서 걷고, 일부러 목을 상하게 해서 쉰 소리를 냈다. 자신이 얼마나 쉽게 여자의 형식을 버렸는지, 스스로도 놀라울 정도였다. 그는 평생에 걸쳐 습득한 부드러움과 상냥함, 혀 짧은 말투와 샐쭉한 척 토라지는 기술까지도 남김없이 지워버렸다. 스타킹과 하이힐과 핸드백 따위에는 일말의 그리움도 없었다. 다만 아름다운 옷들에 대한 갈망이 가끔씩 참을 수 없이 솟아오르곤 했다. 아무도 없을 때면 진의 옷장을 열고, 흘러내릴 듯 가벼운 옷감들을 만져보는 것이 엠의 유일하고도 비밀스러운 취미였다. 그 옷에 얼굴을 묻고 있으면, 레몬 향기가 났다. 그 여자가 레몬 껍질로 손을 닦는 게 분명하다고, 엠은 일기에 썼다.

그해 여름에 엠은 한권사의 가족과 함께 제주도 여행을 떠났다. 진의 아들 때문이었다. 텅 빈 집에서 늘 혼자 놀던 그 어린 소년은 자신에게 관심을 가져주고, 다정하게 대해주는 남자 어른에게 속 수무책 빠져버렸다. 시도 때도 없이 뒤를 쫓아다니고, 질문을 퍼부어대며 그에게 매달렸다. 그리고 급기야 엠과 함께가 아니면 휴가 여행을 가지 않겠다고 생떼를 쓴 것이다.

그들 가족은 해마다 제주도에 있는 콘도미니엄에서 여름휴가를 보냈다. 휴가지에서의 일정이나 찾는 식당도 매해 똑같았다. 음반의 같은 트랙을 반복해 듣는 것처럼 새로울 게 없는 휴가였다. 하지만 그해에는 모든 게 새로웠다. 엠은 줄곧 아이의 손을 잡고 다녔다. 아이를 번쩍 들어올리고, 간질이고, 바닷물에 던져 웃게 했다. 이 아이가 이렇게 잘 웃었던가. 한권사와 진은 저마다 생각에 잠겨 아이를 바라보았다.

그들은 깔끔하게 청소되어 있는 숙소에 짐을 풀었다. 바닥에는 황갈색 카펫이 깔려 있고, 부엌에는 통나무 테이블과 하얀 도자기 컵이 있는 집이었다. 전면의 유리창을 열면 해변으로 곧장 달려나갈 수도 있었다. 아이는 맨발에 모래를 묻히고 집안을 들락거렸다. 그들은 정해진 스케줄을 따라 바닷가에서 선탠을 즐기고, 미술관에 들르고, 하프 코스 골프를 치러 갔다. 여행의 마지막날, 한권사는 엠에게 러시아에 있는 삼촌에 대해 물었다. 한권사가 먼저 그에게 질문을 해온 것은 처음이었다. 엠은 막힘 없이 대답했으나, 특별히 한권사의 흥미를 끌지는 못했다.

저녁식사 후, 한권사는 두통을 핑계로 먼저 방에 들어갔다. 아이도 하품을 하며 할머니를 따라 들어갔다. 엠과 진은 고요한 거실에 단둘이 남았다. 산책을 가겠느냐고 진이 물었다. 엠은 말없이 그녀를 따라나섰다.

그들은 숙소 앞 해변 산책로를 따라 천천히 걷기 시작했다. 희미하게 불을 밝힌 카페에서 흘러나오는 음악이 들렸다. 가벼운 재즈 피아노곡이었다. 여름밤의 달콤한 바람이 진의 시폰 치마를 부풀렸다. 엠은 그 촉감을 기억하고 있었다. 다리를 휘감는 가벼운 치마폭의 느낌. 진은 먼저 말을 꺼내지 않았다. 엠이 말을 꺼내기를 기다리면서 그와 보폭을 맞추어 걷고 있었다. 침묵과 순종. 문득, 엠은 진이 자신을 사랑한다는 사실을 깨달았다.

그는 걸음을 빨리하면서, 머릿속에서 떠오르는 대로 지껄였다. 휴가철 날씨, 제주도에서 사는 삶, 저녁에 먹은 횟감에 대해서. 그리고 잠시 침묵이 흘렀다. 진은 그가 쓴 책 『난파선』에 대한 이야기를 꺼냈다. 그 책을 읽고 깊은 감동을 느꼈다는 말이었다.

"실제로 난파선을 본 적 있으세요?"

진은 자그마한 소리로 엠에게 물었다.

"아니요. 하지만…… 바다 밑바닥까지 내려가본 경험은 있지요."

엠은 고개를 숙이고 말을 이었다.

"그곳은 모든 게 희박해요. 공기도, 빛도, 소리도 형체를 가지지 못하고 뿌옇게 무리 지어 머물다 사라져버리죠. 그 속에서 나라는 존재도 점성이랄까 강도랄까, 그런 것들이 약해져서 풀어지고 주변으로 흡수되어버리는 거예요."

"두려울 것 같아요."

"아니요, 꼭 그렇지는 않아요. 감정조차도 흐릿해지거든요. 다만 무료할 뿐이에요."

"무료하다고요?"

"혼자니까. 절망적으로, 끔찍하리만치 혼자니까요."

진은 천천히 고개를 끄덕였다.

"……무슨 뜻인지 알 것 같아요."

이제 카페에서 흘러나오는 음악은 더이상 들리지 않았다. 가로등 불빛에서도 멀어져 주위는 어두컴컴하기만 했다. 오직 해변을 찰싹이는 파도 소리뿐이었다. 진의 차갑고 앙상한 손이 엠의 손에 닿았다. 엠은 걸음을 멈추었다. 더이상 나아갈 수 없는 지점에 닿은 것이다. 엠은 자신이 해야 할 일을 잘 알았다. 숙소로 돌아가서 짐을 챙기고, 다시는 이들에게 돌아오지 말아야 했다. 그가 굳은 몸을 돌렸을 때, 진이 한 발 가까이 다가왔다. 그녀는 엠의 눈을 깊숙이 바라보더니, 다음 순간 그에게 입을 맞추었다. 진의 달큰하고 뜨거운 숨이 엠의 입속으로 파고들었다. 그 부드럽고 매끄러운 감촉에 엠은 순간 몸의 균형을 잃어버렸다. 진이 그의 몸을 끌어안았다. 진에게서 레몬과 모래의 향기가 났다. 엠은 진의 머리를 쓰다듬은 후, 가까스로 몸을 떼어냈다. 그들은 한마디 말도 없이 숙소로 돌아왔다.

제주에서 돌아온 즉시, 엠은 그 집을 떠날 생각이었다. 그렇게 일기에 썼다. 하지만 그는 떠나지 못했다. 그사이 어떤 심경의 변화가 일어났다. 엠은 진과 연인관계가 되었다. 그가 본격적으로 진을 속이기 시작했다는 뜻이다. 나는 그에 대한 자세한 이야기를 진에게 묻고 싶었지만 차마 연락을 할 수는 없었다. 당신이 어떻게 기만당했는지를 상세히 설명해달라고 할 수는 없었던 것이다.

아쉬운 대로 한권사의 집에서 일했던 도우미를 만나 이야기를 나누고 집에 돌아와보니, 엄마가 나를 기다리고 있었다.

"웬일이에요?"

엄마는 화장기 없는 얼굴로 나를 가만히 바라보았다.

"보고 싶어서."

나는 오랜만에 깨끗하게 정돈된 집을 새삼스럽게 둘러보았다. 엄마가 딸애를 맡아주는 동안 따뜻한 국과 밥을 먹고, 긴 목욕을 했다. 욕조의 뜨거운 물에 몸을 담그고 앉아 있자니 온몸이 녹아버릴 것 같았다.

잠시 후, 물 밖으로 나왔을 때는 온몸이 쪼글쪼글해져 있었다. 나는 거울에 비친 나의 알몸을 바라보았다. 아랫배에 새겨진 지렁이 모양의 흉터, 몸에서 아이를 꺼낸 그 자국이 마치 살아 있는 생물처럼 거울 속에서 꿈틀거렸다. 나는 눈을 피했고, 서둘러 몸을 닦은 후 커다란 티셔츠를 입었다.

그새 딸애를 재우고 방에서 나온 엄마는 나를 보더니 냉장고에서 맥주를 꺼냈다. 쟁반 위에는 맥주, 마른안주, 그리고 이혼 서류가 올려져 있었다. 나는 아버지와 엄마의 도장이 모두 제자리에 찍혀 있는 것을 보았다.

"아버지가 결국 승복했군요."

"아파트를 포기하니까 금세 합의해줬어."

"서류가 완성되었으면 법원에 제출하지 이걸 왜 나를 보여줘요?"

나는 유리잔에 맥주를 따르며, 무심하게 물었다.

"그야 네가 우리의 유일한 증인이잖니."

엄마는 쓸쓸하게 웃으며 말했다.

"이제 속이 시원해요?"

"아니."

엄마는 술을 한 잔 다 마신 후 대답했다.

"가난뱅이가 된 기분이다."

엄마와 술을 마신 건 처음이었다. 우리는 차가운 맥주를 한 병씩 마시고 거실에 넓게 깐 요 위에 누웠다. 나는 도중에 화장실에 간다고 일어나서, 몰래 아버지에게 전화를 걸었다. 그가 걱정되었던 것이다. 아버지는 새로 고용한 간병인과 같이 영화를 보는 중이라고 했다. 며칠 전 새로 나온 홈시어터를 샀는데, 성능이 얼마나 좋은지 극장에 온 기분이라는 것이었다. 언제 아이와 같이 놀러오라고, 아버지는 다소 들뜬 목소리로 말했다. 나는 기묘한 기분을 느끼며 전화를 끊었다.

거실로 나왔을 때, 엄마는 새하얀 요 위에서 잠들어 있었다. 엄마는 남편과 집과 재산, 최신형 홈시어터를 잃어버렸고, 이제야말로 아무것도 없는 초로의 여인이 되어 내 집 거실에 누워 있었다. 솔직히 엄마에게 이와 같은 영감을 받을 줄은 몰랐다. 내게 지적인 멘토, 스승은 언제나 아버지였다. 아버지는 평생에 걸쳐 인간을 의심하고 현실을 부정하는 구약의 세계관을 따랐다. 그렇지만 단 한 번도 자기 삶을 위험하게 몰아가거나 경계의 도마 위에 올리지 않았다. 진정한 회의주의자는 엄마였다. 누구도 기대하지 않았던 성과였다.

다음날 눈을 떴을 때 엄마는 떠나고 없었다. 새벽 수영 강습 때문에 먼저 간다고 쓴 쪽지 한 장이 남겨져 있었을 뿐이다. 나는 딸애와 같이 토스트를 구워 아침을 먹었다. 컴퓨터를 켜보니, 남편에게서 메일이 와 있었다. 그간 그는 홀로 차를 빌려, 런던 근교의 해안가로 여행을 다녀왔다고 했다. 산체스트 비치. 그곳은 우리가 결혼식을 올린 해변 마을이었다. 나는 가만히 그 이름을 중얼거려 보았다. 바람이 불 때마다 유리창이 덜컹거리던 오래된 카페, 커피와 시나몬빵 향기, 잿빛 안개가 낀 모래사장을 맨발로 걸어다니던 감촉이 선명하게 떠올랐다. 카페 옆에 붙은 작은 여인숙에서, 우리는 신혼의 한철을 보냈다. 남편은 나를 위해 바다가 한눈에 보이는 자리에 해먹을 걸어놓았었다.

그때의 해먹이 아직까지 그 자리에 걸려 있다고, 남편은 편지에 썼다. 그는 흔들리는 해먹에 누워 여러 생각을 하다가, 이내 생각을 하지 않기로 하고, 파도 소리만 듣다가 잠이 들었다고 했다. 그렇게 수일을 보내다가 해안을 따라 차를 몰고 런던에 돌아온 것이었다. 편지의 말미에 그는 새 학기가 시작될 무렵 집에 돌아올 것이라고 썼다. '당신이 아직 나를 기다리고 있다면.' 중저음의 진중한 목소리가 바로 옆에서 들리는 듯했다. 그는 그렇게 우리에게 돌아왔다.

8. 바다 밑바닥의 온도

엠은 매일 아침 누구보다도 일찍 일어나서, 화장실로 들어갔다. 진은 엠의 샤워 시간이 유독 길다는 것을 알고 있었다. 걸핏하면 화장실 문을 잠그고 들어앉아서, 농담으로 이층 화장실을 집필실이라 부를 정도였다. 그는 여러 면에서 일반적인 남자들과는 달랐다. 청결에 집착했고, 소매가 긴 옷을 고집해 입었고, 절대로 맨몸을 드러내지 않았다. 유별나게 예민한 그의 면면은 진에게 예술가의 결벽 같은 것으로 받아들여졌다.

엠은 늘 진에게 친절했지만, 성적인 암시가 있는 행동이나 농담을 하지는 않았다. 정중한 신사처럼 늘 그녀의 기분을 물었고, 한 뼘쯤 떨어진 곳에서 그녀를 에스코트했다. 일종의 플라토닉한 관계였던 셈이다. 하지만 제주에서 돌아온 뒤 모든 게 달라졌다. 진은 걸핏하면 그에게 기대고, 손을 잡고, 머리카락을 쓰다듬었다. 함께 있을 때면 잠시라도 그에게서 떨어지고 싶지 않다는 듯, 작은 손바닥을 그의 몸 어딘가에 올려놓았다. 그리고 종종 그의 옆에서 잠이 들었다. 아무런 근심 없이, 마치 퓨즈가 나가버린 듯 잠든 얼굴. 엠은 진의 천진함과 무방비함에 감탄하곤 했다. 그 여자는 도무지 의심할 줄을 몰랐다. 엠이 섹스에 대한 거부감을 지껄여댈 때도, 그의 이해할 수 없는 모든 기벽을 대할 때도 노상 덤덤했다. 일체의 기준, 해석, 판단이 없었다. 진은 한권사의 큰 그늘 아래서 삶을 구경꾼처럼 바라보았고, 좀처럼 어떤 것도 심각하게 받아들이지 않았다. 진을 대할 때는 별다른 거짓말이 필요 없었다. 엠은 점점 더 그 여자를 좋아하게 되었다. 잠을 잘 때도 진의 손을 꼭 잡고 있으면 긴장이 풀렸고, 악몽을 피할 수 있었다. 새벽녘 어둠 속에서 눈을 뜨면, 말려올라간 잠옷 아래 진의 가느다란 다리가 그를 휘감고 있었다. 크림처럼 새하얗고, 밀랍처럼 매끄러운 다리.

엠은 12인치 중고 노트북을 구입해서 일기를 쓰기 시작했다. 공원 노숙을 하며 극심한 기아에 허덕이던 때 멈춰버린 일기를 이어나가기 시작한 것이다. 가족들에게 워드 작업을 하는 모습을 보여야 한다는 부담감도 있었을 것이다. 방에 틀어박혀 몇 시간이고 씨름을 한 탓인지, 이때부터 일기의 문장도 조금 달라졌다. 그는 단어 하나하나를 손에 쥐어보고, 그 무게와 질감을 느껴본 뒤에야 한 줄의 문장을 썼다. 어차피 시간은 차고 넘치도록 많았다.

소설가 행세는 그전의 어떤 사칭보다 손쉬운 일이었다. 복잡한 위조 서류가 필요하지도, 특별한 기술을 요하지도 않았다. 엠은 『난파선』에 자신의 이름을 넣어 다시 찍어냈다. 그 책으로 문인협회에도 가입했다. 문인협회는 여러모로 유용했다. 그는 작가들의 친필 사인본을 가족들이 볼 수 있도록 집안 곳곳에 놓아두었다. 협회에서 크고 작은 행사가 있을 때마다 진과 그녀의 아들을 데려가기도 했다. 아무도 그를 의심하지 않았다.

매일 아침 엠은 근방의 도서관으로 출근했다. 도서관 열람실에서 책들을 둘러보고, 자판기 커피를 뽑아 그것을 최대한 천천히 마신 후, 문인협회 사무실에 들러 잡다한 일을 도왔다. 할 일이 없는 날에는 주로 미술관, 극장, 꽃이 만개한 공원을 순회했다. 강변의 물길을 따라 하릴없이 걷는 날도 있었다. 그는 매일 케이크와 과자를 사들고 집으로 돌아갔다. 한권사의 손자는 그의 열렬한 팬이었다. 그들은 매일 저녁 마술 책을 들여다보면서 새로운 트릭을 익혔다. 서로를 마법사와 제자라고 부르면서 죽고 못 사는 사이처럼 붙어다녔다.

교회에서 가족 운동회가 열렸을 때, 엠은 진의 아들과 같이 2인 3각 달리기대회에 나갔다. 둘 다 자꾸 넘어지는 바람에 나중에는 그가 아이를 업고 달렸는데, 비록 순위권에 들지는 못했지만 관중들에게 제일 큰 호응을 얻었다. 아이가 그의 등뒤에서 활짝 웃는 사진을 진이 커다랗게 인화해서 방에 걸었다.

엠은 어린아이들과 사이가 좋았다. 거짓말을 들킬 염려가 없다는 생각에 아이들에게만은 마음을 열 수 있었다. 늘 즉흥적이고 과장이 심한 그의 면면이 아이들과 잘 맞기도 했다. 그는 진의 아들을 친구처럼 대했다. 친구를 한 번도 가져보지 못한 그 어린 소년은 엠을 위해 무엇이든 할 기세였다. 오랫동안 자신이 홀로 차지했던 젊은 어머니마저도 양보할 참이었다.

그해 가을, 엠은 진에게 청혼했다.

엠이 유산을 목적으로 진을 이용할 생각이었는지, 일기장에서는 그 답을 찾을 수 없다. 그는 진의 유산에 대해서 일기에 단 한 번도 언급하지 않았다. 누군가 자신의 일기를 볼까봐 두려웠던 것인지, 아니면 정말 따로 품은 마음이 없었던 것인지, 진실은 그만이 알고 있을 것이다.

한권사는 생각보다 차분하게 응수했다. 이미 벌어질 수순을 직감하고 있었는지도 모른다. 한권사는 엠과 진을 나란히 불러앉히더니, 자신은 결혼을 허락할 수 없다고 간단히 말했다.

"자네 돈 있나? 이애를 어떻게 감당하려고 해?"

한권사는 진을 흘끗 바라보며 말했다.

"유산 이야기를 들었겠지. 그거 얼마 되지도 않아. 그리고 내 허락 없이는 지급하지 못하도록 명시되어 있네. 미리 경고하지만 나한테서는 한 푼도 못 뜯어낼 테니 그렇게 알아."

"엄마가 무슨 권리로요?"

진이 자리에서 일어나 한권사에게 소리를 질렀다.

"아빠가 나에게 남겨준 돈이에요!"

"자기 자식이 어떻게 사는지 관심도 없이 떠돌다가 죽기 전에 돈 몇 푼 남겨준 것도 아빠라면, 그래."

한권사는 코웃음을 치면서 자리에서 일어났다.

"꿈 깨, 나는 절대 허락 못하니까. 사람 불러 끌어내기 전에 당장 저 인간 집에서 내보내."

엠은 그날 짐을 싸서 그 집에서 나갔다. 아이를 데리고 방에 들어간 진은 종일 아무 소리도 내지 않았다. 그리고 다음날 새벽, 진이 집을 떠났다.

●REC

그 사람과 나는 그다지 가까운 사이가 아니었습니다. 그 사람이 문인협회에 가입하면서 알게 되었죠. 당시 제가 서울 지회 총무를 맡고 있었거든요. 5월 어느 날인가 혼자 사무실을 지키고 있는데, 그 사람이 찾아와서 협회에 가입하고 싶다고 하더군요. 마른 체구에 안경을 썼고, 좀 불안해 보였어요. 회원증을 발급해주려고 했는데, 마침 코팅지가 다 떨어진 참이었어요. 그는 자기가 직접 문구점에 갔다 오겠다고 나서더군요. 잠시 후 그는 코팅지 한 묶음과 커피, 빵까지 사들고 왔어요. 저는 그와 마주앉아 커피와 빵을 먹었습니다. 그는 지금은 폐간된 지방의 문예지로 등단했고, 몇 년 전에 소설책을 한 권 낸 적이 있다고 했습니다. 그럴듯한 일거리가 필요한 샌님, 그것이 제가 느낀 그의 첫인상이었습니다. 협회 주변을 어슬렁거리는 치들 중에 진짜가 없다는 건 누구보다 제가 잘 알고 있어요. 저 자신이 바로 그 장본인이니까요.

저는 대학 졸업반 때 신춘문예에 당선되어 소설가가 되었어요. 그해 당선자들 중에 제일 어린 나이였고, 한 평론가가 심장을 쥐어뜯으며 울었다고 말한 심사평이 이슈가 되면서 관심을 많이 받았죠. 원고 청탁이 밀려들면서, 취업 준비는 다 그만뒀어요. 당시에는 아쉬울 게 하나도 없었죠. 대학 동기들은 종일 상사의 보고서를 복사하고, 호치키스를 찍고 있을 때 저는 인간 존재를 형용할 수 있는 단어를 찾아서 골몰하고 있었으니까요. 미래에 대해 아무 약속도 못하는 저를 굳게 믿어주는 여자도 있었고요. 그러니 원 없이 글을 쓰다가, 때가 되면 쿨하게 그만두겠다고 생각했습니다. 시간이 갈수록 형편없는 책을 쓰는 선배들을 보면 혐오스럽기 그지없었어요. 버틴다고 될 일인가, 그들 뒤에서 분명히 들리도록 중얼거리기도 했어요. 나는 영원히 젊을 줄 알았던 거죠. 그렇게 이십대가 지나갔어요.

위기는 항상 있었습니다. 결혼 허락을 받기 위해 찾아간 여자의 아버지가 던진 재떨이에 이마를 찍혔을 때, 몇 년간 문학상의 최종심에서 떨어졌을 때, 아이를 낳고도 곰팡이 핀 지하방에서 벗어날 수가 없었을 때, 십여 년간 벌어들인 인세를 모아봐도 천만 원이 되지 않는다는 사실을 깨달았을 때…… 그래도 그럭저럭 해나갈 수 있었던 건 나를 이해해주는 아내와 스스로 부끄럽지 않게 여겨온 내 소설들 때문이었습니다. 매번 딱 쓰러지기 직전에 양쪽에서 그들이 날 붙잡아주었어요.

문인협회의 총무 일을 하면서 적은 돈이나마 월급을 받을 수 있어서 다행이었죠. 하지만 워낙 잡무가 많은 곳이었어요. 시시껄렁한 문학 행사들—낭독회, 작가와의 만남, 소식지 발간 같은 것들 말입니다. 그 사람은 부를 때마다 기꺼이 나타나서 저를 도와줬습니다. 고마움에 몇 번 식사를 대접했는데, 밥도 술도 아주 조금만 먹더군요. 그는 자기 이야기를 잘 하지 않았습니다. 매사에 조심스러운 사람이라고 생각했어요.

그의 소설 『난파선』을 앞의 몇 장만 읽어봤는데, 문장이 좋더군요. 솔직히 뜻밖이었습니다. 내친김에 소식지에 실을 소설도 청탁했더랬죠. 그는 얼굴이 반쪽이 되도록 며칠간 고심하더니 결국 마감 날이 다 되어서 못하겠다고 손을 들었어요. 그후에도 비슷한 일이 몇 번이나 있었습니다. 오랫동안 소설을 쓰지 않은 것 같았어요. 그렇다고 돈을 벌기 위해 다른 일을 하지도 않는데, 늘 형편이 넉넉해 보였죠. 고급 브랜드 시계를 차고 다니고, 휴가에는 요트 여행을 다녔으니까요. 부모의 도움을 받는 건지, 저도 모르는 사업 수완이 있는 건지, 직접 물어보지는 않았지만, 아무튼 자금이 나오는 구멍이 따로 있는 것 같았어요.

그리고 얼마 뒤 작가들과의 술자리에서 작은 다툼이 있었습니다. 한 시인이 대화중에 그에게 등단 지면을 물었는데, 답변을 하면서 폐간된 그 문학잡지를 꽤나 우스꽝스럽게 언급했던 모양입니다. 그런데 하필 그 시인도 같은 잡지 출신이었던 거예요. 그 시인은 술을 마시고 조금만 거슬리면 앞뒤 가리지 않고 주먹이 먼저 나가는 사람이었어요. 드잡이하는 그들을 겨우 떼어내고, 술자리는 파장이 되었죠. 그 사람은 아무도 자기 몸에 손대지 못하게 하더니, 화장실에 들어가서 한참 후에야 밖으로 나왔어요. 퉁퉁 부어오른 얼굴로 나를 보고, 대체 그게 뭐 그리 대단한 일이냐고 되묻더군요. 나는 아무 대답도 하지 않았지만, 며칠 뒤 도서관에 가서 폐간된 그 잡지를 찾아보았어요. 예상대로 어느 해 당선자 명단에도 그의 이름이 없더군요.

소설가 사칭은 별로 대단한 일이 아닐지도 모릅니다. 내 주위에는 아주 형편없는 글을 쓰는 작가들이 있습니다. 그 사람들은 있으나 마나 한 글을 계속 뽑아내는데, 문학사적인 관점에서 보면 사실 존재하지 않는 것과 마찬가지죠. 그러니까 지지부진한 작가들이 드글거리는 이 바닥에 가짜가 하나쯤 있어도 문제가 될 것은 없다는 말입니다. 하지만 같은 맥락에서, 그가 대체 왜 그런 거짓말을 하는지 이해할 수가 없더군요. 작가라는 이름이 화관이고 명

예였던 때는 오래전에 지나가지 않았습니까. 도대체 그 이름이 그에게 어떤 쓸모가 있었던 걸까요.

술에 많이 취했던 날 밤, 나는 그의 집으로 전화를 걸었습니다. 그의 애인이 전화를 받았죠. 로트레크가 그린 무희처럼 작고 아름다운 그 여자 말입니다. 그 여자에게 그에 대해 품고 있는 의혹을 알려주었죠. 이유상은 진짜 소설가가 아니다. 그가 왜 작가 행세를 하며 당신을 기만하고 있는지 알 수 없지만, 부디 속임수에 놀아나지 않기를 바란다는 말이었어요. 그 여자는 내 목소리를 알아듣고는 총무님, 이라고 말을 자르더군요.

"술에 너무 많이 취하신 것 같아요. 어서 집에 돌아가세요."

그 여자는 내 말을 믿지 않았어요. 사랑에 빠진 여자들은 얼마나 어리석은지. 젊은 시절 한때의 달콤함에 빠져 내게 주저앉은 아내를 봐도, 쉽게 알 수 있지요. 생각해보면 나 역시 그 여자를 붙잡기 위해 수없이 많은 거짓 노래를 불렀습니다. 나의 연약함을 감추기 위해 더욱 크게 발을 구르고, 목소리를 높였지요. 온 세상이 나에 대해 경고했지만 그녀는 듣지 않았어요. 속는 자와 속이는 자는 함께 쾌락에 빠져들기 마련입니다. 어떤 의미에서는 후자의 것보다 전자의 것이 더 크다고 할 수 있지요.

그후로는 그의 집에 다시 전화하지 않았습니다. 다른 사람의 비밀을 파헤치고 다닐 만큼 한가한 팔자도 아니었구요. 작년 가을 결혼 전까지 그는 협회에서 나를 많이 도와줬습니다. 무슨 이유에

선지 결혼 이후 협회에는 발걸음을 뚝 끊어버리더군요. 사실 파트 타임에 보수랄 것도 없는 자리였죠. 하지만 그는 별 불만 없이 모든 일을 맡아 해줬어요. 언젠가 저는 그에게 소설을 왜 쓰느냐고 물었던 적이 있습니다. 그는 이해할 수 없다는 듯 나를 보더니 꼭 대답해야 하느냐고 되묻더군요. 아마 농담을 하는 줄 알았던 모양이에요. 꼭 대답을 해달라고 하자 그는 잠시 생각에 잠겨 있더니, 소설을 쓸 때 자신이 누구보다 행복하기 때문이라고 대답하더군요. 어쩌면 그때 그가 가짜라는 사실을 알아차렸는지도 몰라요.

글쎄요, 그 대답이 틀렸다고는 할 수 없겠지요. 하지만 저는 소설을 쓰는 것이 행복하다는 생각은 단 한 번도 해본 적이 없습니다. 행복이라는 말은 너무 가볍고 환해요. 소설가로서 문장을 만들며 이십 년을 살아왔지만, 저는 한 번도 그런 종류의 기쁨을 경험해보지 못했습니다. 행복은커녕 늘 불안함과 회의감에 젖어온 세월이었어요. 삶은 늘 곤궁했고, 그럴듯한 성취도 없었고, 애를 쓴 만큼의 반도 보상받지 못했죠. 그런데도 왜 이 짓을 계속하고 있느냐. 그건 제가 이 일밖에 할 수 없는 인간이기 때문이에요. 결국 세계 속에서 그 무기력함, 무능함을 자각한 사람이 아니고는 평생 작가의 길을 걸어갈 수 없다는 게 내 지론입니다. 자신의 등단에 관한 이야기를 하다가 주먹을 날리는 시인의 분노란 그런 것이란 말입니다. 작가님은 동의하지 않으십니까.

*

엠을 따라 집을 나온 진은 그와 함께 보름이 넘도록 연락을 끊고 잠적했다. 버스를 타고 지방으로 내려가는 내내, 진은 알 수 없는 표정으로 멍하니 생각에 잠겨 있다가 엠이 자기를 부르는 소리에 화들짝 놀라고는 했다.

그들은 P시에 있는 해안가 빈집에 짐을 풀었다. 그곳은 진의 직장 동료인 미리엄이라는 여자의 조부모가 살던 집이었다. 몇 년 전 미리엄의 할머니가 세상을 떠난 이후 그 집은 폐가처럼 방치되어 있었다. 진은 미리엄에게 그 집에서 얼마든지 지내도 좋다는 허락을 받은 참이었다.

그 집에 들어온 첫날, 엠은 제일 먼저 깨진 창문을 비닐로 둘러쳤다. 해가 떨어지자마자 찬바람이 불었다. 엠과 진은 땔감이 될 만한 것을 주워와 불을 지폈다. 온기가 생기자, 낯설고 불안한 기분이 한층 덜했다. 그들은 가진 돈이 얼마인지, 그것으로 얼마나 버틸 수 있을지를 차분히 이야기했다. 그들은 둘 다 빈털터리나 다름없었다.

"사랑을 믿어요?"

진의 물음에 엠이 천천히 입을 열었다.

"이제 와서 묻기에는 너무 늦은 거 아닌가요?"

그들은 모닥불 앞에서 컵라면을 먹고 커피를 마시며, 주변이 서서히 어두워지는 것을 바라보았다. 한밤의 숲에서 뿜어내는 향기가 얼마나 짙은지, 도무지 잠을 이룰 수 없었다. 진이 미리엄에게서 들은 이야기를 해주었다.

"이 집, 밤이면 유령이 나타난대요. 미리엄 고모의 유령이라고 하더군요. 그 여인은 이 마을의 수재였던 청년과 사랑에 빠져 결혼했대요. 남자는 결혼 후 미국으로 유학을 떠났어요. 학교에 등록하고, 일자리를 잡으면 고모를 부르겠다고 약속했죠. 하지만 무슨 이유인지 날짜는 차일피일 미뤄졌고, 연락이 뜸해지다가 아예 끊긴 거예요. 얼마 후, 그 남자가 미국 여자를 만나 결혼했다는 소문이 들렸죠. 당장 미국에 가서 확인해보겠다는 고모를 조부모님이 겨우겨우 막았대요. 그때만 해도 미국은 너무 먼 곳이었고, 더군다나 제대로 된 연락처나 주소도 몰랐으니까요. 또 소문이 사실이라면, 확인이 무의미한 거 아니겠어요? 그런데도 고모는 막무가내여서 결국 가족들이 방에다 가두어두고 불침번을 섰대요. 그리고 며칠 뒤 밤에 똑, 똑, 똑, 문을 두드리는 소리가 들리더라는 거예요. 방문을 열고 들어갔더니 딸이 목을 매고 죽어 있었대요. 공중에 매달린 발이 문을 두드렸던 거예요."

진은 거기까지 말하고, 그 집 뒤쪽에 난 창문을 가리켜 보였다.

"저 방에서 아직도 가끔 그 발소리가 난대요."

엠은 진의 시선을 따라 그 방 창문을 쳐다보았다.

이윽고 밤이 깊어, 그들은 집으로 들어갔다. 몸이 덜덜 떨리게 추운 방에서 그들은 서로의 몸을 맞대고 잠들었다. 혹시라도 유령의 발소리가 들릴까 귀를 기울여보았지만, 들리는 것은 먼 곳의 파도 소리뿐이었다.

다음날, 그들은 먼저 동네를 한 바퀴 둘러보기로 했다. 집에서 멀지 않은 곳에 바로 바다가 있었다. 바닷물이 무척 맑아 그 안의 검푸른 물결과 찰싹거리는 흐름까지 보이는 듯했다. 엠이 선뜻 먼저 다가가 손을 담갔다. 뼛속까지 시린 기운이 느껴졌다. 파도가 칠 때마다 머릿속이 환해지는 것 같았다. 이윽고 진이 그 옆으로 다가왔다. 부주의하게 발을 옮기다 그만 옷이 다 젖고 말았다. 진이 탄성을 질렀고, 그들은 함께 웃었다. 바다에 비친 하늘 위로 새하얀 구름이 느리게 흘러가는 것을 볼 수 있었다.

비바람을 피할 곳이야 어떻게 마련했다고 해도, 문제는 그들의 수중에 돈이 하나도 없다는 것이었다. 마을 외곽까지 샅샅이 뒤져보았지만 적당한 일거리가 없었다. 구멍가게나 작은 식당 하나 찾기 힘든 외진 마을이었다.

진은 매일 새벽 두 자루 넘는 조개를 받아서 집에 돌아왔다. 그것을 두 사람이 나란히 앉아 박박 문질러 씻고, 보잘것없는 돈을 받았다. 하루 한끼의 밥을 겨우 사먹을 수 있는 돈이었다. 그래도 두 사람은 불만이 없었다. 아침에 조개 씻는 일을 하고 나면 진은 사진을 찍으러 나갔고, 엠은 글을 썼다. 하루종일 벌어진 일 따위를 기록하는 일기였다. 하지만 진은 그 사실을 몰랐고, 엠이 글을 쓰고 있으면 뭔가 대단한 일이 벌어지고 있다는 듯 숨소리를 죽였다.

진은 그 집에서 많은 사진을 찍었다. 그들이 머물렀던 낡은 폐가, 조개들, 어쩐지 스산한 기운이 감도는 유령의 방 창문까지도 그녀는 모두 기록으로 남겼다. 무엇보다도 인상적인 것은 엠의 사진들이다. 엠의 머리카락, 어깨, 손가락, 신발 따위를 근접으로 찍은 그 사진들은 빛이 투과되어 도리어 이게 무엇인지 한눈에 알아보기가 어렵다. 그것들은 그저 어떤 형체를, 형체의 일부분을 담고 있다. 엠은 단 한 번도 카메라 쪽을 바라보지 않는다. 사진에서조차 그는 비밀을 가진 자처럼 보인다. 하지만 진에게는 문제가 되지 않았다. 아니, 이토록 분명한 것이 당시 그녀의 눈에는 보이지 않았을 것이다.

그 낡은 집에서, 진은 무척 평화롭고 행복한 시간을 보냈다. 단, 두고 온 아이를 생각하면 가시가 온몸을 돌아다니며 자신을 찌르는 것 같다고 했다.

"이런 이야기가 우습겠죠. 난 별로 좋은 엄마도 아닌데 말이에요. 그렇지만 자식을 낳으면 누구나 그렇게 돼요. 그애 없는 인생을 상상도 할 수 없게 되죠."

바람으로 온 집이 덜컹거리던 어느 날 밤, 진은 엠의 옆에 누워 말을 꺼냈다.

"가출해서 아이를 가진 걸 알았어요. 당연히 임신 사실도 알리지 못했어요. 저는 그때 겨우 열여섯 살이었어요. 아이를 지우지 않은 건 두려움과 어리석음 때문이었죠. 수술이 많이 아플 것 같았거든요. 그래서 그냥 시간을 놓쳐버린 거예요. 저절로 아이가 사라지기를 매일 빌고 또 빌면서요. 그런데 배가 불러오니까 정말 무섭더군요. 마지막에는 배가 산처럼 부풀어올랐거든요. 그래서 엄마에게 돌아갈 수밖에 없었어요."

진은 천장을 바라보며 나지막한 목소리로 말했다.

"지금은 후회해요. 아이를 낳은 거 말고, 엄마에게 돌아간 거요. 어떻게든 내 힘으로 일어섰어야 했는데, 그 기회를 영영 잃어버린 거죠. 아이를 낳은 후로는 완전히 엄마 손에 붙잡혔어요. 엄마도 그 사실을 알고 있었죠."

그때 옆방에서 똑똑, 문을 두드리는 소리가 들렸다. 진이 화들짝 놀라며 방금 그 소리를 들었느냐고 물었다. 엠은 조용히 자리에서 일어나 옆방으로 가보았다. 그가 한참 동안 돌아오지 않자, 진은 두려움에 떨며 엠을 찾으러 갔다. 문을 열자, 텅 빈 방 한가운데 엠이 서 있었다. 그는 조금 넋이 나간 표정이었다.

"왜 그래요?"

"이 방 말이에요. 훈기가 느껴져요."

사실이었다. 창문을 흔드는 웃풍도 없었고, 그래서인지 온몸이 덜덜 떨리던 다른 방에 비해 훨씬 따뜻한 느낌이었다. 그들은 당장 이부자리를 그 방으로 옮겼다. 진은 유령의 다리가 천장에서

대롱거리는 악몽을 꿀 것 같다고 했지만 도로 방을 옮기자는 말은
하지 않았다. 그들은 깍지를 꼭 낀 채로 잠을 청했다.

"여긴…… 꼭 바다 밑바닥 같아요."

엠은 말없이 진을 바라보았다.

"하지만 우리는 둘이니까, 괜찮을 거예요. 외롭지 않을 거예요."

진이 잠든 것이 분명해졌을 때, 엠은 진의 손에서 깍지를 풀었
다. 늘 이로 잘근거리는 손톱이 위태로울 정도로 짧아, 분홍색 속
살이 다 드러나 있었다. 엠은 그 손톱의 가장자리를 따라 손끝을
움직였다. 진이 아이처럼 한숨을 내쉬었다.

집을 나온 지 보름 만에 그들은 한권사에게 연락했다. 안부를
전하고, 또 아이를 부탁하는 말을 하기 위해서였다. 짧은 용건을
마치고 전화를 끊으려는 진을 한권사가 다급하게 붙잡았다. 어디
냐고, 어떻게 지내느냐고, 정말로 돌아오지 않을 거냐고 물었다.
진은 느긋하게 굴었다. 이미 패가 그들에게 넘어온 것을 바보라도
알아차릴 수 있었다. 일주일 뒤 한권사가 승복했고, 그들은 집으
로 돌아왔다.

교회에서 치러진 엠과 진의 결혼예배는 소박하고 아름다웠다.
진은 새하얀 레이스 드레스에 겨우살이와 장미로 장식한 부케를
들었다. 하객들은 오랜 시간 고독과 적막 속에 있었던 그 가정이
새 식구를 얻은 것을 진심으로 축하해주었다. 엠은 자신의 행운이

믿어지지 않는 신랑처럼 연신 눈가를 훔쳤다. 그들은 화동으로 선 아들의 양손을 잡고 퇴장했다. 자리에서 일어난 사람들이 그들을 향해 새하얀 꽃가루를 뿌려주었다.

결혼식이 끝난 후, 진은 아버지가 남긴 유산을 상속받았다. 그 돈은 전부 엠에게 맡겨두었다. 아무것도 가진 게 없는 남편에게 힘을 실어주기 위해서였다. 그래도 한권사의 냉대는 변함없었다. 결혼은 허락했지만, 자신의 사위로는 인정하지 않는다는 식이었다. 한 식탁에서 밥을 먹어도 말 한마디 건네지 않았다. 투명인간 취급이었다.

단둘이 남았을 때, 진은 엠에게 조심스럽게 말을 꺼냈다. 지금 하는 일이 정리되는 대로 러시아에 가자는 것이었다. 시베리아 횡단열차를 타고 바이칼 호수 근처에 있다는 그의 고향으로 가서 분위기를 살펴본 후, 원한다면 아예 거처를 옮겨도 좋다고 진은 말했다. 엠은 그게 무슨 말이냐고 되물었다. 진은 그 넓고 낯선 땅에서 글을 쓰고, 사진을 찍고, 작은 게스트하우스를 하며 사는 것도 좋을 거라고 대답했다. 한두 번 생각해본 게 아니다. 스튜디오에서 아기들을 어르고 달래며 사진을 찍는 일에도 적잖이 싫증이 나 있던 참이다. 이제 돈도 있으니 새로운 곳에 정착해 새 삶을 살 수 있을 것이다, 라고 말했다.

"같이 떠나요."

진은 단단한 목소리로 말했다.

"난 어디든지 상관없어요."

엠은 반짝이는 진의 눈을 마주보지 못하고 시선을 돌렸다.

엠은 진에게서 받은 돈을 지하철의 유료 보관함에 넣어두고 다녔다. 은행에 맡기는 편이 훨씬 더 안전했을 텐데 그렇게 하지 않은 것은 일련의 감시망을 피하겠다는 계산으로 보인다. 때가 되면 지하철역에서 돈을 꺼내들고 도망갈 생각이었을 것이다. 차라리 그랬다면 모든 게 간단했을 것이다. 하지만 마지막 순간 그는 무슨 이유에선지 망설였다. 저녁이면 퇴근하는 다른 남편, 아버지들처럼 빵이나 아이스크림 따위를 사들고 집으로 돌아갔다. 진과 아이는 그를 향해 두 팔을 벌리고 뛰어왔다. 매일 미궁 속으로 걸어들어가는 기분이라고, 엠은 일기에 썼다. 이렇게 시간을 끌다 뒷덜미를 잡히고 말 거라고. 더 늦기 전에 떠나야 했다. 그는 지금껏 그때를 아는 감각으로 살아남았다.

진이 러시아 이야기를 꺼낸 그날, 한밤중에 들리는 어떤 기척에 한권사의 손자는 잠에서 깨어났다. 아이는 침대에서 일어나 창문으로 달려갔고, 대문을 나서는 엠의 뒷모습을 지켜보았다. 빗줄기가 거센데, 그는 대체 어디로 가고 있는 것일까. 아이는 마법사로서 무궁무진한 그의 능력을 익히 알고 있었다. 창가에 서 있던 아이는 곧 다시 침대로 돌아와 잠을 청했다. 엠과 함께 러시아에 가서 깊은 호수에 사는 용을 무찌르는 꿈을 꾸었다.

다음날, 사라진 엠을 찾아 서재로 들어온 진은 책상 위에 놓인 원고를 보았다. 그녀는 의자에 앉아 그것을 읽기 시작했다. 원고의 마지막 장에는 진의 유산이 들어 있는 지하철역 보관함 비밀번호가 적혀 있었다. 2415. 아무 뜻도 없는 숫자 네 개가 전부였다. 미안하다는 사과의 말 한 줄 없었다.

9. 가짜 거짓말

가을의 초입에 남편이 집에 돌아왔다. 구 개월 만에 재회한 남편은 어딘지 전과 달라 보였다. 마른 몸이 보기 좋게 그을었고, 키도 조금 더 커 보였다. 그런 이야기를 하자, 그는 머쓱하게 웃었다. 나쁘지 않은 시작이었다. 나는 그를 위해 오랜만에 부엌에서 몇 가지 요리를 만들었다. 딸애는 제 아빠가 돌아온 것이 믿어지지 않는지 자꾸만 그의 얼굴을 들여다보았다. 우리는 식탁에 마주 앉아 식사했다. 그는 뜨거운 국물을 먹으면서 연신 땀을 흘렸다.

식사 후, 남편의 트렁크에서 딸아이와 나의 선물이 줄줄 흘러나왔다. 그는 마치 긴 항해를 마치고 돌아온 선원 같았다. 집안을 낯설게 둘러보았고, 아직도 뱃멀미의 여파에 시달리는 듯 쉽게 앉을 곳을 찾지 못했다. 우리는 머뭇거리며 나란히 침대에 누웠다. 침묵과 어둠 속에서 조용히 숨을 내쉬다가 각자 잠이 들었다. 아침에 일어났을 때 침대 위에는 나 혼자였다. 부엌에서 아이와 두런두런 이야기를 나누는 남편의 목소리가 들렸다.

남편을 맞이하기 전에 나는 주말 내내 집을 청소했다. 진이 보내줬던 갖가지 자료들, 인터뷰 녹취록들이 사방에 널브러져 있었다. 나는 그간 지푸라기로 집을 짓는 새처럼 그것들을 끌어안고 있었지만, 글은 한 줄도 쓰지 못했다. 그 와중에 엠의 장례식이 있을 것이라는 말을, 진으로부터 들었다.

진은 그 소식을 전하기 위해 직접 내가 사는 동네까지 찾아왔다. 뜻밖에 그녀에게는 동행이 있었다. 직장 동료라는 미리엄이었다. 갈색 눈동자에 동그란 안경을 쓴 미리엄은 귀엽고 편안한 인상의 여자였다. 그녀는 요즘 진의 가족을 도와 장례식 준비를 하고 있다고 했다. 우리가 카페에서 이야기를 나눌 동안 미리엄은 멀찌감치 떨어져 책을 읽고 있었다. 진과 나는 둘 다 커피를 주문했다.

"장례식이라고요?"

"아이를 위해서예요. 그애는 그 사람이 돌아올 거라는 확신을 버리지 않고 있어요. 보고 있기가 고통스러워요."

"시신도 없이 장례를 치른단 말인가요?"

"그냥…… 의식인 거죠. 어머니도 어떤 식으로든 정리가 필요하다고 하시고요."

진은 모든 것을 내려놓은 듯 담담해 보였다. 헤어지기 전, 그녀는 내게 어떤 희망을 거는 듯 물었다.

"소설은 잘되어가나요?"

나는 아무렇지 않게 거짓말을 했다.

"네, 덕분에요."

엠의 장례예배는 일 년 전 그가 실종된 날에 맞추어 한권사의 교회에서 치른다고 했다. 나는 그 전날 안내문이 담긴 문자메시지를 받았지만, 그곳에 가볼 마음은 조금도 들지 않았다. 장례식이 가짜처럼 보이면 웃음을 참을 수 없을 것이고, 진짜처럼 보이면 두려움을 견딜 수 없을 것이었다. 나는 그의 죽음에 반감을 느끼고 있었다.

남편은 다음 학기까지 공식적으로 휴직 상태였다. 아무 일도 하지 않고 집에서 소일하며, 딸애와 시간을 보내는 나날이 계속되었다. 그와 나는 서로에게 최선을 다했다. 예전처럼 대화를 했고, 농담을 했고, 웃기도 했다. 하지만 결코 처음처럼 돌아갈 수는 없었다. 평온한 얼굴과 목소리, 수다스러운 말 속에도 깊은 침묵이 들어 있었다. 우리는 우아한 춤을 추듯 서로를 스쳐지나갔다.

엠의 장례식 날, 남편은 딸애와 함께 외출했다. 그들은 저녁이 되어야 들어올 거라고 했다. 나는 텅 빈 집에서 종일 번역 일에 매달렸다. 몇 번이나 마감을 늦춰야 했던 원고가 마침내 끝을 보이고 있었다. 과학 용어들로 가득했던 중반부를 넘어서자 점차 속도가 붙었던 것이다. 일에 빠져 있다가 정신을 차려보니 늦은 오후였다. 집안은 물속처럼 고요했고, 모든 것이 정지되어 있었다.

문득 허기를 느낀 나는 지갑만 든 채 밖으로 나섰다. 샌드위치나 김밥을 사러 가고 있는데, 갑자기 어디선가 닭튀김 냄새가 났다. 길 건너 깔끔한 외양의 호프집이 눈에 들어왔다. 충동적으로 그 안에 들어간 나는 닭튀김을 주문하고, 먼저 나온 맥주를 숨도 쉬지 않고 마셨다. 그때, 열댓 명의 젊은 아이들이 안으로 밀려들어왔다. 마치 뜨거운 용암이 흘러들어오는 것 같았다. 웃고, 떠들고, 비난하고, 서로의 이름을 부르는 소리가 작은 공간을 왕왕 울렸다. 이십대에 막 들어선 것으로 보이는 그애들은 젊고, 무지하고, 힘이 넘쳐 보였다. 이해할 수 없는 단어들이 웅웅 귀를 울렸다. 그 옆에서 화석처럼 굳어버린 나는 잠시 후 닭튀김을 포장해서 밖으로 나왔다. 순식간에 입맛이 사라져버렸다. 저녁 여섯시가 되었는데 아직 주위가 환했다. 갑자기 장례예배에 가야겠다는 생각이 들었다.

한적한 주택가에 자리잡은 그 교회는 오층 높이에 꽤나 규모가 큰 석조건물이었다. 오래된 나무들이 우거진 교회 초입의 게시판에는 장례예배 안내문이 붙어 있었다. 화환이 늘어선 길을 따라 예배당으로 들어가자, 파이프오르간 소리가 흘러나왔다. 막 예배가 시작된 참이었다. 앞에 앉은 한권사와 딸, 손자의 뒷모습이 보였다. 나는 제일 뒷줄의 끝자리에 조용히 앉았다. 빈 관이나 유골함이라도 놓여 있다면 정말 우스꽝스러우리라고 생각했지만 다행히 그런 것은 보이지 않았다.

목사는 슬픔에 잠긴 목소리로 망자의 연보를 훑어내려갔다. 이 유상은 러시아 선교사 가정에서 태어나 자란 믿음의 청년이었고, 촉망받는 소설가이자 한 여자의 남편, 한 아이의 아버지였다. 그는 이 가정에 따뜻한 사랑의 온기를 불어넣어주었다. 비록 그가 불의의 사고로 집에 돌아오는 길을 잃었으나, 사랑하는 아버지의 품으로 갔으니 영원히 그곳에서 쉴 것이다.

나는 잠시 고개를 돌린 진과 눈이 마주쳤다. 그녀는 나를 향해 살짝 고개를 숙여 보였다. 남편을 잃은 아내답게 수척한 얼굴이었다. 새하얀 와이셔츠와 검정색 반바지를 입은 소년이 그 옆에서 한권사의 손을 잡고 있었다. 그들은 각자 다른 대상을 애도하는 것처럼 보였다.

엠은 그 교회의 자랑인 성가대의 일원이었고, 성가대원들은 추모의 의미로 그가 좋아했다는 찬송가를 두 곡이나 불렀다. 화음이 제각각이라 들어주기가 힘든 실력들이었는데, 교회에서는 그런 것을 문제삼지 않는 듯했다. 그후, 한권사가 단상으로 나와 생전에 각별히 사랑했던 사위에 대한 짧은 추도의 글을 읽었다. 몇 명이 훌쩍이는 소리가 들렸고, 형식적인 제례는 그것으로 끝났다. 한권사는 예배에 참석한 사람들을 향해 감사의 말을 전한 뒤, 가까운 식당에 식사가 준비되어 있다고 말했다. 한권사의 학교 직원들, 교회의 교인들, 가까운 이웃들, 친척들이 주섬주섬 자리에서 일어났다. 그곳에 엠을 진정으로 알았던 사람은 단 한 명도 없었다. 나 역시 그들 중의 한 사람이 되어 무리를 따라갔다. 갑자기 눈앞이 어지러울 정도로 배가 고팠다.

홀이 넓은 한정식집은 금세 사람들로 가득찼다. 미리엄이 분주히 오가며 식당 안의 사람들에게 자리를 잡아주고 있었다. 다른 일행이 없었던 나는 여자들이 모여 앉은 테이블의 한구석에 자리를 잡았다. 모두 이웃이면서 같은 교회에 다니고, 같은 마트에서 쇼핑하며, 또 같은 피트니스센터에서 운동을 하는 무리였다. 그들은 엠의 실종을 두고 여러 가지 추측을 풀어놓으면서, 아무래도 여자 문제가 아니었겠느냐고 속닥거렸다. 그중 한 여자는 실제로 자기 친구의 남편이 유서까지 쓰고 자취를 감추었는데 십 년 후에야 남해의 섬마을에서 새살림을 차린 것이 발각되었다는 이야기를 흥미진진하게 풀어나갔다. 전 부인과 재회한 그 남자가 마치 죽은 누이를 만난 사람처럼 울더라는 대목에 이르러, 나는 조용히 자리에서 일어났다. 그 여자들은 그제야 내 존재를 알아차린 듯 고개를 들더니, 이내 흥미를 잃고 해독 다이어트에 대한 이야기로 옮겨갔다.

식당의 현관으로 나가자, 고인의 가족들이 나란히 서 있었다. 진이 한권사에게 나를 소개했다. 나는 고개를 숙여 인사했다. 진과 흡사한 이목구비에, 선이 더 굵어 보이는 인상이었다. 진은 한 권사 앞에서 어딘지 위축되어 보였다. 그녀가 자신의 어머니를 두려워한다는 생각이 들었다.

"작가님 이야기는 많이 들었어요."

한권사는 먼저 내게 손을 내밀었다. 기이할 만큼 메마른 손이었다. 나는 그 손을 잠시 잡았다가 놓았다. 진이 나를 배웅한다면서 따라나섰다. 음식점 문을 열고 나오자, 갑갑했던 숨이 트이는 듯했다. 우리는 한 블록 정도를 함께 걸었다.

"와주셔서 감사해요."

그녀는 조용한 목소리로 말했다.

"그 사람도 선생님이 왔다는 걸 알면 좋아할 거예요."

나는 말없이 고개를 끄덕였다. 멀리서 희미하게 풀벌레 우는 소리가 들렸다.

"여자라는 걸 알고 있었죠?"

나의 물음에 진이 걸음을 멈추었다.

"당신은 그 사람이 여자라는 걸 진작 알고 있었어요. 그래서 같이 집을 떠나자고 했던 거예요. 그렇지 않나요?"

그녀는 어둠 속에서 알 수 없는 표정을 지었다.

"……그게 중요한가요?"

진은 조용한 목소리로 내게 되물었다. 짧은 순간, 그녀와 나의 눈이 마주쳤다. 그녀는 고개를 떨어뜨렸다. 진은 바람에 흩날리는 머리칼을 쓸어넘기며 먼 곳을 바라보았다.

"어쨌든 상관없었어요, 전."

잠시 후, 음식점에서 나온 한권사가 그녀를 불렀다. 먼저 인사말을 건넨 사람은 진이었다.

"그 사람의 원고는 꼭 돌려주셔야 해요."

진은 다짐을 받듯 그렇게 말하고 뒤돌아 달려갔다. 그녀와 헤어진 뒤, 나는 근처의 낯선 주택가를 따라 무작정 걷기 시작했다. 여느 해의 가을처럼 공기는 기분좋게 청량했고, 바람은 선선했다. 잎사귀가 누렇게 변하기 시작한 나무, 노란색 불이 켜진 집, 텔레비전 앞의 노인, 열린 틈으로 흘러나오는 뉴스의 소식, 젊은 부부가 다투는 소리, 어두운 방에서 피아노를 치는 소녀…… 길을 걸어감에 따라, 그 풍경들은 내 뒤로 밀려나고 또 밀려났다. 나무와 담벼락과 길을 따라 나는 계속 걸어갔다.

집에 돌아오니 자정이 다 되어 있었다. 집안은 어둡고 조용했다. 거실에 조도가 낮은 조명이 하나 켜져 있을 뿐이었다. 신을 벗고 현관에 들어서자, 소파에 앉아 있던 남편이 고개를 돌려 나를 바라보았다. 그는 태블릿으로 책을 읽고 있었다.

"늦었군."

"일이 좀 있었어."

"그래, 피곤할 텐데 얼른 쉬어."

그는 가볍게 말하고, 자리에서 일어나 서재로 향했다.

"이 집에 왜 돌아온 거야?"

나는 낮은 목소리로 그에게 물었다. 그는 우뚝 멈춰 섰다.

"아직 나를 증오하잖아. 솔직히 말해봐. 나를 볼 때 어떤 생각이
드는지, 어떤 후회를 하는지, 어떤 기도를 하는지."

나는 그를 힐난하듯 몰아붙였다. 제대로 된 생각을 하기 힘들었
다. 종일 아무것도 먹지 못한 채 밤거리를 헤맸다. 극한의 허기와
피로가 더해져 도리어 나른하게 붕 뜬 느낌이었다. 남편은 이해할
수 없다는 표정으로 나를 바라보았다.

"내가 당신을 증오한다고 생각해?"

남편은 한참 만에 입을 열었다.

"천만에, 내가 증오하는 건 바로 나야."

그는 천천히 소파에 앉아 기다란 다리를 쭉 뻗었다.

"꼭 그날 같군. 한밤중에 집에 들어와 뜬금없는 고해성사를 했
잖아. 당신은 나를 가엾은 아이처럼 바라보았지. 하지만 당신이
몰랐던 사실이 있어."

그는 차분한 목소리로 말했다.

"나는 당신의 부정을 이미 알고 있었어."

그는 흔들림 없는 눈으로 나를 바라보았다.

"그건 마치 냄새 같은 거야. 숨기려고 해도 숨길 수가 없지. 처
음에는 나도 믿지 않았어. 어딘가 열린 창문으로 새어들어오는 냄

새라고 생각했어. 당신이 나에게, 우리가 서로에게, 그럴 수는 없다고 생각했지. 오피스텔 관리인의 전화를 받지 않았다면 끝내 그렇게 믿었을 거야. 관리인은 조롱의 기색이라고는 조금도 없이, 내게 그 집에 드나드는 남자에 대해 말해주었어. 오피스텔이란 장소에서는 그런 일이 자주 일어난다고, 덤덤하게 덧붙이더군. 그제야 모든 게 눈에 들어왔어. 당신의 어쭙잖은 거짓말, 가짜 약속들, 정황과 어긋나는 진부한 변명들. 당신은 집안에서도 발끝을 들고 걸어다녔지. 나는 아무것도 모르는 척 당신을 속였어. 변호사가 그렇게 해야 한다고 가르쳐주더군. 당신에게서 모든 걸 다 빼앗아올 수 있도록, 증거를 선점해서 확실히 매장시켜야 한다고."

남편의 얼굴에는 아무 감정이 담겨 있지 않았다. 아니, 그는 오히려 이전의 긴장감을 모두 덜어낸 듯 보였다. 무모하리만치 경계를 풀어버리고 있었다.

"녹음, 사진, 블랙박스 메모리, 그것들을 연료로 당신을 불태우는 상상을 하곤 했어. 놀라운 건, 내가 아무것도 느낄 수 없었다는 거야. 당신과 나, 우리가 얼마나 망가져버렸는지 실감이 됐지. 상관없었어. 나는 무덤을 지키듯 집을 지켰어. 그런데 당신이 어느 날 내 앞에 주저앉더니, 모든 걸 털어놓은 거야. 그동안 끌어모은 증거가 무색하게, 산증인이 나타난 거지. 그제야 비로소 수치심이 밀려오더군. 다음 순간 나는 깨달았어. 내 발밑이 이미 다 무너져버렸다는 걸."

그는 시선을 바닥으로 떨어뜨렸다.

"그 일은 내 안에 있던 남자로서의 자부심과 믿음, 그 근간을 다 부숴버렸어. 나는 이제 내가 누구인지, 무엇을 원하는지, 어디로 가야 할지 몰라서 벌벌 떠는 꼴이 되었어. 당신이 알던 그 사람, 그 남자는 이제 여기 없어. 난 껍데기고, 흔적이고, 흩날리는 재야. 그러니 이제 당신이 말해봐."

그는 부드러운 목소리로 내게 물었다.

"나라는 유령을 볼 때 어떤 생각이 드는지, 어떤 후회를 하는지, 어떤 기도를 하는지."

●REC

다시 볼 일이 없을 거라고 생각했는데, 이렇게 또 보는군요. 마지막에 본 게 장례식 때였으니, 두 달 만인가요? 소설을 쓴다고 들었는데, 별 소식이 없더군요. 딸애는 내심 그 책을 기다리는 것 같았어요. 그 끔찍한 일을 대체 왜 자꾸 끄집어내는 건지, 나로서는 도무지 이해할 수가 없더군요. 나는 되도록 과거를 생각하지 않으려고 해요. 좋았던 기억도 별로 없고, 우울한 건 질색이거든요. 그런데 요즘은 자꾸 옛날 생각이 나요. 잊고 있던 한 장면이 불쑥 떠오르기도 하고요. 나이가 들었다는 뜻이겠죠. 흐르는 세월을 서서히 깨달을 수 있으면 좋으련만, 시간은 꼭 한 뭉텅이씩 사라져버리죠. 그래서 폐허로밖에 발견되지 않는 거예요.

나는 결혼하고 일 년도 되지 않아 이혼했어요. 남편은 결혼 전부터 여자관계가 복잡했어요. 주변 사람들이 모두 입을 모아 말렸는데, 그땐 정말 그 사람한테 홀딱 반해서 제정신이 아니었죠. 대학을 졸업하기도 전이었는데, 내 인생, 내 미래 같은 건 안중에도 없었어요. 결혼하자마자 아이를 가졌지만, 그는 내 곁에 단 며칠도 머무르지 않았어요. 나는 결혼생활 내내 그의 연인들의 뒤를 쫓기만 했어요.

이혼하겠다고 말하니까, 아버지가 대뜸 뺨을 때리더군요. 이혼이 흔하지 않던 시대였죠. 어머니의 도움으로 딸애와 작은 방을 얻어 서울로 올라왔는데, 사람들의 눈초리를 견디기가 제일 어려웠어요. 나는 다시 교육대학에 들어갔고, 교사가 되었죠. 재혼은 한 번도 생각해보지 않았어요. 딸애가 내 전부였답니다. 종일 업무에 시달리다가도, 집에 돌아와서 보드랍고 나긋나긋한 아이의 몸을 껴안으면 모든 시름이 다 사라졌어요.

우리 딸을 보셨죠? 어렸을 때는 정말 천사처럼 사랑스러웠죠. 함께 길을 걸어가면, 다들 부러움과 감탄이 담긴 시선으로 나를 바라보았어요. 난 그애가 세상을 다 가질 수 있을 거라고 믿었어요. 적어도 삶을 선택하며 살아갈 수 있도록 이끌어주고 싶었죠. 하지만 그애는 어느 순간 내 품을 벗어나더니 걷잡을 수 없이 어긋나버렸어요. 책에서 손을 떼고, 가출을 밥 먹듯 하고, 걸핏하면 죽어버릴 거라고 나를 위협했죠. 몇 번인가, 그애 학교에서 교우 관계에 대한 심상치 않은 경고를 들었어요. 정확히 말하면 여자애들과의 관계였죠. 같이 화장실 칸에 들어가서 수상한 짓을 하다 들켰다고 하더군요. 딸애를 추궁하자, 어이없을 만큼 쉽게 수긍하더군요. 그때 처음으로 애한테 손찌검을 했어요. 엄마가 뭘 알아, 손자국이 벌건 얼굴로 나를 노려보며 그애가 말했죠. 사랑에 대해, 섹스에 대해, 엄마가 뭘 알지?

자식도 마음을 너무 상하게 하니까, 점차 포기가 되더군요. 아이가 중학교에서 퇴학당하고 자취를 감춘 후로는 교회에 매달려 살았어요. 그렇게 일 년이 지났을까. 어느 날 새벽 예배에 가려고 집에서 나왔는데, 딸애가 흰 눈을 소복이 맞고 서 있더군요. 나는 얼른 그애를 끌어안았어요. 아랫배 쪽에 뭉글뭉글한 것이 와 닿더군요. 산달이 다 된 몸이었어요. 딸애는 라면을 좀 끓여달라고 하더니, 허겁지겁 먹고는 아랫목에서 잠이 들어버렸어요. 조용히 그애를 지켜보다가 나 역시 깜빡 잠이 들었죠. 아이가 집을 떠난 후로 하루도 제대로 잠을 자지 못했거든요.

그날, 햇빛이 환하게 들어오는 방에서 우리 둘은 나란히 누워 깊은 잠을 잤어요. 깨어났을 때는 정신이 멍했죠. 꿈인가 했는데 꿈이 아니었어요. 옆에 누운 딸애를 보고 있노라니 모든 게 내 잘못이라는 생각이 들더군요. 다시는 그애를 잃어버리지 않겠다고 결심했죠.

딸애가 잠에서 깨어난 뒤, 나는 말했어요. 이 집에서 더이상 예전처럼 살아갈 수는 없다고요. 만약 여기서 살고 싶다면, 아기를 낳은 후 공부도 다시 하고 나와 같이 교회에도 나가야 한다고 했죠. 딸애는 이전의 혈기가 다 꺾였는지 순순히 승복했어요. 아기를 낳고 나서는 더욱 나에게 의지하는 것 같았어요. 검정고시도 성실하게 잘 치렀죠. 하지만 대학에 보낼 때는 다시금 실랑이를 해야 했어요. 더 배우고 싶은 것도 없고, 딱히 하고 싶은 일도 없다는 거예요. 다행히 사진에는 관심을 보여서, 겨우 달래고 달래 전문대 사진학과에 보냈어요.

딸애는 대학생활에 별 흥미를 느끼지 못하는 것 같았어요. 어쩌면 제 간섭이 너무 심했는지도 모르죠. 통금이니 외출 금지니 사춘기 아이처럼 제한을 했으니까요. 하지만 그때는 어쩔 수 없었어요. 아이가 언제라도 다시 엇나갈지 모른다는 생각에 두려웠거든요. 딸애는 내게 반항하듯이 친구도 애인도 사귀지 않았어요. 시간이 나면 집에서 아기와 뒹굴기만 했어요. 만약에 내가 밀어붙이지 않았다면 아무 일도 구하지 않았을 거예요. 나는 그애가 대체 무슨 생각을 하고 사는 건지 이해할 수가 없었답니다. 도무지 미래에 대한 꿈도 계획도 없는데다, 일체의 의지도 보이지 않았거든요. 집에만 처박혀서 입만 열면 피곤하다, 귀찮다, 같은 말뿐이었어요. 우리는 다시 싸우기 시작했어요. 생각이 너무 달라서 도무지 마음을 맞추기가 어려웠죠. 그애는 내가 자신의 삶을 조종하려고 하는 게 지긋지긋하다고 말하면서도, 전처럼 집을 뛰쳐나가지는 않았어요. 떠돌이 생활을 해보니 그나마 내 비위를 맞추는 편이 쉬운 길이라는 것을 깨달은 거겠죠.

재작년 겨울, 그애는 우울증을 심하게 앓고 있었어요. 약이 없으면 하루도 불안해서 견디지 못할 정도였죠. 누군가 자기를 죽이려 한다는 피해망상에 빠져 있었어요. 그래서 억지로 기도원에 밀어넣었던 거예요. 거기서 이유상 같은 사기꾼을 만나게 될 줄은 상상도 못했죠.

그 사람을 처음 봤을 때부터, 나는 왠지 마음에 들지 않았어요. 생긴 게 반질반질한 게 꼭 새하얀 조약돌 같더군요. 나는 매력적인 사람은 믿지 않아요. 그 안에 뭘 숨기고 있는지 알 수가 없거든요. 그래도 두고 볼 수밖에 없었던 건, 그 사람을 집에 달고 들어온 뒤 딸애 상태가 눈에 띄게 좋아졌기 때문이에요. 더이상 약이 필요 없을 정도로 공황 증상이 호전되었죠. 교회에 열심히 다닌다고 하니까, 가난하고 무능해도 잠시 교제하도록 두는 것도 나쁘지 않다고 생각했어요. 사귀다가 헤어질 수도 있는 거니까요. 그런데 곧장 결혼 소리가 나오더니, 반대하자마자 둘이 집을 나갔어요. 제 자식이라면 끔찍히 여겼던 애가 손자에게까지 연락을 끊어버렸죠. 돌아오지 않을지도 모른다는 생각이 들더군요. 결국 내가 질 수밖에 없었어요. 딸애를 잃어버리는 것보다는 그 근본 없는 남자를 받아들이는 게 더 낫다고 생각했죠. 그렇게 딸애를 결혼시키고, 전남편이 남긴 유산까지 넘겼죠.

　결혼 후 일주일도 지나지 않아서 그는 자취를 감추었어요. 그가 남겼다는 일기장을 딸애가 가져왔죠. 나는 그것을 수십 번도 더 읽어보았어요. 하지만 도무지 이해가 되지 않았어요. 대체 그는 무슨 말을 하고 싶었던 걸까요? 자신의 인생이 그토록 신산했으니, 이해를 바란다는 뜻인가요? 어쨌든 그는 딸의 유산만큼은 손대지 않았어요. 도망치면서 큰 선심이라도 쓰듯 그 돈을 남겨두었으니까요. 마치 고양이가 쥐를 가지고 놀다가 버리고 가는 것처럼 말이에요. 금전 문제가 엮이지 않았다는 이유로, 경찰도 수사에 큰 흥미를 보이지 않았죠. 사기죄로 엮기도 여의치가 않았어요. 당시 나는 반쯤 미쳐 있었어요. 그자를 잡아 죽여야 한다는 생각뿐이었죠. 당신의 소설을 신문광고에 실었던 것도 바로 나예요. 그자에 대한 사소한 단서라도 찾을 수 있다면 물불을 가리지 않았죠. 그런 나를 도리어 딸애가 붙잡아줬어요. 그토록 강한 아이인 줄 몰랐는데, 솔직히 놀랍더군요. 엠의 실종 이후 말할 수 없이 힘든 시간을 보냈던 딸애는 일 년 만에 넘어진 자리에서 손을 털고 일어났어요. 완전히 정리하기 위해서, 장례식을 치르고 싶다고 하더라고요. 더이상 돌아오지 않는 사람만 기다리며 살아갈 수는 없다고요. 아마 손자 녀석 때문이었을 거예요. 아이가 엠을 참 많이 따랐죠. 매일 문 앞에서 그가 돌아오기만 기다리고 있었으니까요.

　장례식을 치르고 나니 딸이나 나나 마음이 많이 정리되더군요.

지나간 일은 지나간 일. 나는 엠에 대한 고소를 취하하고, 흥신소나 사립탐정을 찾아가는 일도 그만뒀어요. 딸애는 무슨 바람이 불었는지 운전면허를 따겠다고 했어요. 그리고 얼마 안 되어서 빨간색 소형차를 뽑더니 곧잘 여기저기 운전을 하고 다니더군요. 우리는 다시 엠에 대한 이야기를 꺼내지 않았어요. 그게 최선이라고 생각했어요. 과거를 묻고, 그 땅을 밟고, 앞으로 나아가는 거라고요.

딸애가 집을 나간 건 한 달 전의 일이에요. 전처럼 마음이 틀어져 가출을 한 건 아니에요. 그애는 모든 걸 새롭게 다시 시작하고 싶다고 했어요. 자신이 정말로 원하는 게 뭔지 알아볼 시간이 필요하다고 했죠. 그간 여러 군데 집을 보러 다녔는데, 정말 살기 좋은 곳을 찾았다고 했어요. 빈말이라도 그애는 같이 가자는 소리를 하지 않았어요. 섭섭하기도 했지만, 그애를 이해할 수 있었어요. 아니, 솔직히 나는 그애가 자랑스러웠어요. 시련을 겪은 뒤로, 그애는 전보다 강해졌어요. 제 친부가 남겨준 유산만으로 충분하다면서 내 도움도 거절했죠.

"아버지도 아마 같은 뜻이었을 거예요."

그제야 그애가 나를 떠나려고 한다는 게 실감되었어요. 딸은 손자와 같이 차곡차곡 짐을 쌌어요. 빨간색 소형차에 한가득 짐을 싣고, 마지막으로 차에 올라 창문을 열고는, 나를 향해 손을 흔들었죠. 연락이 안 되어도 걱정하지 말라고 하더군요. 자신이 이 시기를 잘 지나갈 수 있도록 믿어달라고요.

아이들이 떠나고 텅 빈 집에서 나는 그날 새벽을 떠올렸어요. 눈이 내리던 새벽, 딸이 돌아왔던 새벽 말이에요. 그때 나는 똑같은 실수를 다시는 저지르지 않겠다고 다짐했었지요. 하지만 또다시 딸을 잃어버리고 말았어요.

딸을 만나러 오셨을 텐데, 넋두리가 너무 길어져서 미안하군요. 보시다시피 나는 이곳에 홀로 남았어요. 곧 내가 여기 있다는 사실을 아무도 기억하지 못하게 되겠죠. 혹시 딸의 소식을 알게 되면 저에게도 알려주세요. 딸아이는 당신의 오랜 팬이었어요. 당신이 발표하는 글이라면 모조리 찾아 읽었을걸요. 그애가 그런 이야기를 한 번도 하지 않던가요?

*

그해 겨울은 무척 추웠다. 11월부터 영하로 떨어진 기온에 집안의 수도가 얼어붙었다. 오래된 주택이라 난방을 세게 해도 어디선가 시린 바람이 새어들어왔다. 나는 이불로 몸을 친친 감고, 동면에 든 동물처럼 잠을 잤다. 자고 또 자도 졸리기만 했다. 번역 원고 마감일이 다가왔지만, 나는 거의 일을 진행하지 못했다. 출판사로부터 걸려오는 독촉 전화를 피하기 급급했다.

12월의 첫 주에 집으로 작은 상자 크기의 우편물이 왔다. 상자 안에는 내가 쓴 『난파선』의 첫 인쇄본이 들어 있었다. 우편물에는 보낸 사람의 이름 대신 주소만 적혀 있었다. 아무 연고가 없는 지명인데도 어쩐지 눈에 익었다. 기억을 한참 더듬다가, 나는 겨우 그곳이 어딘지 기억해냈다. 엠과 진이 사랑의 도피를 떠났던, 바로 그 마을이었다.

진에게 연락해보았지만, 그녀는 전화를 받지 않았다. 나는 곧바로 그녀의 집으로 찾아갔다. 텅 빈 집에서 홀로 걸어나온 한권사가 나를 맞아주었다. 그녀는 전보다 눈에 띄게 노쇠해 보였다. 세월이 갑자기 그녀를 밀치고 지나간 것 같았다. 한권사의 말에 따르면, 진은 이미 그 집을 떠났다고 했다. 연락처도 주소도 남기지 않아 연락할 길이 없다는 것이었다. 나는 그녀에게 내가 받은 소포에 대해 말하지 않았다. 소포의 발신자는 엠, 아니면 진, 아니면 그 둘 다일 것이었다. 그들이 함께 있을 거라는 생각이 강하게 들었다. 하지만 아직은 모든 게 추측일 뿐이었다.

나는 집에 돌아오자마자 짐을 꾸렸다. 지방에 잠시 다녀올 일이 있다고 하자, 남편은 무심한 얼굴로 무슨 일이냐고 물었다.

"누굴 좀 만나려고."

그는 뭔가를 더 묻고 싶은 것처럼 보였지만, 이내 입을 다물고 고개를 끄덕였다.

남편이 내게 진실을 털어놓은 그날 밤 이후, 나는 더이상 그를 똑바로 마주볼 수 없었다. 남편은 나의 부정을 알고 있었다. 그는 나를 파멸시키기 위해 오랫동안 증거를 모았다—그 사실을 몇 번이고 속으로 되뇌어보았다. 분노의 감정은 한 터럭도 일어나지 않았다. 다만 나는 그 사실이 놀라웠다. 밤이면 어둠 속에서 잠든 남편의 얼굴을 한참 동안 바라보았다. 그의 얼굴은 시시각각 낯설고 친근하게 바뀌었다. 이제 우리는 누구의 용서도 받을 수 없었다. 누가 누구를 용서한단 말인가.

 P시까지는 시외버스로 꼬박 한나절이 걸렸다. 터미널에서 내려 택시를 잡았는데 기사가 주소를 보더니 내키지 않는다는 듯 인상을 찌푸렸다. 관광지도 아닌 외진 마을이라, 다시 시내로 나오려면 족히 반나절이 걸린다는 말이었다. 할 수 없이 차를 왕복으로 이용하기로 하고 요금을 흥정했다. 창밖으로 빛나는 바다가 스쳐 지나갔다. 나는 아무 단서도 없이 엠과 진을 찾으러 가고 있었다. 그곳에서 뭘 찾고자 하는지 자문해보았으나, 아무 대답도 떠오르지 않았다. 대답은 그들이 줄 것이라고 생각했다. 다시 만난 엠과 진, 그들이 그곳에 함께 있기만 하다면.
 내비게이션이 안내를 멈춘 곳은 황량한 오솔길의 초입이었다. 택시기사는 투덜대며 차를 세웠다. 여기서부터는 차로는 갈 수 없는 길이니, 직접 걸어가야 할 거라고 했다. 내비게이션 화면의 반짝이는 화살표에 따르면 목적지가 가까웠다.
 "오래는 기다릴 수 없으니 알아서 하쇼."
 나는 가방을 메고, 좁은 길을 따라 걷기 시작했다. 두꺼운 코트를 입고 온 것도, 딱딱한 가죽구두를 신고 온 것도 후회스러웠다. 드문드문 낡은 집이 눈에 띄었지만, 전체적으로 황량한 기운이 도는 마을이었다. 낮은 돌담이 둘러쳐진 전형적인 농가에, 사람은 한 명도 보이지 않았다. 마을의 이름 말고는 정확한 주소를 몰랐기 때문에 어디로 가야 할지 갈피를 잡을 수 없었다.

그 주변을 얼마나 서성였을까. 지팡이를 짚고 걸어오는 노파를 만났다. 나는 노파에게 진과 엠의 인상착의를 설명하며, 혹 마을에 새로 들어온 젊은 사람들이 없는지 물었다. 이야기가 끝나기도 전에 노파는 잘 안다는 듯 고개를 끄덕이더니, 나의 등 뒤쪽을 손짓해 보였다. 서 있는 곳에서 백 미터 정도 떨어진 거리에 있는 푸른 지붕의 집이었다. 집의 대문이 활짝 열려 있었다.

나는 문을 두드리거나 기척을 내지 못하고 숨을 죽인 채, 안을 들여다보았다. 마을의 다른 집들과 달리 일견 다듬어진 외양이었다. 안채로 들어가는 길에는 잿빛 조약돌이 깔려 있었고, 넓은 평상 옆의 은행나무에는 금빛 종이 매달려 있었다. 건물 외벽에는 그림이 그려져 있었다. 붉은 석양 빛을 받은 해변과 갈매기, 돛단배 그림이었다. 마당 한쪽에 서 있는 아동용 자전거와 킥보드가 눈에 띄었다.

그때 갑자기 방문이 열리더니, 누군가 밖으로 나왔다. 나는 도둑질을 하다 들킨 사람처럼 몸을 숨겼다. 진이었다. 그녀는 뭔가 재미있는 이야기를 들은 듯 크게 웃고 있었다. 그리고 누군가가 그녀의 어깨에 손을 올리며 뒤따라 나왔다. 나는 처음에 그 사람이 누구인지 알아보지 못했다. 아니, 누구인지는 알았지만 그가 왜 그곳에 있는지 이해할 수 없었다.

미리엄. 나도 몇 번 마주친 적이 있었던 진의 직장 동료. 진과 미리엄은 얼굴을 맞대고 무슨 말을 속삭이고 있었다. 그들은 서로의 손을 잡고, 허리를 기대고, 웃음기 실린 눈빛을 교환했다. 연인의 모습이었다. 오해의 여지가 없었다. 나는 몸이 떨리는 것을 느꼈다. 그때 미리엄이 나를 발견했다. 진은 뒤늦게 고개를 돌려 나를 바라보았다. 나는 정말로 어떤 표정을 지어야 할지 몰랐다.

진은 조금 놀랐지만, 당황한 기색은 없었다. 이 상황을 충분히 예상했다는 듯 담담하게 나를 맞아들였다.

"선생님이 찾아오실지도 모른다고 생각했어요."

그녀는 직접 문밖으로 걸어나왔다.

"들어오세요. 누추한 곳이지만."

나는 그녀가 이끄는 대로 집안으로 들어갔다. 생각보다 작은 방 안에 간소한 살림살이가 단정하게 정리되어 있었다. 그리고 몇 장의 사진들. 진과 미리엄이 함께 있는 사진이었다. 선명하고 환한 두 얼굴. 엠은 어디에도 없었다. 오직 그들뿐이었다. 진이 처음부터 나를 속인 것이다. 그녀가 모두를 속인 것이다. 깨달음이 차례로 찾아들었다.

"앉으세요."

진은 내게 방석을 내밀었다.

"······이유미는 지금 어디 있죠?"

나는 고집스레 선 채로 물었다.

"몰라요."

진은 짧게 대답했다.

"집을 떠난 후로는 한 번도 연락을 하지 못했어요."

"대체 이게······ 당신들은 무슨 관계죠?"

나도 모르게 거친 목소리가 흘러나왔다.

"그 사람과 저는 계약관계였어요."

"계약관계?"

"책임과 그에 따른 대가가 명시된 관계였으니까요."

진은 순순히 시인했다.

"가짜 결혼과 돈 말이에요."

무릎에 힘이 풀려 더이상 서 있기가 힘들었다. 나는 그녀가 내
준 방석 위로 주저앉았다.

"유산을 받기 위해 연극을 했다는 말이군요."

나는 사실을 확인하듯 천천히 내뱉었다.

"하지만 왜 나에게까지 거짓말을 한 거죠?"

"제가 선생님을 어떻게 믿어요?"

진은 무심한 목소리로 되물었다.

"선생님한테 사실대로 말했다가, 어머니한테 알려지면 어떻게 하고요. 이 일에 얼마나 오랜 시간 공을 들였는데요."

"이제 와서 사실을 밝히는 이유는……"

"다 끝났으니까요."

진은 조용히 대답했다.

"저희는 곧 이곳을 떠날 거예요. 그전에 선생님께 진실을 알려 드리고 싶었어요. 책을 쓴다고 하셨잖아요."

그때 노크 소리가 나더니, 미리엄이 차를 들고 들어왔다. 그녀는 내게 고개를 까딱해 보였지만, 나는 그 여자의 눈을 제대로 볼 수조차 없었다. 전에 몇 번 봤던 얼굴인데, 그때와는 분위기가 완전히 달랐다. 그녀는 진에게 자신은 아이와 함께 있겠다고 속삭이고 방에서 나갔다. 귤차의 은은한 향기가 공기중에 퍼졌다. 진은 천천히 내 앞의 잔에 차를 따라주었다.

"이 사기극에서, 이유미의 배당금은 얼마나 되는 거죠?"

사기극이라는 말에 진의 몸이 움찔 떨렸다.

"꼭 돈 때문이었다고는 생각하지 않아요. 제가 먼저 그 사람을 도왔고, 그다음에 그 사람이 나를 도왔죠. 저는 우리가 서로에게 꼭 필요한 것을 주고받았다고 생각해요."

그녀는 기억을 떠올리듯 고개를 기울였다.

"기도원에서 만났을 당시 그 사람은 막 죽음에서 삶으로 건너온 것처럼 보였어요. 퀭한 얼굴에 두 눈만 기이하게 빛나고 있었죠.

기도원 사람이 아니라는 것을 한눈에 알아볼 수 있었어요. 저는 그 사람을 몰래 숨겨주고, 먹을 것을 주었어요. 기운을 차리고 다시 일어날 수 있을 때까지 보살펴준 거예요. 처음엔 그게 전부였어요. 그런데 깨어난 그 사람이 제게 묻더군요. 왜 그렇게 울며 기도하느냐고요."

진은 차를 한 모금 마시고, 말을 이었다.

"당시 저는 제대로 숨을 쉬는 게 힘이 들 만큼 깊은 우울에 빠져 있었어요. 수입이 너무 보잘것없는 일을 하고 있었으니까, 아이를 내 뜻대로 키울 수 없었으니까, 동성의 애인을 몰래 숨겨두고 만나야 했으니까, 아버지가 누군지도 모르고 외롭게 자랐으니까…… 이유를 찾자면 끝도 없겠죠. 결국 모든 게 어머니로부터 자립하지 못한 탓이었어요. 아이와 애인을 데리고 멀리 도망치고 싶다는 생각을 하루에 수십 번도 더 했어요. 하지만 여의치 않은 일이었죠. 가난한 동성 커플이 아이를 키우며 살아갈 만한 곳이 어디라고 생각하세요? 아버지가 남긴 유산이 있었지만, 결혼을 해야 받을 수 있는 돈이니 그림의 떡이었죠. 신도 나를 도울 수 없을 거라고, 나는 말했어요. 그러자 그 사람이 대답했죠. 자기는 신이 아니지만 나를 도울 방법을 알고 있다고요."

그녀는 쓰게 웃었다.

"그 사람의 이야기는 놀라웠어요. 한 번도 가능하다고 생각해본 적 없는 이야기였죠. 그 사람은 자신이 여자로 태어나 남자가

232

되었다고 했어요. 그에게 특별한 재능이 있는 것은 분명해 보였어요. 저와 미리엄, 아이를 다 함께 구할 수 있는 재능이었죠. 저는 그 사람이 내 오랜 기도의 응답이라고 생각했어요."

"당신은 그 사람을 이용했을 뿐이에요."

나는 진의 말을 자르고, 차갑게 내뱉었다.

"선생님은 그렇지 않은가요?"

진은 그렇게 물으며 나를 똑바로 바라보았다.

"그게 아니면 왜 여기까지 찾아오신 거죠?"

어떻게 그 길을 돌아왔는지 모르겠다. 나는 반쯤 얼이 빠져 걷다가 그만 언 땅을 잘못 디뎌 넘어지고 말았다. 발목이 접질리면서 살얼음이 낀 웅덩이로 미끄러진 것이다. 젖은 발과 다리를 타고 냉기가 올라와, 온몸이 덜덜 떨리기 시작했다. 다리를 절룩거리며 되돌아오는 나를 보고 택시기사가 말없이 차문을 열어주었다.

서울에 도착했을 때는 늦은 저녁이었다. 나는 터미널 근처 카페에 들어가서 커피를 주문했다. 생각을 정리하기 위해서였다. 하지만 줄곧 머릿속이 뒤엉켜 아무 생각도 할 수 없었다.

내가 느끼는 고통에 가까운 상실감이 무엇 때문인지 알 수 없었다. 나는 그들이 그곳에 함께 있기를 바랐다. 이유미가 진에게 돌아와, 마침내 삶의 빛나는 대목에 이르렀다는 것을 확인하고 싶었다. 만약 그들에게 구원과 회복이 가능하다면, 나 역시 그러할 것이므로. 하지만 그것이 불가능한 바람이라는 것을 나는 뒤늦게 깨달았다. 테이블의 맞은편 벽에는 고흐의 〈오베르 쉬르 우아즈의 교회〉 복사본이 걸려 있었다. 곧 앞으로 쏟아질 것처럼 위태로운, 출구가 없는 그 교회를 나는 멍하니 바라보았다.

집에 돌아왔을 때는 자정이 가까운 시간이었다. 예정대로라면 저녁시간에 맞춰 집에 돌아왔어야 했는데, 한참이나 늦어진 것이었다. 아이와 남편은 잠들어 있었다. 캄캄한 집에 들어선 나는 조용히 부엌으로 향했다. 외투를 벗고, 라면을 끓이려고 물을 올리는데 남편이 방에서 나왔다.

"안 잤어?"

"지금 막 깼어."

라면을 먹겠냐고 묻자 남편은 선뜻 그래, 라고 말하며 식탁에 앉았다. 나는 냉장고에서 파를 꺼내 썰었다. 우리는 아무 말도 하지 않았다. 라면을 다 먹을 때까지, 한마디 말도 하지 않았다. 조용한 부엌에 후루룩후루룩, 면을 먹는 소리만 울렸다. 머리를 맞대고 뜨거운 음식을 먹고 있으니, 우리가 아무 문제 없는 평범한 부부 같았다. 지난 일들이 전부 거짓말 같았다. 하지만 더이상 이렇게 아이처럼 눈속임을 하며 지낼 수는 없었다.

"미안해."

빈 그릇을 앞에 두고, 나는 남편에게 말했다.

"아직 당신에게 사과하지 않았지. 당신을 속인 거, 내 자리를 지

키지 못한 거. 우리 모두가 여기까지 온 것에 대해서.''

그는 나를 가만히 보더니 고개를 저었다.

"누구 한 사람이 잘못한 일도, 사과할 일도 아니야."

"당신을 사랑하지 않아."

갈라진 목소리로, 나는 말했다.

"분명 사랑했는데, 어느 순간 사랑이 사라져버렸어. 아마 나는 누군가의 아내, 어머니가 될 자질이 없는 사람이었나봐. 예전에는 그 사실을 인정할 수 없었어. 두려웠거든. 그래서 당신을 속이고, 거짓말을 했던 거야."

나는 목이 메어 더이상 말을 잇지 못했다. 남편이 테이블 위에 올라와 있던 나의 손 위에 자신의 손을 얹었다. 그런 식의 접촉이 너무나 오랜만이라, 그 낯선 감각에 나도 모르게 눈물이 솟았다.

"괜찮아."

그의 큰 손이 나의 손을 토닥였다.

"더이상 말하지 않아도 돼."

우리는 잠시 그대로 머물러 있었다. 하지만 곧 새벽이 지나가리라는 것을 알고 있었다. 그때에는 일어나 각자의 자리로 돌아가야 하리라는 것도.

10. 제로의 가능태

　'오랜 시간 내가 간절히 바란 것은 오직 하나, 진짜 내가 누구인지를 잊어버리는 것이었다. 변장과 거짓말을 실제라고 믿는 정신 착란에 빠지는 것. 그랬다면 이토록 여러 번 죽음을 경험하지 않아도 되었을 것이다. 허상이라도 딛고 설 땅이 있었을 것이다. 하지만 모두를 속일 때도 나는 알고 있었다. 이것은 무대이며, 도처의 아름다운 사물들도 결국 소품에 불과하다는 것을.'

　엠은 일기의 말미에 이렇게 썼다. 그 일기도 가짜로 판명되었다. 엠은 알리바이를 위해 그 기록을 남겨두었다. 나중에라도 한 권사가 의심치 않도록 사건의 앞뒤를 정확히 보여줄 일지가 필요했던 것이다. 그들이 연출한 로맨스에 모두가 속아넘어갔다. 별달리 애를 쓸 필요도 없었다. 사람들은 언제라도 로맨스에 감응할 준비가 되어 있다. 그것은 가장 쉽고 빠른 마취제다. 그들은 그렇게 사기극을 완성했다. 하지만 어떤 사기극이든 진실을 담보하기 마련이다. 그러지 않고는 사람들을 속여넘길 수 없다. 엠의 일기가 그랬다. 엠이 기록한 하루하루, 그 속에 이유미의 그림자가 있었다.

나는 거짓말을 하는 기분을 알고 있다. 스스로를 진실에서 배제시키고, 거짓말쟁이라고 낙인찍고, 어둡고 습한 자기혐오의 늪에 가둘 때 느껴지는 작은 쾌감도 있다는 것을 잘 알고 있다. 어쩌면 그래서 이유미에게 관심이 갔던 것이다. 우리가 동종의 인간일지도 모른다는 호기심과 두려움이 나를 그녀에게 이끌었다. 하지만 이제 나는 그녀가 누구인지 짐작도 할 수 없었다.

P시에서 돌아온 후, 나는 한동안 몸살을 앓았다. 약에 취해 까무룩 잠들었다가, 이마에 올라온 서늘한 손의 감촉에 몸을 떨고는 했다. 며칠이 지난 어느 새벽녘 나는 잠에서 깼다. 방안은 해 뜨기 전의 희부연 빛으로 가득차 있었다. 나는 후들거리는 걸음으로 거울 앞에 가서 섰다. 거칠고 야윈 얼굴의 그 여자는 눈빛만이 형형했다. 문득 모든 게 변했다는 사실을 깨달았다. 고열을 앓으면서 내 안의 무엇인가가 함께 증발해버렸는지도 몰랐다.

작업실을 정리하겠다고 했을 때, 남편은 자신도 돕겠다고 나서서 나를 놀라게 했다. 어쨌든 그를 물리칠 수는 없었다. 청바지에

맨투맨 티셔츠를 입은 남편은 오래전의 그 진중하고 요령 없는 유
학생과 닮아 보였다. 우리는 낡은 목장갑을 끼고, 그 방의 가구들
을 하나하나 끄집어냈다. 남편은 서두르지도 않았고, 능장을 부리
지도 않았다. 물 한 모금도 마시지 않고, 말 한마디도 없이, 차분
히 방을 비워나갔다.

"빠뜨린 것이 없는지 잘 봐."

마지막으로 창문을 닫고, 그 방에서 나오기 전에 남편은 내게
말했다. 인부가 짐을 실은 트럭을 타고 떠난 뒤, 그와 나는 승용차
에 올랐다. 그는 시동을 건 후, 잠시 뒤로 머리를 기대며 눈을 감
았다. 괜찮으냐고 묻자, 좀 피곤할 뿐이라고 대답했다. 나는 혼자
해도 되는 일인데 괜히 왔다고 그에게 말했다. 그는 아무 말도 하
지 않았다. 잠시간 그렇게 눈을 감고 있던 그는 갑자기 허리를 일
으켜세우더니 콘솔 박스에서 인공 누액을 꺼냈다. 안구건조증 때
문에 근래 자꾸 눈이 부시고 앞을 보기가 괴롭다고 하면서, 그는
가짜 눈물을 줄줄 흘렸다. 퇴근길 지체가 시작된 도로는 자동차로
가득했다. 우리는 곧 있을 딸애의 크리스마스 발표회, 아이가 맡
은 연극의 배역, 무대의상에 대해 이야기했다. 신호에 걸려 멈춰
설 때마다 그는 눈두덩을 손으로 문질러댔다.

집에 도착한 후, 우리는 저녁으로 중국음식을 배달시켜 먹었다.
음식은 하나같이 달고 기름졌다. 종일 베이비시터에게 맡겨져 있
었던 딸애는 굳은 얼굴로 음식을 깨작거렸다. 남편이 실없는 농

담을 던졌으나, 아무도 웃지 않았다. 식탁을 치운 후, 나는 사과를 두 개 깎았다. 남편은 딸애의 방에서 단둘이 이야기를 나누고 있었다. 내가 들어서자, 둘은 이야기를 뚝 멈추었다. 나는 사과를 담은 접시를 그들 앞에 내려놓았다.

잠시 후, 아이 방에서 나온 남편은 베란다에 나가서 담배를 태웠다. 어둠 속에서 명멸하는 붉은 빛이 허공을 맴돌았다. 바람이 많이 부는지 창밖의 나무들이 위태롭게 흔들렸다. 그는 뭔가를 간절히 기다리고 있는 사람처럼 보였다. 나는 그의 시선을 따라 차갑고 먼 어둠 저편을 바라보았다.

"나는 이만 가볼게."

남편은 옷걸이에 걸려 있던 겉옷을 챙겨들었다. 나는 그를 현관까지 배웅했다.

남편이 자신의 짐을 챙겨 집에서 나간 것이 일주일 전의 일이었다. 우리가 헤어지기로 한 것에 대해 딸은 심하게 반발했다. 꽉 닫힌 아이 방 문 앞에서 망설이다가, 그는 집을 나갔다. 나는 그의 자동차가 떠나는 모습을 지켜보았다.

이혼 수속 이후 남편은 내게 대출금이 반 이상 묶여 있는 이 집을 넘겨주었다. 향후 양육비를 일절 받지 않는 조건이었다. 계산을 끝내자, 우리 사이에는 남은 것이 없었다. 지난번과 달리 남편은 자신의 물건을 단 한 점도 남겨두지 않았다. 거실과 방안 곳곳을 메우고 있던 그의 책과 책장이 줄줄이 실려나간 후, 집안은 어던지 살풍경해졌다. 그 탓인지, 나는 전에 없이 남편이 나오는 꿈을 자주 꾸었다. 꿈속에서 우리는 아직 어린 딸애를 데리고 피크닉을 갔다. 나른한 봄볕 아래 도시락을 먹고, 가벼운 포옹을 나누고, 아이를 보며 환하게 웃었다. 꿈에서 깨고 나면 명치 부근이 간지러웠다. 그래도 나는 그에게 연락하지 않았다. 일주일에 한 차례 걸려오던 전화마저 끊어진 뒤, 우리는 완전히 타인이 되었다.

우리는 좀더 노력해볼 수도 있었다. 시간을 두고 흩어진 것들이 제자리로 돌아올 때까지 기다려볼 수도 있었다. 나중에는 모든 것이 인생의 과정이었다고 추억할 수도 있었다. 하지만 우리는 그러지 않았다. 그 모든 삶의 가능성을 단번에 잘라내고, 차라리 민둥산처럼 헐벗는 쪽을 택했다. 삶을 믿지 못해서가 아니었다. 그것 말고는 처음으로 돌아갈 길을 찾을 수 없었기 때문이다. 처음으로 돌아가지 않고서는 다시 시작할 수 없었기 때문이다.

남편의 자동차가 떠난 후, 나는 딸의 방문을 두드렸다. 아이는 이불을 머리끝까지 뒤집어쓰고 누워 있었다. 이름을 불러도 대답하지 않았다.

"우리, 거실에 크리스마스 트리를 만들면 어떨까?"

나는 침대 발치에 앉아 말했다.

"이 집에 이사 왔던 첫해부터 크리스마스 트리를 만들고 싶었는데, 번번이 일이 생겼잖아. 누군가가 집을 떠나거나, 감기에 걸리거나, 다른 일정이 생겨서 말이야. 그러니까 올해는 무슨 일이 있어도 미루지 말고, 크리스마스 트리를 만들자."

아이는 말이 없었다. 이불 속에 들어 있는 작은 몸이 거친 숨으로 들썩거렸다.

"아빠랑 헤어져서 속상한 거 알아."

나는 아이를 향해 속삭이듯 말했다.

"나도 오래전에 정말 소중한 누군가와 헤어진 적이 있거든. 꼭 너만큼 사랑했던, 너만큼 작고 예쁜 누군가였어. 나는 그 사람을 잃어버린 후 전보다 약하고, 의기소침한 사람이 되었어. 하지만 그게 꼭 나쁜 건 아니야. 내 삶에 그 사람의 자리를 남겨놓을 수 있거든."

아이는 여전히 말이 없었다. 잠시 후 내가 자리에서 일어나려고 했을 때, 아이가 이불 속에서 웅얼거리는 목소리로 말했다.

"트리를 만들기에는 너무 늦었어요."

아이는 이불 밖으로 발갛게 달아오른 작은 얼굴을 내밀었다.

"크리스마스가 일주일밖에 안 남았잖아요."

"뭐 어때. 너랑 나랑 좋으면 되지."

"언제요?"

"지금, 바로 지금."

나는 크리스마스 다음날 태어났다. 예정일이 한참 남아, 아무 생각 없이 강원도의 본가를 찾았던 아버지와 엄마는 결국 산골의 작은 병원에서 나를 낳았다. 출산용품도 따로 준비하지 못해서, 갓난아이를 담요에 둘둘 말아 왔다고 한다. 눈이 많이 내려서 차가 다닐 수도 없는 산길을 부부가 아이를 안고 조심조심 걸어왔다는 것이었다. 깊은 산속, 고요한 아침, 사방에 내린 하얀 눈, 갓난아기를 품에 안은 젊은 부부. 해마다 내 생일이면 엄마와 아버지가 그날의 이야기를 해주었다. 두 사람이 논쟁이나 이견 없이 꺼내 보는 유일한 추억인 셈이다.

이혼 수속이 끝났지만, 아버지와 엄마에게는 아직 해결되지 않은 감정의 찌꺼기가 남아 있었다. 할리우드식의 쿨한 친구관계로 진전될 여지는 전혀 없었다. 즉, 나는 앞으로 철새처럼 이 집 저 집을 전전해야 할 것이라는 뜻이었다.

생일 전날에는 아버지와 저녁을 먹고, 그 전날에는 엄마와 저녁을 먹었다. 두 사람은 아닌 척하면서도, 은근히 서로의 소식을 궁금해했다. 엄마는 요양사 자격증을 딸 계획이었는데, 그 말을 들은 아버지는 그걸로 목구멍에 풀칠이나 하겠느냐고 혀를 찼다. 아버지는 서재를 새로 꾸미면서 수백 권의 장서를 들여놓았는데, 그 말을 들은 엄마는 다 죽게 생긴 암환자가 책이나 읽고 있느냐고 한숨을 내쉬었다. 따로 떨어뜨려놓고 보니, 두 사람이 어떻게 그 긴 시간을 함께 살았는지 의아할 정도였다.

남편이 동행하지 않은 것에 대해, 나는 각각 거짓말로 얼버무렸다. 아버지와 달리 엄마는 뭔가를 눈치챈 듯 표정이 미묘하게 변했다. 하지만 그에 대해 더이상 묻지는 않았다. 저녁을 먹고 난 뒤, 나는 엄마의 오피스텔 부엌에서 설거지를 도왔다.

"이제 소설은 쓰지 않는 거니?"

엄마는 방금 생각났다는 듯 아무렇지 않게 물었다.

"왜요?"

"……읽고 싶어서."

엄마는 무심하게 그 말만을 남기고 손을 씻었다.

집에 돌아온 나는 『난파선』을 처음부터 끝까지 읽어보았다. 오래전, 그 소설을 쓸 때의 기억이 떠올랐다. 그 소설은 끓어오르는 감정을 퍼 담기에 급급한 졸작이었다. 하지만 그 미숙한 감상의 이면에는 그것을 글로 쓸 수 있다는 믿음, 그것이 헛되지 않다는 믿음이 있었다. 나는 검은 표지에 새겨진 새하얀 나선의 빛을 손으로 더듬어보았다. 그것은 바다 밑에 잠긴 배 위에 매달린 돛의 음영, 혹은 버려진 책을 집어든 단 한 사람의 공감, 끝없이 실패하면서 다시 시작하는 제로의 출발선이었다.

*

엠의 이름을 뭐라고 불러야 할까요. 아직도 그걸 잘 모르겠어요. 이유미라고 부르면 그 사람이 아닌 것 같고, 이유상이라고 부르면 제가 뭔가를 속이고 있는 듯한 기분이 들어요. 선생님은 제가 그 사람을 이용했을 뿐이라고 하셨죠. 그때는 발끈했지만, 돌이켜볼수록 그 말을 부인할 수 없다는 생각이 들어요. 그것이 바로 그의 이름을 뭐라 부를지 몰라 망설이는 이유겠죠.

우리는 친구가 아니었어요. 일 년 가까이 함께 있었고, 누구에게도 보여주지 못한 치부를 공유했지만, 단 한 순간도 친구는 아니었죠. 그렇다면 우리는 어떤 관계였을까요. 저는 뒤늦게 스스로 질문해보는 거예요.

그 사람을 만나기 전, 제 삶은 어긋난 큐브 퍼즐 같았어요. 언제부터였는지는 모르겠어요. 늘 제가 실패자라는 생각을 달고 살았죠. 어머니는 저에게 기대하는 게 많았는데, 저는 한 번도 그 기준에 도달하지 못했어요. 거기 닿아보려고 몸부림을 쳤지만 번번이 어머니를 실망시켰어요. 그리고 마침내 조금씩 포기하게 되었죠. 십대 때는 가출을 밥 먹듯 하고, 내키는 대로 살았어요. 저는 삶에 별다른 애착이 없었어요. 적당히 이어가다 끊어지면 그뿐이라고 생각했죠.

집으로 돌아온 것은 아이 때문이었어요. 저는 평생 남자들을 증오했는데, 거리생활을 하다가 그만 원치 않는 아이를 가지게 되었죠. 아이와 살아갈 길이 막막해서 어머니에게 돌아갈 수밖에 없었어요. 아이를 원망했던 건 아니에요. 그즈음엔 저도 노숙에 진력이 나서, 어머니한테 들러붙는 쪽이 훨씬 편하다는 걸 충분히 알고 있었거든요. 다만 그 집으로 돌아온 이후 저는 줄곧 가면을 쓰고 지냈어요. 아무런 소망도 바람도 없이, 어머니의 규칙에 따라 살았죠. 연인과 도둑처럼 만나면서 겨우 하루하루를 연명했어요. 기도원에 갔을 때, 저는 움직이는 시체 같은 존재였어요. 그런데 그곳에서 저와 똑같은 표정을 짓고 있는 사람을 만난 거예요. 그 사람이 제 인생을 완전히 바꾸어놓을 것이라고는 상상도 하지 못했죠.

엠, 그 사람은 타고난 거짓말쟁이였어요. 말을 하는 데 능숙했고, 자기 감정을 잘 감추었죠. 사교적인 사람처럼 보였지만, 자기 이야기는 잘 하지 않았어요. 자신이 정해놓은 엄격한 규칙 안에서만 움직였죠. 계산되지 않은 상황은 병적으로 피했어요. 정체가 들통날지도 모른다는 생각 때문이었겠죠. 그 사람은 제 앞에서 단 한 번도 긴장을 풀지 않았어요. 그만큼 주도면밀했다기보다는, 그냥 그런 식으로 관계를 맺을 줄 모르는 사람 같았어요. 저는 상관하지 않았어요. 그가 자신의 역할을 잘해준다면 그뿐, 친구가 필요한 것은 아니었으니까요.

우리가 집을 나와 단둘이 지낸 시간이 있다는 것을 알고 계실 거예요. 마치 막간에 무대 뒤에서 대기하는 배우들처럼, 우리도 잠시 서로의 역할에서 벗어날 수 있었죠. 어마어마한 양의 대본과 지시문에서 벗어난 느낌이었어요. 그곳에서는 거짓말이 필요 없었어요. 가짜 웃음과 제스처, 움직이기 전에 확인해야 할 동선도 필요 없었죠. 하지만 바로 그 이유로 우리 사이에는 완전히 대화가 단절되고 말았어요. 점차 그 침묵이 당혹스러워지더군요.

빈집에서 보름이 넘게 지내는 동안, 우리는 각자의 방에서 따로 생활했어요. 그 사람은 산책하는 걸 가장 좋아했어요. 놀라울 만큼 먼 거리를 걸어다니곤 했죠. 주변의 풍광을 둘러보거나, 천천히 여유를 부리는 산책이 아니었어요. 꽤나 빠른 걸음으로 땅만을 바라보며 걸었죠. 어떤 생각에 골몰한 것처럼 보이기도 했고, 아무 생각이 없는 것처럼 보이기도 했어요. 홀로 있을 때 그 사람은 마네킹 같았어요. 모든 생기가 빠져나간 모습이었죠.

단 한 번, 그 사람이 저에게 과거를 이야기해준 적이 있어요. 공원에서 자전거 타는 아이를 지켜보고 있을 때였는데, 갑자기 자기 어렸을 적 별명을 말해주더군요. 아나스타샤, 라고 발음을 길게 늘여 말했어요. 그 이름에 얽혀 있는 과거의 기억들을 풀어내듯이 말이에요. 저는 조용히 그다음 이야기를 기다렸죠. 하지만 그것으로 끝이었어요. 그 사람은 잠시 망연한 표정으로 허공을 바라보더니 입을 다물었죠.

아나스타샤라는 별명으로 불리던 소녀가 어떻게 엠으로 변신했는지, 저는 이해할 수 없었어요. 그에 대해 궁금해하지도 않았죠. 도리어 그 모든 것은 그가 떠난 후 남겨둔 일기로 확인할 수 있었어요. 그 사람은 알리바이를 위해 그 일기를 남겨두었죠. 절반은 진실이고, 절반은 거짓인 일기 말이에요. 이상하게도 저는 그 이야기가 꼭 제 것 같았어요. 그 사람과 같은 일을 겪은 것도 아니고, 더구나 남자가 된다는 생각을 해본 적도 없는데도요. 아마도 그것은 생에 대한 어떤 증오가, 가슴 한가운데를 관통하는 검고 커다란 구멍이, 우리 두 사람 모두 닮은꼴이었기 때문일 거예요.

한때 저는 제 앞의 모든 길이 막혀 있다는 생각에 주저앉아버린 적이 있어요. 하지만 그가 나타나 다른 길을 열어준 이후, 막힌 벽 너머의 세상이 있다는 것을 알게 되었죠. 그제야 비로소 저는 그 자리에서 일어나 앞으로 나아갈 수 있게 되었어요. 미래와 꿈에 대해, 그전에는 그런 생각을 해본 적이 없었죠. 한 번도 나 자신으로 살아본 적이 없거든요. 사기든, 모략이든 술수든, 그걸 무슨 말로 부르든 간에, 어쨌든 저는 그로 인해 삶을 처음부터 다시 살아갈 수 있게 되었어요. 사랑하는 사람과 먹고, 마시고, 손을 잡고 잠드는 게 인생에서 얼마나 중요한 것인지 알게 되었지요. 그게 바로 엠이 저에게 준 선물이에요.

집을 떠나기로 한 것은 결코 쉽게 내린 결정이 아니에요. 진실이 밝혀지면 어머니가 얼마나 큰 상처를 받을지 알고 있어요. 하지만 그것은 불가피한 결정이었어요. 어머니의 이해를 받을 수 없다는 건 분명했으니까요. 지금껏 저는 늘 어머니를 속이며 살아왔어요. 제가 정말로 원하는 게 뭔지, 저를 기쁘게 하는 게 뭔지, 단 한 번도 정직하게 드러내지 못했죠. 그래서 정작 저 자신도, 어머니도 불행하게 만들었어요. 다시 어머니를 만나게 되면, 더이상 아무것도 두려워하지 않고 저 자신을 보여줄 수 있게 되기를 바라요. 미리엄과 저, 그리고 아이와 함께, 우리는 언제든 어머니를 다시 만날 기회가 오기를 바라고 있어요.

지금 저는 아이와 함께 폐가의 나무 그늘에 앉아 이 글을 쓰고 있어요. 우리는 곧 이곳을 떠날 거예요. 다음에 벌어질 일을 한 치 앞도 예상할 수 없지만, 그 어느 때보다 만족스러운 기분이에요. 이제야 알겠어요. 행복이란 이해할 수 없는 낙관과 희망에 가깝다는 것을요. 훗날 선생님의 소설을 읽게 된다면 이 기쁨의 근원이 무엇인지 깨달을 수 있을지도요.

엠은 지금 어디 있느냐고, 선생님은 물으셨죠. 사실 그건 제가 묻고 싶었던 질문이에요. 그 사람이 대체 누구인지, 우리를 떠나 어디로 갔는지, 저 역시 늘 그것이 궁금했거든요. 헤어지기 전 그와 같은 질문을 했을 때, 그는 자기도 잘 모르겠다며 어깨를 으쓱해 보이더군요. 방을 뚜벅뚜벅 걸어나가는 그를, 저는 다급하게 불러 세웠어요. 뭔가 잊어버린 말이 있는 것 같았거든요. 하지만 역시 그런 건 없었죠. 아무 말도 못하고 서 있는 저를 보고, 엠은 빙긋 웃어 보였어요. 그리고 곧 웃음이 싹 사라진 얼굴로 방을 나섰답니다. 그게 마지막이었어요.

저는 그 사람과 한집에서 한방을 쓰며 함께 지냈죠. 명목상으로는 부부였고, 실질적으로는 공모자였답니다. 그 사람의 사진을 수백 장도 넘게 찍었고, 그중 몇 장은 벽에 걸어두기도 했죠. 그런데도 지금껏 그 사람의 얼굴이 잘 기억이 안 나요. 기이하게 특징이 없는 얼굴이었는데, 표정 하나로 분위기가 바뀌곤 했어요. 그 사람은 과연 누구였을까요. 나의 구원자였을까요. 약삭빠른 사기꾼이었을까요. 어쨌거나 엠, 그것이 제가 기억하는 유일한 이름이에요. 소설가이고, 러시아 선교사의 아들이며, 홀로 먼길을 걸어다니기를 좋아했던 미스테리어스 맨.

*

봄이 되어서야 나는 비로소 미뤄온 번역 원고를 마무리지었다. 출판사 측에서는 또다른 일을 맡아보겠느냐고 물었다. 나는 기꺼이 수락했다. 돈이 되는 일이라면 무엇 하나 가릴 형편이 아니었다. 오래전 연락이 끊긴 선후배들을 찾아다니며 강의와 원고 기고 같은 일거리를 구했지만, 선뜻 자리를 주는 사람은 없었다. 평소라면 생각지도 않았을 보잘것없는 보수의 일감이라도 나서서 맡는 수밖에 없었다. 밤이면 녹초가 되어 집에 돌아왔다. 이가 나간 것처럼 군데군데 비어 있던 집안의 공간들은 점차 아이와 나의 물건으로 어지럽게 채워졌다.

3월에 아이는 학교에 입학했다. 매일 아침 딸애를 깨워 학교까지 데려다주는 것이 나의 하루 첫 일과가 되었다. 딸애는 차 안에서 신나게 조잘대다가도, 교문 앞에서 친구를 발견하면 뒤도 돌아보지 않고 뛰어갔다. 나는 늘 그애가 멀어지는 모습을 한참 지켜보았다. 결국 딸애는 나를 앞서갈 것이고, 지금처럼 그애의 뒤통수를 바라보는 것이 나의 인생이 될 것이었다. 내가 엄마에게 그랬듯이, 그애는 곧 나에 대해 잊을 것이다. 멀리서 딸애가 친구와 함께 웃는 소리가 들렸다. 잠시 후, 나는 차를 돌려 학교 앞의 좁은 길을 빠져나갔다.

월요일 오전, 카페 '이층'은 한가했다. 나는 창가에 자리를 잡고 앉아, 누군가를 기다리듯 거리를 내다보았다. 하지만 나를 찾아올 사람은 아무도 없었다. 나는 혼자이고, 혼자이기 위해 이곳에 왔다. 잠시 후, 앳된 남자 종업원이 내게 커피를 가져다주었다. 나는 그 종업원과 인사를 나누었다. 아침 뉴스와 날씨에 대한 이야기도 잠시 지껄였다.

근래 이 카페에서 매일 아침 커피를 마신다는 사실 외에, 그 청년은 나에 대해 아는 것이 아무것도 없었다. 카페에 있는 몇 안 되는 사람들 모두 다 마찬가지였다. 그들과 나는 서로에 대해 아무것도 모르고, 모른다는 사실에 깊이 안도하면서 그 자리에 함께 머물고 있었다. 누군가가 스푼과 포크를 내려놓는 소리, 종이를 넘기는 소리, 외국어를 중얼거리는 소리, 가방을 뒤적이는 소리, 물건을 떨어뜨리는 소리, 한숨을 내쉬는 소리가 들렸다. 어느 순간 그 소리들은 하나로 뭉개졌고, 마침내 사라져버렸다. 커피를 한 모금 마시고, 테이블 위에 올려둔 노트북을 켰다. 오래된 노트북이라 부팅에도 한참이 걸렸다. 잠시 후, 그 위에 새하얀 창이 떴다.

　며칠째 그 창을 바라보기만 할 뿐, 나는 아무것도 하지 못했다. 무엇을 쓸 것인지, 어떻게 쓸 것인지, 머릿속이 텅 비어 있었다. 나는 결국 이유미, 이유상, 엠을 이해할 수 없었다. 거짓과 기만으로 온통 구멍이 나 있는 삶을 어떤 식으로도 정당화할 수 없었다. 그럼에도 나는 매일 오전 몇 시간씩 카페 '이층'에 나가서 자리를 지켰다. 당장 돈벌이를 해야 했고, 아이와 나의 생활비, 낡은 집을 보수할 비용도 마련해야 했지만, 그만큼이나 글을 쓰는 일이 내게는 절실했다. 연일 허공의 백지를 노려보다가 자리에서 일어날 때면 온몸이 물에 젖은 스펀지처럼 무거웠다.

　얼마쯤 시간이 지났을까. 멍하니 상념에 젖어 있던 나는 누군가 지나가며 커피잔을 쓰러뜨리는 바람에 정신이 들었다. 잔 밑바닥에 조금 남아 있던 커피가 테이블 위에 쏟아졌다. 나는 외마디소리를 지르며 노트북을 번쩍 들어올렸다. 사고를 친 젊은 남자는 미안해 어쩔 줄 몰라하며 닦을 것을 찾으러 갔다. 카페 안에 있는 사람들의 시선이 한꺼번에 나에게 쏟아졌다. 민망함에 고개를 돌리는데, 그중 멀리서 나를 바라보고 있는 한 여자와 눈이 마주쳤다. 여자는 키가 컸고, 짧은 갈색 머리카락에, 짙은 감색 니트를 입고 있었다. 거리가 멀어 얼굴이 또렷하게 보이지는 않았다. 그런데 어쩐지 낯이 익다는 생각이 들었다. 여자는 내게서 시선을 떼고, 커피를 받아들더니 빠른 걸음으로 카페를 빠져나갔다.

나는 알 수 없는 충동으로 자리를 박차고 일어났다.

"저, 잠깐만요."

다급한 목소리로 뒤에서 불렀지만, 여자는 한 번 돌아보지도 않고 걸어갔다. 나는 그녀를 따라 급히 걷다가 이내 달리기 시작했다. 그런데도 멀어진 거리를 좁힐 수가 없었다. 행인들 사이로 여자의 옷자락이 마치 넘실대는 파도 위의 부표처럼 사라졌다가, 다시 나타났다. 구불구불한 길 끝에서 여자는 주차장으로 향했다. 빽빽이 들어선 자동차들의 앞유리에 반사된 3월의 햇살이 날카롭게 눈을 찔렀다. 낡은 중형차의 운전석에 오르는 여자가 보였다. 여자는 빠르게 자동차를 출발시켰다. 나는 숨을 헐떡이며 그 자리에 멈춰 섰다. 열린 창문으로 여자의 옆모습이 보였다. 순간, 어쩌면 그가 남자인지도 모른다는 생각이 들었다. 콧대와 입매의 실루엣이 그랬다. 솔직히 남자, 여자, 어느 쪽이라고도 확신할 수 없었다. 그는 한순간 내 쪽을 바라보는 것 같았는데, 다음 순간에는 이미 사라지고 난 뒤였다. 후미등을 깜빡이며 빠르게 멀어지는 차를 망연히 바라보고 서 있는 내 뒤로 빵빵거리는 경적 소리가 울렸다. 잠시 후, 나는 그의 얼굴 생김새조차도 기억할 수 없었다.

나는 터덜터덜 걸어 카페로 돌아왔다. 뭔가에 홀린 듯 아득한 기분이었다. 두고 나간 나의 물건은 그대로 널브러져 있었고, 테이블 위에 흘린 커피는 말끔하게 닦여 있었다. 노트북의 하얀 백지도 변함없이 허공을 부유하고 있었다. 나는 의자를 끌어당겨 테이블에 가까이 앉았다. 사라진 여자에 대해서, 남자에 대해서, 그 사람의 뒤를 바투 쫓듯 글을 쓰기 시작했다. 너무 오랜만의 일이라, 손이 떨렸다.

첫 문장이 제일 어려웠다. 늘 그랬다. 쓰고, 지우고, 쓰고, 지우고, 다시 쓰고, 지우고, 마침내는 지우는 것이 쓰는 것보다 앞서는 지경이 됐을 때 우연처럼 한 문장이 남았다. 나는 고개를 기울이면서 첫 문장을 지나 다음 문장으로 나아갔다. 검은 활자가 마치 발자국처럼 새겨졌다. 문장은 부끄러울 만큼 성기고 거칠었다. 그래도 나는 멈추지 않았다. 스스로가 불편하고 낯설지만, 짐짓 호기를 부리며 눙치고 넘어갔다. 백지는 나를 밀쳐내지 않았다. 받아들여졌다는 기쁨에 나는 좀더 파고들었다. 속도가 점점 빨라졌다. 얇고 가벼운 키보드를 두드리는 느낌, 그 희열이 두 손을 따라 전신으로 퍼졌다. 월요일 오전, 카페 '이층'의 투명한 창문을 통해 길고 따뜻한 빛이 들어오고 있었다.

작가의 말

이 년 전 봄, 나는 아파트 근처에 작업실을 얻었다. 창문을 열면 딸아이가 다니는 어린이집의 작은 뜰이 보였다. 이후 아파트와 어린이집, 작업실의 세 꼭짓점을 연결하는 것이 내 일과의 전부가 되었다. 한 군데 머물렀던 순간보다 그 사이를 걸어다닌 길들이 더욱 선명히 기억에 남는다. 그 길 어디쯤에서 이 책이 나왔다.

나는 늘 거짓말쟁이와 사기꾼들에게 마음이 끌렸다. 그들이 꾸는 헛된 꿈, 허무맹랑한 욕망이 내 것처럼 달콤하고 쓰렸다. 나는 그들을 안다고 생각했다. 내가 바로 그들이라고 생각했다. 언제나 그런 착각, 혹은 간극 속에서 이야기를 쓰게 된다. 그리고 마지막에야 내가 아무것도 모른다는 사실을 깨닫는 것이다.

세번째 장편소설이다. 첫번째 책보다 두번째 책이, 두번째 책보다 세번째 책이 더 나은 법이라면 참 좋겠지만 안타깝게도 이 일에는 그런 식의 비례가 없다. 언제나 처음부터 다시 시작해야 한다. 그러니 나에게 필요한 것은 오직 체력—다리의 힘과 근력 증강이다. 언제든지 다시 시작할 수 있도록, 크고 선명한 삼각형을 그리고 다닐 수 있도록. 나머지는 하늘에 맡길 수밖에 없다. 문득 하늘을 올려다보니 솜뭉치처럼 새하얀 구름이 느리게 머리 위를 지나간다. 모든 것이 너무 맑아서, 눈이 시린 가을이다.

2017년 10월
정한아

문학동네 장편소설
친밀한 이방인
ⓒ 정한아 2017

1판 1쇄 2017년 10월 13일
1판 11쇄 2024년 5월 28일

지은이 정한아
책임편집 정은진 | 편집 김내리 이성근 황예인 이상술
디자인 김현우 유현아| 저작권 박지영 형소진 최은진 서연주 오서영
마케팅 정민호 서지화 한민아 이민경 안남영 왕지경 정경주 김수인 김혜원 김하연 김예진
브랜딩 함유지 함근아 고보미 박민재 김희숙 박다솔 조다현 정승민 배진성
제작 강신은 김동욱 이순호 | 제작처 영신사

펴낸곳 (주)문학동네 | 펴낸이 김소영
출판등록 1993년 10월 22일 제2003-000045호
주소 10881 경기도 파주시 회동길 210
전자우편 editor@munhak.com | 대표전화 031) 955-8888 | 팩스 031) 955-8855
문의전화 031) 955-2696(마케팅) 031) 955-1906(편집)
문학동네카페 http://cafe.naver.com/mhdn
인스타그램 @munhakdongne | 트위터 @munhakdongne
북클럽문학동네 http://bookclubmunhak.com

ISBN 978-89-546-4852-3 03810
* 이 책의 판권은 지은이와 문학동네에 있습니다.
   이 책 내용의 전부 또는 일부를 재사용하려면 반드시 양측의 서면 동의를 받아야 합니다.
* 이 책은 서울문화재단 '2017 문학창작집 발간지원사업'의 지원을 받아 발간되었습니다.

잘못된 책은 구입하신 서점에서 교환해드립니다.
기타 교환 문의 031) 955-2661, 3580

www.munhak.com